梁鸿鹰——著

岁月的颗粒

PEARLS OF TIME

北 京 出 版 集 团
北京十月文艺出版社

PEARLS OF TIME

·作者简介·

梁鸿鹰 《文艺报》总编辑，中国作协主席团委员。享受政府特殊津贴。曾在内蒙古大学汉语系、中宣部文艺局、中国作协创研部工作。有评论集《守望文学的天空》《文学：向着无尽的可能》《向道与叩问》《写作的理由》。在《十月》《上海文学》《当代》《北京文学》《钟山》等发表一批散文、小说。有《阿西莫夫诠释人类万年》等译作若干。

目　录 Contents

自 序

时间像个奔跑不停的运动员，前面没有终点，时间度量、锻造与成就一切，我们成为一切时间的创造者。

人永远享受时间，所有活动都在时间中进行，每个人都化为时间的结果，被时间框限、规定，无论你满足与否。时间来了，又匆匆离去，我们在时间里生老病死，呼吸、创造、遗失、等待、撒谎、犹疑、痛苦、欢乐，有所期待，有所成就，更有所失落。“况阳春召我以烟景，大块假我以文章”，人知道自己终究会结束自己的时间，或是说在时间里结束，不会不产生深深的忧虑乃至恐惧。因此，为抚慰，为释放，为炫耀，便想给自己留下一些痕迹。写作，不少时候可以分散对这份忧虑或恐惧的注意力，在想象世界。在文字构筑的空间里，我们暂且放心，能更轻松地面对生活。

随着年龄的增长，回溯过往会越来越成为我们一种不可抗拒的必然。在踏入不惑之年之后，或更晚一些时间后，我开始经常回望童年、少年时期，无意识地在日记里记下一些人生枝节，试图捕捉记忆深处的吉光片羽。2016年初春与韩敬群的一席交谈，促使我拿起笔来，写下一些多年以来想写的文字。

“每个人都有一个故乡”。假如不将之变为精神的依傍之所，这便是一句废话。故乡是创作的一个可靠源泉，离开得越久，你对故乡的审视回味越多，类似“近乡情更怯，不敢问来人”这样的情愫会越浓重，如同写作的“酵母”，点燃作家的文学想象。我的写作同样拜自己故乡那块邮票般大小的地方所赐。青少年时期接受过的各种教育，生活本身的影响，喜好幻想的性格，使得我的故乡，这个集子里反复出现的边远小城，成为我心目中的一方“邮票”。

德国作家黑塞曾说，现实从来是不充足的。过往——自己过去经历的事情，注定成为创作的一个重要动因。我写作过程中，那些岁月沉淀下来的零散印象，那些反反复复出现在我脑海里的，是被时间放逐的草蛇灰线，是令人怀想的亲人、故人，是遥远的、逝去的一切。她们共同纠缠着我，召唤着我，哪怕是一星半点的残影，都会触动我偷袭我，令我寝食不安，促使我追根溯源，最终落在纸上。

我有幸见证我们国家在航行时间里的一段不平凡，从出生到20世纪80年代中期，再到现在，自己始终与整个国家的巨大变动相伴随，同时代共同跨过的所有艰难曲折及风云激荡的一切息息相关，我熟识的一个个家庭，一个个亲人，一个个身边人所经历的沟沟坎坎，体验过的酸甜苦辣，都在洗礼着我，对此，我尽可能地加以记录，留给自己和后来者。

不过，最重要的是如何呈现。所有作家似乎都在修筑一条路，以便由自己的生活通往神奇的文学世界。细节像一块块砖石，铺就一条条错落有致的小径，让笔下的文字结实、丰盈、可靠，多一点细节，再多一点细节，更多一点细节，我一再如此要求自己。

我不想平铺直叙，而是想让形式感更强一些。那些通往文学世界的种种策略和路径始终诱惑着我，不顾是否弄巧成拙。比方人称，你、我、他三个人称，单独使用，还是混合使用；比方视角，受局限的，全知全能的，以及混合使用；比方时间，不管是纵向线性的，还是横向纵向结合，如何处理？我做了些尝试，留待大家批评。

还有，文学到底都有哪些“材质”可以使用？比如，日记、书信、采访、口述、演讲，它们在文学世界里能扮演什么样的角色，各有什么作用？我都想探索，我的尝试近乎固执，呈现在这里，同样想听大家品评。

“一切学问没有速成的，尤其是语言”，傅雷的这句话道出了语言能力获得之困难，怎么才能让笔下的语言既拥有属于自己的声音声调，又展示出语言的可能性，需要毕生持续学习，我深知，自己前面的路还很长。

感谢过去，感谢故乡，作为一切时间的创造者，无论现在还是过往，我们都不可辜负。

最初的年头

可是凭什么说写这部作品的时候还没有到来呢？

——［俄］左琴科《幸福的钥匙·序》，戴骢译，
上海三联书店，2009年

时间是主要的破坏者。

——［古希腊］亚里士多德

了解一个孩子最初六年的生活，也就可以了解他以后的生活。

——［英］拉迪亚德·吉卜林《谈谈我自己》

1907年诺贝尔文学奖获得者吉卜林说，自己人生最初始的印象是由一次破晓时分在集市上的经历构成的，那些明亮的、红润的、金色的、紫色的与他肩膀持平的丰硕果实，先是与奶妈，后来是与姐姐在清晨孟买水果集市上的闲逛，以及集市带来的喜悦，让吉卜林记取了一生。

1

本文的主人公经常发现求证出人生“最初始”印象的困难。这难道不是很正常的吗？比如，这一辈子见到的第一个人，谁也说不了实话；听到的第一声鸡叫，总要和以前的记忆打架；吃下的第一餐饭，那肯定早就随着时间的推移当饭吃了，在记忆中不留丝毫痕迹。

人们在此生最初阶段见到的、听到的、感受到的，迟早有一天会被重构，或者不断获得新的解释。但不管怎么说，父亲或者母亲肯定是自己见过的第一批人，尽管他们二人在孩子最初的岁月里付出了怎样的辛劳，品尝了怎样的甜蜜和忧愁，统统不好考证和确证了。

过往的岁月细节，流逝的往事，被我们的主人公重视到了可笑的地步。他数次试图点燃起探究、钩沉、发掘之火，却发现即使这火能被点燃，照亮的地方也极有限，他依然是自己陈旧记忆的奴隶。一些老记忆总是想覆盖新的设想与回味，头脑里的那些老印象，永远也撼不动，头脑里一些老念头，时常像翻跟头一样，出其不意地显现威风。

他对自己人生的第一个场景的记忆始终没有变过形，虽说经过风吹雨打，流年失落，依然没有走样——医院病房的惨白四壁、垂死的老人和老人的一声浩叹。

这是一个与老人诀别的场景，同样是他遭受人生第一次打击的场景，为此他毕生耿耿于怀。他被自己的姥姥抱着，来到四壁皆白的单人病房，高大冰冷的铁床，大而无当的脸盆架子，透明而威严的巨大吊瓶，周遭的一切，使病榻上的老人显得那样孱弱无力，老人有着与床单被罩一样苍白的面孔，袒露在外的手臂枯瘦如柴，说话有气无力，病房里似乎人已不少，益发使病床上的老人显得微不足道，而这种空寂、冷清和不祥之气，把姥姥怀中的他吓得不轻。

据姥姥讲，这是他的爷爷病入膏肓的时刻，他作为家族中的长孙，特意被抱来见老人家最后一面。他爷爷这最后一口气，就是等着他这个长孙被抱进来，看周详了，才能咽得踏实。

但这个长孙是那么的不争气，一进病房就像中了魔怔，受了惊吓似的闹腾，使劲别着脸，梗着脖子，拼着小命就是不肯朝老人病床那个方向看。姥姥越是劝，他就闹得越厉害：踢腿、挥拳、大哭、叫嚷，鼻涕眼泪流得一塌糊涂，响声巨大、举动异常，完全控制不了，他这不停的发疯挣扎，他这要命的哭喊，让病榻上的老人大失所望，让四周肃穆的人们颇为尴尬。

姥姥后来说，爷爷见此情形说了句“没出息的窝囊废”，把手一挥，表明可以抱这个不争气的孙子出去了。于是，他就在医生护士及亲人众目睽睽之下被抱出了这间充满来苏水味道的病房，离开了这家长大后经常往返的县医院。

2

姥姥说的是不是那么回事，他已无法考证，与她生活在一起的时候没有想到考证，1987年初与她再见面的时候，老人长期偏瘫已不能说话。

他对活着的爷爷的印象也就仅限于早年在病室里的那次惊鸿一瞥

留下的剪影——瘦得离谱，胡子拉碴，眼窝深陷，嘴形不小，拼命想要说出话来但很吃力，像极了各种插图里的瘦子堂吉诃德。后来，岁月终于让病榻上的老人过渡为墓碑上一张神情威严的照片。这张照片来自老相册里的一张合影，是从久远陈旧的一张全家福照片上摘下来的。

他曾反复寻找自己与墓碑上这位老人之间联系的确凿证据，但异常困难，以失败告终之后，寻找的努力并没有放弃，他对自己与“祖上”之间的联系，即使是蛛丝马迹，也异常看重。借助父亲晚年的照片，他勉强得到些许确证——眉宇、嘴角、鼻梁，似有迹可循。他仍然不满足。时光是苛刻的，证据如此吝啬，不断剥夺记忆，给他留下的机会是那样难以捕捉，他无法抓住所有能确证的东西。

被阳光忽略的，没有被黑暗和风暴所忽略，一位作家曾如是说。文学打捞、记录已经遗失的一切，让记忆出来扮演一个貌似光彩的角色。人们也只能无力地重新挽回和抚摸这些碎片，而很难将其拼接成有意义的画幅。

亲人、邻居、友人是建立记忆的救命稻草，尤其对于自己的早年记忆，完全需要依赖种种与自己有关、无关人等的口头告白。他们的诉说和陈述不可避免地带有个人见解色彩，亦遭到岁月的扭曲、涂抹。塑造、修改他自己原有的记忆，不断为我们的主人公补充斑驳色彩和奇异声响，越是这样，画面越不完整，越难令他心悦诚服。

比如，在他见到爷爷之前，姥姥就已经开始在他生命历程中扮演一个异常重要的角色了。不，应该不是“角色”，而是实实在在融入他生命与全家所有人生命中，具有鲜活细节的温暖存在。她庚子年年底出生，那个时候已接近七旬，头发稀疏苍白，后背因劳累而微驼。在他的眼里，姥姥永远是接近七十岁的样子，从来不会变得更年轻，也不会变得更老，正如她的胶东口音永远不会发生变化一样。

姥姥对他从来没有过任何怨怼，也从来不会考虑他是否会“窝囊”或是否会“有出息”。她没有就他的前途下过任何断言，当然也没有来得及这样做。姥姥没有对他提过任何要求，只是对他的成长肩负着无微不至的责任，留心缝补他经常破损的衣服，提供能提供的像样食物。高尔基说过，“我的头脑里充满了姥姥的童话，就像蜂房里充满甜蜜一样”。我们的主人公经常想，在这个世界上，能愿意深情地描述姥姥的人，是不是除了高尔基，就是自己呢？

他的姥姥是个能够把万物变为神明的老太太，正如高尔基笔下的外祖母。后者心目中的上帝永远与她相随，“她甚至会（跟）牲畜提起上帝；不论是人，还是狗、鸟、蜂、草木都会服从于她的上帝；上帝对人间的一切都是一样的慈祥，一样的亲切”。她对任何人、对任何事情唯一的武器就是悲悯、宽容与爱。姥姥给高尔基带来了光明，使高尔基免于在黑暗中受苦，“在她没有来以前，我仿佛是躲在黑暗中睡觉，但她一出现，就把我叫醒了，把我领到光明的地方……她马上成为我最了解、最珍贵的人”。是的，世界上所有的姥姥、奶奶都是凭着对世界无私的爱而生活的，人之幸运，在于接受过姥姥或奶奶的照拂。只不过，对他而言，奶奶根本就没有见过。他此生拥有的最大财富，就是姥姥的悉心照料和哺育。

姥姥接管的是一个失去健康的女儿的家，她要忍受女儿抑郁中的沉默，她不得不压抑个人化言说、行动的愿望，小心翼翼地看自己女儿的脸色。这个长长的故事，充满曲折哀伤的色调。

3

他出生于国家最为困难、全民普遍饥饿的年头，时为“三年自然灾害”的第二年，想必父母、亲人们一定在痛苦中坚持过、隐忍过、苦笑过。父母亲在悲情和无奈的煎熬中，期待着自己的头生子能够茁壮生长，但奇迹并没有出现。他周岁刚满半个月，这个教师的小家庭就迎来了第二个孩子。这个同样能哭、有着不小胃口的女孩，让家里的生活雪上加霜。伟大的亚里士多德在《动物志》（卷七）里说过，“常例，受孕者如为一男胎，母亲的苦恼便较轻易度过，大体能保持比较健康的容貌；女胎则相反，这时，一般容貌要苍白一些，生理上更觉难受，还有许多实例，是下肢肿胀和肌肉下垂”。不用说，这些生理、心理的苦恼，母亲显然都受过。更要命的是对母亲她健康的损害，家里穷困的加剧。

用今天的话说，他的父亲是个地地道道的“颜值控”，经常为女儿相貌的平庸而浩叹，大有恨铁不成钢之慨，时时显出一个父亲的失望。这个小家庭里，如果想让一切事情回归正常，必得解决吃喝问题。父母两人并不具备给头生子胃口找到基本满足途径的能力，他们与其他市民一样，知道单位能给自己带来什么，也只有单位可以依靠——两个忙碌而清贫的教师，两个好学不倦、处于知识阶层的青年，根本不会享有任何超出他人的福利。贫瘠的奶源，难于糊弄的胃口，使这个儿子的哭喊常态化、持续化，因为饿，因为肚子空，嘴哭大了，嗓子哭哑了，而女儿的出世，无疑更令一切变得更糟，全家异常狼狈。

按说，对人生最初年头所做的任何追溯恐怕都没什么准头可言。比如，吃过几次自己母亲的奶，即使从母亲那里得到过任何类型的信息，此时他已完全忘记。从多个亲戚那里得到的信息是，母亲没有一滴奶，她患有严重的肺结核。为此，父母求助于乡下的一家人，于是，他的生命里出现了富于传奇性的一家人，那就是奶妈的一家。

在他记忆中，父母亲从未正经八板地谈论过“奶妈”这个话题。倒是在他很小的时候，妈妈和姥姥经常合起伙来说他和妹妹是捡的，每当此时，她们很开心、很得意、很忘我，兄妹两人越是沮丧，她们讲得越是得意。在他拼接自己早年生活画面的时候，是否吃过母亲的奶难以确证，但另一个沉重而温馨的字眼是有的，那就是“奶妈”。

关于奶妈，他貌似拥有的印象，其实经过了反复加工与修改。奶妈是一个以女性为主的大家庭的核心人物，矮小得似乎与她承担的职责难以相符。她的体量是如何完成哺乳任务的，这一家人在灾害年头是如何维持下去的，他虚构不了。

普希金写一首叫《致乳妈》的诗：

> 我苦寂的岁月的伴侣/我年迈的乳母，亲人/你独自在森林的深处/久久地，久久地等我来临。/你在自己的窗下，像岗哨，/把凄凉的日子慢慢消磨/你多皱纹的手，拿着织针，织着，织着，渐渐停滞，/你望着那荒芜的门口/那幽黑而遥迢的路径，/是深深的怀念，预感，忧虑，/每一刻窒压着你的心胸。

这首诗让我们的主人公内心深处涌起一股难以言尽的情绪——酸楚而苦涩，他有过奶妈，有过一个偎依难舍的怀抱，他含过那两枚顽强、博爱而无奈的乳头，凭此在世界上存活，而后再将之完全忘却。

他曾经在这个以女性为主的家庭里同吃一锅饭，同喝一缸水，但这家人已经从他的生命中完全消失。他并不愿意承认曾经与他们息息相关，说真话，他不愿承认与这家人在一起睡过一盘炕，最主要的是不愿意承认自己曾经在乡下生活过。就因为这个，他曾经从心中涌出来的感激之情，一遍遍被压抑下去，被不愿意提及“乡下”这个字眼的念头而压抑了下去。

如今，当回忆袭来，受到压制的往事被倒腾出来的时候，他将很快进入老境，进入难以有所作为的衰年，他坐等回忆的袭击，对此无可奈何，最好的办法当然是等到能够让自己用稍微满意一点的语言，书写出那无端的哀愁。

怅然若失并不能挽救自己的颓然，衰败、老去、寥落，最终迎接命运对自己最后的审判，这个念头令他难以摆脱，但此时他多次反反复复让思绪回想到自己人生最初的那些年头。母亲，姥姥，妹妹，奶妈，这些难以忘怀的亲人，总是让他寝食难安。

火车进站

夜色临城月，春寒度水风。

——［唐］灵一《同使君宿大梁驿》

但他痛恨的不只是火车本身，他也痛恨它让人们沾沾自喜的进步幻觉。如果没有道德的进步，科学的进步又有什么意义？铁路只是能让更多的人出行会面，然后一起犯傻。

——［英］朱利安·巴恩斯《福楼拜的鹦鹉》，但汉松译，译林出版社，2016年，第139页

对小城20世纪六七十年代出生的孩子们来说，还有什么比火车进站出站更激动人心的呢？我们盼望已久，欢呼雀跃，流着鼻涕，张着大嘴，一次次将热切的目光投向车厢或出站口那越吐越多，最后又必然烟消云散的男男女女，乐此不疲。

越是物质贫乏，越是时间充裕。家乡小城的火车站曾经是我少年时期与小伙伴们经常去消磨时间、观看风景的地方，它诱惑着我们，让我们在这里浪掷了过多的精力。谁能知道为什么呢？小时候的我们

就是命好，不用对付无穷无尽的习题，不必上任何补习班，我们是时间的富翁，闲暇的专宠，可在无穷无尽的时间里游戏。火车站被我们选为游玩之地，是因为这里人多，宽敞，热闹，有小城上最吸引人的建筑物。最重要的是，火车站有火车这个能够看得见、摸得着的庞然大物，这个乌黑的钢铁设备，是我们见得到的最伟大的文明象征，是大家想象所及的最了不起的可移动存在，梦中绝对的精神与物质主角。它体积庞大、能量无限、威力无边、坚不可摧，声响和体魄足以慑服任何一个见到它的人。除了飞机，谁也设想不出还有什么东西能超得过它。火车既可任意移动，又能构成实实在在的危险，那个时候经常听说火车轧死了人，很少听说汽车出人命，而且火车不停地带来新的可能，把欢乐、悲伤和关于未来不确定的向往，从一个地方运到另外一个地方。

1895年12月28日，法国卢米埃尔兄弟导演的只有五十五秒的电影短片《火车进站》在巴黎上映。火车冲着镜头呼啸而至，吓得观影者几乎要抱头鼠窜，火车这个当时伟大的发明迅速为世上的人们所知晓。

火车日夜在小城经过与停留，它经常闯入我们的梦境，火车威风凛凛，声嘶力竭，以笨拙的身躯，粗重的喘息，漫天的烟雾，穿越茫茫黑夜，踏平风霜雨雪，向北方县城沉睡的人们宣示自己的存在。顺着延伸向远方的铁轨，大米、白面、苞谷、大豆、红薯干、布匹、缝纫机、自行车等等，会如约进入一户户人家，火车还会运来我们远方的亲人，送来投亲靠友的素不相识者，无论人们是有嫁妆还是没嫁妆的，得意的还是失意的，手脚干净的还是不干净的，火车都不会拒绝。火车让各种各样的期待或意外发生，让喜讯或噩耗、忧愁或愤怒不期而至，把人们对生活的期盼带到小镇。在小镇的日常生活中，从来没有任何场所、物体，能够比得上火车给人们的那么充足的想象。慑服大家的，也许不是体量、声响，而是带来的未知与可能。耳边火车嘶鸣的机会，每天虽只有数得着的几次，却必不可少，它们提醒着市民们的生活与世界上最先进的设施有关，小镇和外部世界存在着正常联系。

1

一个家庭从外地来什么样的人，或与有多大派头的人来往打交道，就能给小城的居民带来多大的想象。谁家从火车站接来了什么样的人，是乡下人，还是城里人，是大地方的，还是小地方的，是当官的，还是平头百姓，很快就能被人知晓，转化为小伙伴们相互攀比的话题。我经常梦想着能够到车站去接人，把远方的亲人虚构为即将乘火车来到家里的客人，或将听来的故事安到自己的头上，在梦里让那些住在大城市的人都尽快降临到自己家里。

小孩子参与进到车站里接人行列的机会稀少到几乎为零，我们被大人轻视，当成碍手碍脚的绊脚石，在他们眼里，到车站的路途过于遥远，何况自行车匮乏。而在我们看来，到车站这点路根本算不上什么，我们就想去车站接人。有次我梦见自己跟父亲去车站接从北京来的二姑一家三口。去接的当然不止爸爸一个人，自行车也不止一辆，在那个阳光充足的下午，拗不过苦苦的请求，爸爸同意带我去。妹妹听到这个消息时自行车已经启动，她在后面拼命追，拼命哭，我则坐在后座上幸灾乐祸。

后来，二姑一家三口真的来了，仿佛是忽然之间降临的，完全没有经过到车站迎接这个环节。二姑是个有意志力、有主见的女性，穿扮得十分洋气。她走路风风火火，高昂着头，长长的头发在阳光之下飞扬飘逸，她双眼炯炯有神，黑色的眸子又大又有神采，这种自信、坚定和洒脱，从见第一面起，就深深铭刻在我的心里，永难改变或磨灭。我、妹妹、爸爸，与二姑一家一同去逛了小城那个局促得过分的动物园，看了被我们看过无数遍的孔雀和猴子。那只大孔雀依然拒绝开屏，它很悠闲，也很懒惰，永远站着或走动着，没有坐卧的时候，也不会给你开屏。猴子更不争气，不怎么跑动，拒绝做出任何有意思的举动。

又一次，从北京乘火车来的四舅，在冬季的一个大清早悄然而至。他高高的个子，虽只有四十多岁，却已银发满头，据说是因为过早摘除了脾脏。四舅在林业部长期从事森林资源调查统计，是工程师，俄语很好。他到家的时候我正赖在炕上不肯起来。穿好衣服后发现他在喝牛奶，吃着我们很少吃到的面包，酸酸的，甜甜的，十分松软的那种。四舅总是很和蔼，说话轻声细语，举止斯斯文文，他只比妈妈大两岁，看得出，家里虽来来往往着很多妈妈的亲人，可在情感上，他与妈妈是最亲近的。亲近的人之间话语往往不多，想必有些话专门放在心里随时留给对方。妈妈与四舅之间有很默契的对视，有偶然的深入交谈，恰好让对方都感到很惬意。姥姥对四舅问长问短，声量不大的胶东话抑扬起伏，语速极快。妈妈很习惯地在旁边听着，并不插嘴，睁着大大的眼睛专注地看着自己的母亲。四舅此次是专程来接我姥姥到北京的。原因有两个：一是姥姥中了一次风，已有行动不便的表现；二是我妈妈的肺病此时极严重了，后来听说她当时是“空洞8期”，即肺结核晚期。姥姥有五个儿子，只有这么一个宝贝女儿，向来对女儿唯命是从，如有不测，老人家肯定受不了打击，最好的选择就是别让她在跟前。蒙在鼓里的姥姥则抱怨女儿女婿嫌她老了，不中用了。几天之后，家里来了一辆小汽车送他们到车站。姥姥和女儿离别的时刻终于到了，那个下午特别冷，老天阴沉着脸，风一阵紧过一阵，姥姥已经穿好了外套，朝着女儿默默地看过去，“承真，妈走了”，“承真，常来信啊”，这也许就是姥姥和四舅对妈妈仅有的几句话，其他的，我什么也不记得了。任我怎么努力，也无法完整还原出当时的情形，只记得妈妈坐在靠近厨房的一张矮凳上。她并没有起身，更没有抬头呼应母亲的凝视和告别，她喘着粗气，脸色阴沉，有没有说什么话，是否流下眼泪，我是一点都想不起来了……

2

前往火车站看热闹，是小城里的男孩子们的专有活动项目。这种活动有种莫名的隐秘性，有连我们这些参与者也不太明白的讲究和规则。通知谁不通知谁，什么时候出发，都要保密。信息传递在暗中进行，而行动时却又是炫耀的、公开的，大家三五成群，戴着风镜，或者柳条编成的“草帽”，吹着口哨，或胡乱哼着歌曲，手里拿着小木棍之类，一路小跑来到车站。

我们经常专门静等火车进站停下来，旁观从车上下来的人，议论顾客的破绽与尴尬。我们每次都不会没有收获，那时人们的纯朴、厚道，有特定的表现方式，比如笃信礼尚往来，笃信关系维持靠的是携物走动。坐火车的人大多肩扛手提，因事先已完成了心意变物品的换算，诉求已折算成粮食与瓜果，达至心目中见面礼与“面子”的大致相当。物品的多寡与诉求的大小当然要成正比，即使无所求，空手也被视为严重不恰当。作家李佩甫说，家里来的亲戚曾经给他妈妈带过穿起来的蚂蚱。中国人的伴手礼就这么丰富而必不可少。当时我们总能发现，火车进站停车后，下来的人各有各的狼狈，有人被踩掉了鞋，有人被烟头烧了头发，或者带的土豆黄瓜豆角西红柿掉了一地，被后面的人踩了个一塌糊涂。

我们望眼欲穿，我们心急火燎，等到火车终于进站，终于停下来了，此时我们发现，大同小异的大包小包连同它们的主人，陆陆续续从车厢里被吐出来。车上下来的每个人照例都灰头土脸，面目模糊，没有几个清秀的。个别干干净净的女孩子被自己的母亲或长辈紧紧地牵着，就像是被守着的稀世珍宝。姑娘们并不左顾右盼，她们几乎一律梳着笨重的大辫子，把自己套在宽大的上下一般粗的衣服里。她们后来会怎样？在这个小城的火车站，长大后是会经常露面，还是一去不复返呢？但愿她们不会变成安娜·卡列尼娜那样的人——在火车上邂逅意中人，在火车站结束生命。

有一天，我忽然被来自出站口的越走越近的一个红色光团吸引，近了之后才发现，红色光团是个红色小头巾，小头巾渐行渐近，装点着一个小姑娘白白净净的脸庞。我看清楚了，小姑娘圆嘟嘟的小嘴，尖尖的鼻子，双颊停着两朵小红晕，她眼睛极细长，单眼皮，眉毛也极细长，显得很机敏。她宽额头，头发被紧紧地梳在脑后，一缕都没有散落出来。姑娘和我年龄相仿，看着眼熟，就是想不起在哪儿见过。她从检票口出来的时候，手里的小篮子被旁边的人挤到了地上，西红柿、茄子、黄瓜、豆角什么的，稀里哗啦撒了一地，见此情形，我一下子脱离开小伙伴们，不顾背后的嘲讽，跑过去帮她捡，蹲下来的时候看到她穿一双黑色方口条绒布鞋，里面的棉袜异常洁白，折射过来的光亮刺中了我张皇失措的双眼。她没有领情的意思，她只顾自己捡，并不抬头看我，捡东西的急迫使她的脸更红了，有一种羞涩与难为情在里面，但并不怯懦。她站起来后我才发现，姑娘的身材苗条，个头不小。

3

热闹的地方，必有看热闹的人所想不到和并不被期待的一面。火车进站出站，同样是小混混、扒手频繁得手的大好时机，他们每逢这个时候就在此比试身手，零敲碎打，消耗能量，留下自己人生中不堪回首的一段经历。偶尔得手、经常失手或被抓现行。我和小伙伴们最期待的是在这里看警察追扒手，身手敏捷的扒手，紧追不舍的便衣警察，大呼小叫的旁观者，围绕着火车进出站前后这段时间，给人带来长久难忘的记忆。小城里总有些传奇式的人物，他们的使命就是制造传奇，传播传奇。据说有个叫郭二虎的人，人群中顺手牵羊远近闻名，他专门在火车站一带活动，在小孩子们的心目中，他身怀绝技，飞檐走壁，动如脱兔，从不失手，但一些大人对此却颇有疑义，说他不过是普通乡下人，家有老母卧病在床，偷点什么，抢点什么，为贴补家用，也是消遣。

货车装载的东西是什么，基本上只能靠猜测。终于有一天，站台驶来一节装满犯人的囚车，货车的车皮上开着小窗子，窗子上加有很密的铁条，使人感受到装载内容的隐秘。但这么重要的事情似乎走漏了风声，许多人知道，在什么钟点，在唯一的站台旁边，必然要路过一列押犯人的囚车。看得出，那天站台上的闲人格外多，人们的情绪有些莫名其妙，来看热闹者居多。列车喘着粗气进站的时候，站台上出现了一位大声号哭的老妇人。火车慢慢停下来，老人冲到那节带窗口的车皮跟前，哭天抢地折腾了半天。

那个时候的车站，基本上没有附属公共设施，候车室高高的穹顶之下，是一排排绿色的长椅，正门对着的墙上挂着毛主席的像，右侧像是个小小的商铺，里面似乎总是坐着一个严肃的山羊胡老头，卖的是什么我不知道，因为从来就没有带过钱，也就未去过那个铺子。正门左侧是厕所，它的方位与功能向来是清晰的，数米之外即飘来特异的味道，这里永远人满为患，男厕所的三个蹲坑里任何时候都会有很多大粪，蹲坑之间的隔断是用砖头垒的，隔断上涂画着一些慷慨激昂的词句，勾连着一些启发联想，不堪入目的图案。

车站激发出来的想象通往各种可能。车站里永远男性多于女性，闲人多于忙碌的人、多于有正当职业的人。这里是大型游乐场，是亲人团聚的地方，是情人分离之所，是科普的小园地，是胆量胆识胆略的课堂。试着想一想，即使在最不开心的日子里，在最单薄的时光里，从车站这个地方出发，沿着铁轨行走一下，定不难找到一些独属于自己的激动人心的时刻。有几次，几个小男孩把耳朵贴在铁轨上，算计着火车开到的时间，把事先准备好的硬币塞进铁轨的接缝处，等待火车碾轧。来了，终于来了，火车像是大家的玩具，按照我们大家的意志，连吼带叫地开了过来，等火车开远，去找铁轨的接缝处，发现火车已把硬币无一例外地加工成我们想要的样子，薄如蝉翼，晶莹透亮，在风中颤抖。

信号灯、道岔、信号旗、护栏网等等，是大家认真观察的对象。心灵手巧的同伴回到家里还把在火车站看到的画在纸上，绷在纸框上，然后找间黑屋子，打着手电从背面照过来当成幻灯来看。慢慢地，“幻灯”上有了整列的火车，不同样式的火车，长长的绿皮客车，有装满牛羊鸡犬的货车，很有观赏性的巨大的油罐车，小伙伴们安安静静地看着，看完一张之后猜测后续火车的样子。

猜火车是苏格兰的一种古老的游戏，大家立在站牌下面，猜下一次火车到来的时刻和车次，借以打发时光。在英国电影《猜火车》里，主人公马克对人的多种选择有一段有名的独白：“选择生活，选择一份活儿，选择一项事业，选择一个家庭，选择一个巨他妈大的电视机，选择洗衣机、汽车、镭射音响，还有电动开罐器，选择小心保养自己的身体、低胆固醇和牙科保险，选择固定利率的抵押贷款——太多的选择，你选择什么？我选择不选择。”他们放荡，他们百无聊赖，但他们洒脱。

火车站充满奇遇，在于火车进站后就会有故事。在这里你可能会与他人萍水相逢，你与爱人和家人告别，在水泥站台上往返踟蹰，在站前广场上发生奇遇。我曾经在小镇车站广场上与自己多年未见的小学漂亮女同学尴尬相遇。岁月无情地将她折损得面目全非，再涂抹也无法回复原来鲜活的千分之一，见面让我窥破了她韶华的流逝，使我产生深深的负罪感。她先显出一种无奈，继而脸色难看，连招呼也打得潦潦草草、虚与委蛇。现在大家有了微信，各种各样的群，展示着儿时伙伴们的样态，有时候点开他们聚餐和出游的照片、视频，顿觉时间无情。时间改变了别人，改变了一切，自己就是其中一员，没有什么地老天荒不曾改变的。如果哪天在火车站碰到小时候的女同学，我会选择不打招呼，这肯定是为她们好，也为自己好，为彼此好，把美好都分给过去。

真的可以像铁凝笔下的香雪那样沿着铁道找回家吗？我不敢如此设想。有次，我到火车站送人，上了站台，等火车进站，我突发奇想，自告奋勇要把这人送上车厢，热情地帮他安顿好行李，结果因为过于拥挤无法下车，被火车载到了计划之外的地方，只好坐到有亲戚的那一站下来，过一夜再回家。

火车也容易让人陷入尴尬之境。上大学时有个暑假坐火车回家，我曾经把一块上海牌手表从车厢连接处掉下去，成为同车目睹者的笑柄与话题。有位读研究生时候的同学告诉我，他有一次在火车上看到热恋男女的豪放与挣扎。在黑暗的掩护下，对面一对青年男女情不自禁，随着火车哐哐、哐哐的行进噪声，他们情绪亢奋，双手忙乱，完全忘我而疯狂地扭结在一起，火车到站了，男青年恋恋不舍地离开，女青年依然面部潮红，久久难以平静。

4

火车进站了，多多少少会带来一些具有光怪陆离色彩的景观，更反衬出日常生活的平淡，然而，再平淡的生活也会常过常新。车站是出发的地方，是到达的地方，是开端，是结束，却不一定是适合生活的地方。终日耳边闻听火车的轰鸣，枕着铁轨有节奏的声响入眠，对人的意志和耐心会是多大的考验啊。但这里有大量的固定住户。我几位要好的中小学同学曾居住在火车站附近，他们的家长可能就是铁路员工。频繁的来往、持续的观察让我发现，一个家与另外一个家之间，样态真可以有天壤之别。

中学同学万大年是车站员工子弟，只有一个姐姐。在一个只有姐弟两个孩子的家里，我见到了离车站最近，而一家最井然有序的生活样貌。万家位于铁路大院中段，也是平房。院子住户多数是从外地迁来的铁路职工，大都能说一口流利的普通话，万大年一家同样说普通话。万大年是个短跑健将和足球能手，爆发力强，曾长期保持县中学百米最好成绩。他一年四季运动胶鞋不离脚，有机会就到操场运动。他的皮肤比女生还要白，带卷的头发，深陷的眼窝，小嘴里一口细碎白牙，说话虽很刻薄，却不被女生反感。他每天从车站骑车到小城西端的学校上学，长途跋涉常常使他后背留有明显汗渍。

时间具有剔除、斩断或定格一切的功能，留待你去选择的空间其实很有限。只记得在一个特别特别炎热的夏季午后，我随着小万来到他家。这个家宽敞明亮，布置得井井有条，墙上挂着黑白全家福，靠墙的桌子上放着木质座钟，另一面墙边靠着缝纫机。万大年的妈妈戴副眼镜，矮胖的身材，留着短头发，神情和蔼，说着好听的普通话，腰上围着围裙，正在缝纫机旁忙碌着。小万的姐姐和我们在一个中学上学，她在看小人书，姑娘个子不高，有些微胖，肤白唇红，一个小痦子长在上唇，黑发不浓密，但十分飘逸，散发出让人迷醉的香味。她上身穿件适合夏季的短袖白的确良衬衫，下身是百褶长裙，脚上一双样式很新的粉色塑料凉鞋，让她白嫩细瘦的小脚在里面楚楚动人，我发现她大脚趾比其他脚趾要长很多，快要探到了鞋外面，透亮的指甲盖很小很圆润。在贫困的年代，所有的孩子都没有穿过尺码适中、大小正好的鞋，不是大，就是小，要么是父母为孩子打出了过多的富余，要么就是捡别人穿过的凑合。那个时候男女“授受不亲”，万大年的姐姐不像女生在学校时候那样不理男生，而是落落大方，满脸的真诚，很高兴地和我打招呼，比我想象的热情、自然，让人很舒服。在她母亲的嘱咐下，她把切好的西瓜端过来，与我们围在小桌旁一起吃。她的嘴很小，每吃一口像都很费劲的样子，我们吃了两块，她也就吃了半块，西瓜汁流到嘴外她脸就会红一下，随后很快用手擦掉，她把西瓜子十分小心地吐在手上，再放进盘子里。她叫万小花，那天不同意把她看的小人书借给我。上大学后的一个假期，因为托运困难，到他家找人托关系，我提起这件事，她完全不记得了。

家住火车站附近的还有我小学时一度形影不离的好朋友吉平。他家院子不小，养着鸡、鸭和兔子，屋里很狭窄，家具都凑合着摆，进去发现哪儿都很拥挤，拥挤更因为家里人多。吉平的一个哥哥我认识，是我父亲教过的学生，到我们家为我们修过收音机和闹钟。从他口里我才知道，这家的四个男孩中，有三个是我父亲的学生。据我从父亲那里了解，他们都心灵手巧，乐于助人，学习成绩优异。这家人似乎都不善言辞，在这间拥挤的屋子里，在火车鸣叫声中，他们很安静，沉默作为他们的常年习惯，为他们赢得了精神上的专注。照例，我在这里也没有见过吉平的父亲，他的母亲很清瘦，很利落，眼睛十分明亮，鼻子下面有个小小的伤疤，满头的银发整整齐齐地拢在耳后，耳垂上戴着银色的小耳环，但即使在外人面前刻意掩饰，她操劳导致的苍老，人们也无法忽略。他母亲居然是抽烟的，而且抽的是烟袋，这让我感到很好奇。

大概是唐山大地震后不久，家家都搭起了地震棚，可惜地震警报不久便解除了，地震棚便成为孩子们游戏的宝地。吉平家搭的地震棚绝对专业、舒适，钻进里面，可以睡觉，可以吃东西，躲开别人的管束，很自在，很诗意。就是在这里面，我与吉平学会了自制卷烟，抽了人生最早一口烟。我们从作业本上撕下纸做成小条，找来干树叶捻碎，卷成一个个锥体，划火柴点燃，模仿大人吞云吐雾。但，要想人不知除非己莫为，天网恢恢疏而不漏，我们躲得了大人的视野，却无法躲开同龄人的窥视。在夏季一个异常燥热的下午，当我们正在棚子里面吞云吐雾的时候，一位姑娘突然掀开帘子出现在我们面前。天下真小，冤家路窄，我抬头一看，原来她就是那位我在出站口帮过的眼睛细长细长、穿黑条绒布鞋白色棉袜的姑娘，她居然是吉平的双胞胎妹妹艳华。因为不在同一所学校上学，我并没有在学校见过她。她一点没有表现出和我见过的意思。她完全不管无意中闯进我们的秘密里使我们陷于何等的尴尬，那双细长的眼睛完整透露出她的心情，怒火熊熊燃烧，惊恐、愤怒、悲悯混杂其中，同时连带着无奈，似翻江倒海，惊涛拍岸，我理解，那里面有正义、斥责、轻蔑，让人无地自容。她与我们短暂的目光对视仿佛长过一百年，一举击溃了我俩。吉平向她发出求救、和解、原宥的讨好信号，她则双唇紧闭，怒目圆睁，头颅高昂，完全不依不饶。幸好，此时一声火车的剧烈嘶鸣如雷贯耳，迅速剁掉了我们的尴尬，我趁机从艳华身边钻出去，逃离现场，跑到院子里，逃到街上，远离这位美丽而冷峻的女孩。出来的时候我突然发现，艳华穿着一双红拖鞋，是夹着脚趾的那种，当时还很少见。

5

我曾经与父亲共同旅行过一次，就是这唯一的一次共同的旅行，在时光大斧的劈砍之下，记忆也只剩下火车进站前后的一些段落。

那年我十三岁吧，也不算小了，和父亲一同到我大姑也就是爸爸姐姐家。那是20世纪70年代一个隆冬时节的夜晚，我俩在一个偏僻小站下了车，记不清是等待转车还是等待会车，反正我们要在这个非目的地的小车站耽搁一会儿。那时候的火车几乎很少准点，永远是慢的，是晚的。按说赶火车是要抢时间的，当时大人们口头流行一句话，“晚半小时赶得上”，透露彼时铁路系统的不正常。恰逢雪后，骤降的气温让地面刚化的雪结了一层薄冰，很隐秘，很湿滑。父亲到站台上很享受地抽着烟，但他眼睛的余光依然捕捉到周围有人摔倒了，重重地跌落，一声闷声呼叫，父亲扔掉烟头，和我迅速抵达那个日光可及的现场。

滑倒的居然是一个壮汉。当时地滑、天黑，父亲和我作为离他最近的人，及时赶来出现在他面前。我们发现，他在无奈地挣扎。地滑得出人意料，壮汉其实是有力气的，但在起身这件事情上完全难以自己做主，父亲上前拽住他的一只胳膊，我拽着他的另一只胳膊，一起努力，壮汉终于站了起来。由于天冷，壮汉的谢意化为不自然的笑容，咧着一条斜缝的嘴十分僵硬，但发出的声音却很真切。他喊道："啊，希傧希傧，是你啊，又两年多没有见过了，你去哪儿呀？"父亲仔细一看，果然是自己的过去的老朋友，他们曾经在同一所中学教书，父亲教化学和生物，他教体育，素来身强力壮，另一绝是厨艺很好，我们到他家吃过饭，他做的炖豆腐给我印象最深。父亲说："李功啊，看着就像你。我去临河，再到杭后看我姐姐。"李叔叔说："哦，我就到补隆，父亲过世了。"李功随后被家人叫走，也就各自散了。

不远处有个售货车，父亲大概要买烟，便带着我走过去。走近了才发现，售货员是个年纪尚轻的女性。借着昏暗的灯光，我们看得出她眉眼清秀，鼻尖被冻得红红的，双手也冻红了，并没有戴手套。她的头巾是有些旧的格子款，被折成三角，在已经冻红的下巴颏那里牢牢地打了个结，薄薄的嘴唇有些苍白，长长的睫毛，似乎暗示着她的韶华依旧。她从嘴里呼出的白气给自己营造了一种简陋的朦胧之美，她不停地活动双脚，跺着落满灰尘、过于肥大的棉鞋。在空荡寂静的站台上，她显然算得上是暗夜里的一抹亮色，是唯一的微光，唯一的温情，父亲向她投以关注的目光。想必这个女性也注意到了，目光容易让人心领神会，比话语更会传情达意。别以为你看别人，别人发觉不了，陌生人与陌生人交流所使用的眼神，是种特殊的媒介，简单直接，可胜过一切语言。像爱默生说过的，“眼神里的语言世界任何地方的人都能理解”，是的，理解与接纳，或许还有默契与交流，具有神奇的魔力。

在父亲买烟的时候，他目光对准了一本《袖珍现代汉语成语小词典》，是商务印书馆的，带着浅蓝色磨砂塑料封皮的那种。天冷啊，封皮给冻得梆梆硬，它被混杂在一堆食物当中，在简陋的小推车上无人理会。父亲还是识货的，他把手伸过去拿书，此时我发现，父亲的手原来如此精致，比女售货员的手更像女人的，又白又细腻，仿佛天生应该四体不勤五谷不分似的。他仔仔细细地看了小词典前面几页，拿了一包内蒙古出的“千里山”牌香烟，并没有打算给我买零食。在他看来，吃零食是浪费，是不应该的，小孩只要能吃饱饭就可以了。

父亲正要掏钱的时候，面前伸过来一只乌黑皴裂的手，“行行好，行行好，遭灾了，家是陕西神木的”，浓重的鼻音，陌生的腔调，听得让人不好受。那个时候小镇上的人们，除了知道北京上海地拉那平壤河内万象金边，再就是知道神木。这个地方好像永远在遭灾，永远有各种年龄的乞丐可以在任何一个时间不期而至。他们的悲情让人麻木、无奈。父亲不理会这个乞丐，他从裤子口袋里捏出一张票子。父亲从不带钱包，他向来不要钱包，可能是吃过丢钱包的亏吧。他把一张大票子交给售货员，购买两件商品找回来的钱其实还是不少的。那时候商品的定价有零有整，找回来的钱同样毛票钢镚都有，他抽了一张给了我，其他的都给了那个要饭的，这显然大大超出了乞丐的意料。老头打躬作揖千恩万谢。但父亲并不理会，他把小词典交到我手里，离开小推车，到一边点着了烟。抽了不到半支烟，火车就进站了。

遥远的奶妈和她的孩子们

太阳在早晨壮丽雄伟地升起，使小草以至于人，一切创造物都欢跃起来。

——［俄］别林斯基《孟采儿，歌德的批评家》

人人都知道，隐瞒是不可能做到面面俱到，完美无缺的。要是你想隐瞒住一桩事情，就得隐瞒住与其有关的其他事情。

——［美］索尔·贝娄《奥吉·马奇历险记》，宋兆霖译，上海文艺出版社，2015年8月

我想好怎么写奶妈了。

奶妈，这个与女人的乳汁和肉体紧密联系的字眼，永远是亲切、勤劳、奉献的，作为别人家孩子的一时恩人，奶妈暂时替代别人家的母亲，只因为她有施人恩泽的资质和条件，她成为一时之选，但她的付出、美德，理应在人的记忆里长久留存。

我和妹妹都得到过奶妈的恩惠，贫病交加的母亲先后把我俩送往她家，求助于她乳房里的汁液。这奶水的滋养，怀抱的承载，这李代

桃僵的安排，令同一个女性成为过去一段时间我们家的重要人物。暂时的寄养，孩子活下去的权宜，将我们寄托于他人的怀抱和温存，于父亲母亲而言，既是无奈，也是必须。时值“三年严重困难”期间，身患疾病的母亲，根本不拥有哺育自己孩子的资质——其实也根本不拥有生育孩子的条件。但我和妹妹，却以一年一个的间隔，不合时宜地降生于这个食物极度匮乏的世界上。我们的存在，像是一条长长的纽带，把我们一家与乡村的一家人，紧紧地联系在了一起。

起初，我和妹妹对这家人并不拥有记忆，我们只是在生命混沌之时，走进一个小村子，躺在一家人的炕头，在本不属于自己的怀抱里撒娇、苟活。年龄渐长，我们才慢慢明白了自己奶妈居住的村庄，她的音容才逐渐清晰、亲切起来，我们曾经被邀回那个小乡村，沿着去往烈士陵园的小路，重新回味自己与奶妈一家的联系。当然，这种联系时断时续，维系的时间并不长。

很奇怪，把我和奶妈联系起来的，是早晨院子里公鸡那高亢而起伏有致的打鸣声。

1

在我们那个小城里，世界是不是已经醒来，早晨是不是如约而至，听命于鸡鸣的划定和提醒。街道两旁各类家属院居住的人们，理解早晨是否已经来临，依靠的往往不是钟表，而是家禽的声响。大家判断一天的开始，不看太阳出来没有，而是公鸡打鸣没有。公鸡打鸣会早于太阳的出现，尤其是冬季，太阳像个懒汉，迟迟不肯露面，公鸡则任何时候都心中有数，它们最记得什么时辰是早晨，它们预告雄伟的太阳即将喷薄而出，它们在完成自己的使命之后，才会静悄悄地躲进属于自己的角落里。或者，在太阳升起之后，抖擞着精神，漫步在院子里，总之，它们比早晨醒来得早得多。这在当今听不到鸡鸣的孩子们看来，是很不可思议的事情。

不错，我和妹妹幼年的时候，也就是20世纪六七十年代，鸡鸣这种属于农业社会的现象，在城市里相当普遍。几乎小城的每家每户都养一些鸡、鸭、鹅、兔什么的，有实力或雄心的，还会养猪、羊，甚至小牛。小城格局不大，与农村距离很近，或者说，小城就被农村包围着、供养着、感染着，不自觉地体现出农业社会的某些特征。人们街上碰着了，相互之间打招呼的声音很大，像是在田野里的喊话，过年过节，亲戚之间要大吃一顿，像是村子里那样的流水席，维系着亲友们的关系。小城街道上经常有马、骡、驴、骆驼、羊的粪便，医院里经常收治一些被大牲口踢伤的人。狗，似乎从来就不算是农业社会的附属品，在过去的年代，城市里能够养得起狗的人家并不多，如果养，也只是让它看家护院，而不是像现在这样当宠物。

小城里的人们只重视饲养家禽、肉用牲畜等。人与畜天然亲和，饲料就近取材，有什么就喂什么，有什么条件就养什么动物，有时候，从自己嘴里节省下一点点，也能让几只鸡凑合着活下来，催促它们长大，再让它们补充家里人的胃口。院子里的鸡、鸭、兔什么的活下来的理由，主要是当时的生活资料过于匮乏，城里的一家人想填饱肚子混个饱实在太难。粮、蛋、肉、奶，全部凭票供应，是稀有品，紧俏得很。当时计划生育尚未实施，一家人往往孩子一大群，加上老人，在工资水平普遍较低的情况下，能吃上饭，能吃饱饭，能吃得好一些，大多要拜托这些家里养的小动物。如果家里再有个病人或老人，为保证营养，额外在饲养家畜的方面投入精力和心思，更必不可少。我们家人口不多，与农村缺乏天然的联系，根本没有在粮食及作物方面受到接济的可能，家里补充食物来源，基本上靠自己养的鸡、鸭和兔子。

有鸡就会有打鸣的声音，就会有鸡窝，有鸡粪。鸡鸣之后，就会招引来掏鸡粪的人。从我记事时候起，似乎就有一个精瘦的老头经常推着手推车，出现在我家的鸡窝旁边，他几乎每天都不缺席。早上，中午，或下午，从不落下一天。姥姥让我和妹妹叫他杨大爷。

杨大爷手推车上挎个几乎能拖在地上的筐子，手里拿着一把粪勺，每天把我的大院鸡窝里的鸡粪掏得干干净净。杨大爷的年纪也就四五十岁吧，在我们看来已经很老了。他留着山羊胡子，乐呵呵的，头发有些自来卷儿，是深褐色的那种。但他很少给人看自己的头发，老是用一顶帽子遮掩着，冬天是皮帽子，夏天是单帽子，不是旧的就是打了补丁的。他个子很高，裤腿在脚腕部紧紧扎着，见了人，不管是大人还是小孩，脸上都会浮现出慈祥和蔼的神色。

我们这些半大不小的孩子，有时会围在他那辆老旧的手推车旁，看着他掏粪。他会和我们逗几句闲嘴，神态和气地和我们开玩笑。但有一次他发怒了，因为有个我们一起玩的小伙伴随口叫了他一声“掏大粪的”，这随口而出的字眼儿使他的脸顿时变成酱紫色。他挥起粪勺，对着那个愣头青喊了句我们“后套人”最恶毒的骂人话——“个泡货”。这个词相当于人们常讲的“杂种”，北京人嘴里的“丫挺的”，与“婊子养的”是一个意思。杨大爷的威严厉色和凛然大怒，使小孩子们一下子愣在那里，随即快速四散而去。

杨大爷主要是掏粪，也兼收一些旧货，还捡拾路边的废纸，废纸盒、牙膏皮之类。我们家里有破衣服、牙膏袋、废铁，也会拿去给他。杨大爷是识字的，这在当时他那个年龄的农村人里并不多。他还会讲故事，讲乡下的一些传说。一个雨后的下午，在家属院院墙外的一块空地上，杨大爷给我们讲了一个偷宝藏的故事。说是有个机智的农夫，是家里的老二，他日夜奔波，也吃不饱穿不暖，但有一天发现了一山洞的财宝，运回来一些，为了量这些财宝有多少，他向哥哥嫂子借量器小升。嫂嫂为了搞清楚小叔子到底得了什么宝贝，就在升底下抹了蜜蜡，小升还回来之后，嫂嫂发现升底的蜜蜡上粘着一枚金币，于是怂恿丈夫也去找财宝。哥哥偷财宝的时候过于贪心，忘记了开山洞的口令，不幸遇难。弟弟掩埋了哥哥，娶嫂嫂为妻。后来，贪婪恶毒的强盗反复为难农夫，故事很长，后来农夫在一个美貌的姑娘帮助下最终战胜了这帮邪恶的强盗。大家听得十分出神，向他提出各种问题，杨大爷都能巧妙回答，但有个孩子问，弟弟为什么能和嫂嫂结婚，这一下把杨大爷给问住了。

2

妈妈、姥姥经常念叨这位杨大爷，敬重之情溢于言表。后来我才听妈妈和姥姥说，杨大爷的爱人就是我和妹妹曾经的奶妈。这个消息大大地拉近了我和杨大爷的距离，我不再和小伙伴们围观他，不再和大家一起背后议论他，我忽然发现，他看我的目光更加柔和了，我们四目相对而视的时候，有了更多的停留，我甚至发现，他的眼珠比别人都要蓝一些，耳朵也比别人的大一些。我和妹妹有时候会守在鸡窝旁边，等待杨大爷的到来，但往往不成功，杨大爷越等越不来，不等了，他反而会来。有时候，姥姥会找一两件穿旧的衣服给杨大爷，而杨大爷有时候会带些苦菜、葵花子之类给我们。我和妹妹最盼望的，当然是到杨大爷家玩，杨大爷邀请过我们，但妈妈怕给他们家添麻烦，爸爸没有空带我们去，一直没有成行。

去杨大爷家里玩最终是由姥姥坚持和实施的，也只有她能够做到这一点。出行一般安排在天气暖和的时候，姥姥事先做过认真准备，带一些家里能带的东西，我记得，至少有红薯干、粉条等吃的，一些常见的硬水果糖，有一次居然带了一只自己做的鸡毛掸子，妈妈有次提议带一瓶驱虫的宝塔糖给杨大爷的孩子们。

夏天总能给人留下最深的印象，连同去杨大爷家的所见所闻，只要在夏天，就能记得住。有一年的夏天，我和妹妹随着姥姥去杨大爷家终于成行了。我们三个人到底怎么来到杨大爷家的，现在完全想不起来了，妹妹说是有人来接的，后来又说是杨大爷一趟趟用手推车推过去的，她甚至说可能是牵来了一只小毛驴拉过去的。我实在记不起来了，只清楚地记得，杨大爷家离我们三完小家属院并不远。等我上了学才知道，他们住的地方非常不得了，紧紧挨在烈士陵园旁边，是个有庄稼、有树、有河水的好地方。我们上学后，每年清明节排着队步行去扫墓的时候必定路过。

小城磴口历来得黄河水慷慨滋润，也备受黄河水患的威胁。黄河堤坝比县城楼房都高。解放后，政府在这里做了两件惊天动地的大事情。一个是建了一座黄河大桥，打通了两岸的交通。再就是建了一座黄河排洪枢纽工程——俗称拦河坝。修黄河大桥与拦河坝过程中，不少解放军战士牺牲了自己的生命，为安葬这些烈士，县里修了个烈士陵园。陵园距小城的中心大概有三四里路程，南面不远有个教堂，教堂的隔壁，是我父亲曾经长期教书的中学，这里地处县城的郊外。我们家所在的第三完全小学家属院，则在城中心的西南部，离烈士陵园不算太远。

我完全没有感觉到路途的遥远，行走的劳累，我只记得，一路上没有看到多少绿色树木。高大茂密的植物、树木在磴口生长得异常困难，处处可见的是大批低矮的红柳和沙枣树，它们不是用来遮阴的，亦非足以供观赏。它们耐风、耐沙、耐寒、耐旱，以自己卑微的存在点缀着黄土黄沙覆盖的塞外景观。但离村子近了就不同了，一条小河有潺潺的流水，不少树木错落于村庄四周，杨大爷家的房子藏在一排排社员房子的中间。这种房子在磴口县的城乡接合部里是常见的，外墙用带麦秆的泥抹着，屋顶也不全是瓦，看上去与周围的环境很协调。

这是一个很讲究很整洁的家，地面虽是夯实的土，但上面并没有杂物，不多的家具摆放得很整齐。靠墙一个支脸盆的铁架子上搭着条新毛巾，上方挂着一面圆镜子；靠墙另外一端架着个冬天取暖的炉子，锅灶连着土炕，炕上铺着席子，卷起来的铺盖靠在北墙。

一看到卷起来的被褥，我就感到很亲切，因为我们家也是这样的。这是山东人的习惯——吃饭的大饼要卷，闯关东走西口时铺盖也要卷。见到我的奶妈，听出她与我姥姥相同的一口胶东话，我更有一种到家了的感觉。在我家里，妈妈和姥姥都说这种话，想必奶妈也来自胶东一带。

杨大妈说话快人快语，声音高，对人热情，人精精神神、利利落落的，一看便知是个勤快人。她头发纹丝不乱，后背挺得直直的，除了胸脯高，身体是圆润的，一身土布衣服，一双不大的脚上穿着干净的布鞋。奶妈见到我和妹妹，高兴地蹲下来，一边一个搂着我俩，先拉着我的手，又拉过来妹妹的手，仔仔细细地看我俩，眼睛里流露出浓浓的慈爱，看得我们都有些不好意思了。我盯着杨大妈的脸，努力想从她脸上辨认出一些往日的特征，我只记得奶妈的眼睛大小不太一样，一只眼睛双眼皮，另一只眼睛单眼皮，想到这里我留意了一下，果然，两只眼睛的眼皮不一样，这使我昔日熟悉的感觉一下子回来了。她的皮肤没有过去那么白了，白上面又覆盖了一些浅浅的麦色，不过仍然精力充沛、丰满热情。奶妈比之又干又瘦的杨大爷，真有一种饱满的气象，而且，她的年龄也比杨大爷小不少呢。姥姥拿出带着的礼物，递到反复推辞的奶妈手里，不过，姥姥的鸡毛掸子受到了热烈欢迎。奶妈夸掸子做工考究色彩漂亮，姥姥说家里养了不少鸡，随手做了，凑合着用吧。她们俩胶东话的交谈，流畅而富于韵律，家长里短，一说起来，根本没有停下来的时候。

3

很快，这家的屋子一下子涌上来好几个女孩，好像尽是女儿，没有男孩的身影。她们一个个身材挺拔，热情活泼，又很规矩。我数了一下，一共四个。年龄最大的叫梅花，十五六岁，辫子很长，奶妈笑着说她已经是社员了。我只觉得她漂亮得很，简直有些像当时流行画片上的人物，身板同样很直，胸脯鼓鼓的，眼毛很长，眨起眼睛来扑棱扑棱的，双肩圆润而线条明晰，浑身热气腾腾。她的两只手很白，手指上有可爱的小坑，等她把我的手拉过来的时候才发现，她的手其实很硬，有些毛糙，这让我的手本能地一缩，我这个动作自然没有逃过她的眼睛，她说："我的手粗吧？我每天都下地、喂羊喂猪，还要做饭、洗衣服，但我不怕。别不好意思的了，让我带你去看看我养的小羊吧。"说着，她招呼着我和妹妹出了家门。

杨大妈家的院子里有专门的羊圈，喂的羊不少，全是山羊，大部分是能挤奶的奶羊，它们有的脖子上拴着小铃铛，有的系着红色、蓝色布条儿，安安静静、老老实实站着吃草，有几只羊头上长着长长的角，它们看有人来了，就抬起眼睛不时地瞪大家一会儿，随后又若无其事地开始了不停歇的咀嚼。山羊的脸很瘦，皮紧紧地绷在脸上，它们无一例外，都是双眼皮，乌黑的眼珠，安静地看着陌生的来人。看小羊的时候，妹妹站在梅花的大妹妹枣花旁边。枣花比姐姐小两岁，扎个小辫子，穿件花格子衣服，她跟在我们一帮人身边，看了一会儿羊，见我们精力有些不集中，开始左顾右盼，胡说八道，就把我和妹妹叫过去，让我和她一起看家里的鸭子。她说鸭子归她管："你看它们总是嘎嘎地叫个不停，都可能吃啦。那边那只黑鸭子，你看到了吧？它是这些鸭子的老大，特别霸道，总抢别人的食，不过它挺怕我的。"她说着，看着自己的姐姐梅花，咯咯地笑了起来。梅花听到这话握起拳头捶了她一下，枣花赶忙笑着跑开了。

妹妹一直被老三梨花照顾着，梨花是这几个女孩中皮肤最黑的一个，个子也有些矮，比枣花只小一岁，和我年龄差不多，她说家里的七八只鸡都归她管。我们看到了，她养的大部分是白色的“来杭鸡”，只有一只杂色的大公鸡。母鸡的重要性在于能够每天生蛋，就在我们过去看的时候，就有一只母鸡卧在鸡窝里不肯出来，梨花说这是正在下蛋呢。随后她捉住一只正要逃走的母鸡，递给大姐梅花，梅花会意地接过母鸡，在怀里抱妥了，熟练地把手伸进母鸡的屁股里，这叫摸蛋。那个时候，只要养鸡，家里就有人做这件事情，为的是心中有数，早点把它隔离起来，预防蛋下到别人家，或者下到院子外面。

过了一会儿，我们一帮孩子出了院子，寻找和凑近乡村那些可爱的一草一木。乡村真是可爱啊，在我们跋涉过不少黄土和黄沙，终于踏上了被绿色覆盖的土地之后，才发现这里到处是被绿水环绕的绿草、绿树，飞舞的蜻蜓、蚂蚱、蜜蜂之类，时时吸引着大家的目光。孩子们天天身处大自然之中，天天亲近河边的雾气，草间的露珠，林下的浓荫，该有多高兴啊。地上的那些野花，定义着各种色彩，养育着孩子们的感官，在一片喇叭花的面前，我找到了和梅花姐姐辫子上的头绳同样的颜色，两者之间的色调、浓淡，是那样一致。

就在这个地方，烈士陵园的纪念碑清晰可见。这个园子选在这样一个人与自然息息相通的地方，让我们都觉得再恰当不过了。陵园就不应该在荒郊野岭，不应该在毫无人气的地方。在烈士长眠之所，至少应该有树木，有小动物，这样能够使怀念者的伤感更加鲜活、具体，让人在怀想之后心里产生有所向往和追求的暖意。很快，我们在听到各种动物的叫声、蛙鸣声，还有小孩子追跑打闹的声音之余，闻到了飘在空气中的饭菜香气，远远近近的屋顶上炊烟已经升起来了，这一切特别让人觉得安适和踏实。想想看，周围都是有生命的东西，有生命运行的节奏和节律，在这里最能体验到生命的蓬勃运转与轮回，任何聆听和触摸，都能产生舒坦的情感。

家里来了客人，倒霉的是院子里的那些小动物，尤其是鸡鸭，等到我们回到院子里的时候，发现杨大爷正在追一只白色的来杭鸡，这只鸡是已经长得很成熟的那种，羽毛不再鲜亮，屁股上的翎子在减少。它被追赶得气急败坏，这个情景被梨花看到，登时就不干了，她知道这只母鸡要被杀掉，成为今天晚饭的美味，她大声地哭了起来："爸爸，爸爸，你千万不能杀花花啊，它生过很多蛋，过两天它还会生的，给它一个机会吧，给它一个机会吧!"梨花的哭声唤出了家里的杨大妈和姥姥，姥姥颠着小脚跑过来，气喘吁吁地说："大龙，大龙，你别追了，看把孩子吓的!"我这才知道杨大爷的名字叫大龙。杨大爷这时不得不停止了追逐，站在院子里直摇头。他悄悄地对姥姥说，好几次了都没有得手，这只鸡就是命大，每次都能被梨花拦住。

4

晚上饭桌上的吃食也算是丰盛吧，没有鸡肉，好歹也有一盘子腌猪肉烩酸菜，还算有油水。在吃的这方面，农村因为有地，有草，有水，有肥，长的东西多，总归比城里人有办法。但我们不知道，村子里的人很难吃到蔬菜，人们主要吃粮食，饭量就大。

在这餐晚饭中，我们看到了家里有个不小的中心，那就是这家唯一的儿子毛蛋儿。这孩子的年龄与梨花相近，是家里的大宝贝，但又脏又闹，最烦人，对我们三个来人并不友好。

男孩来到杨家完全是个偶然。是杨大爷捡来的。20世纪六七十年代，农用化肥不普及，拾粪、积肥是农家必需的功课，我至今记得，农业学大寨对城里人来说，基本上就意味着积肥送肥，人人都积肥，肥源紧缺。县城的大街小巷是杨大爷拾粪的主战场，他每天都会在相对不小的范围里挨家挨户拾粪，已经多年不变了。由于人缘好，我们家属院一排房子的鸡鸭兔粪基本上都归他，假如有别的竞争者前来淘粪，孩子们就会毫不客气地进行驱逐。

杨大爷始终保持着进城掏粪的习惯。有一年深秋时节的一早，当他走到邮电局附近的一个街角处，突然听到有婴儿的啼哭声，这哭声虽微弱却十分固执和急迫，听得他很揪心，循声过去，看到街角台阶上放着个箩筐，声音是从这只箩筐里传出来的。他走近一看，见花被里裹着一个婴儿。这孩子的脸都哭紫了，察觉到有人来，居然睁开了眼睛，更拼足了力气号叫不停。杨大爷想也没想，包好孩子拾起箩筐就返回了家里。到家之后，这孩子已经奄奄一息，精心伺候，喂奶喂水，孩子慢慢恢复了元气，这是个男孩，不到一岁的样子，但左手是六指，左腮有一块大大的黑痣。杨大爷给孩子取名毛蛋儿。

毛蛋儿给奶妈一家带来不少欢乐。也是奇怪了，按照姥姥后来的说法，这家人养不住男孩，奶妈是片好庄稼地，但只长女儿。听大人们说，她第一个孩子是男孩，只活了三岁——带到河边洗澡，一不小心就淹死了。梨花之后也生了一个男孩，但满月没有出，莫名其妙得了白喉，不治而亡。此后，奶妈每次怀孕都战战兢兢，不知道等待自己的是什么样的命运。梨花出生不久，捡了个毛蛋儿，他的到来给全家添了喜庆的气氛。两口子都喜欢极了，失去两个男孩的悲伤慢慢地被捡来的这个孩子冲淡了，几乎与我同时，杨大妈生下了和我年龄很近的杏花。想必我当初吃的就是她生杏花时的乳汁吧。

毛蛋儿特别爱玩水，一到夏天动不动就泡在小河小渠里，因为家里前面出的那条人命，毛蛋儿玩水这件事，让杨大爷操碎了心。据说，毛蛋儿水性很好，他并不是单纯玩水，经常会捞一些小鱼回来，而且他会捞蝌蚪，帮姐姐赶着鸭子到河边放养。

他是个浑孩子，很快就被一家人宠坏了，经常干一些上房揭瓦的事情，蛮横霸道得与自己的年龄很不相称。他这是对自己的保护。世上没有不透风的墙，当他知道自己身世之后，他除了哭着嚷着找父母，就是拼命地要横，好让别人不敢欺负自己。

但毛蛋儿做过一件让村子里的人对他刮目相看的事。就在我们去的前一年夏天，他游泳的时候，救下村子里一个失足落水的小姑娘，这个小姑娘叫柳枝，脑子有些毛病，家里人一看不住，就往河边、水坑这些地方去。那天的下午，也是刚刚下过雨，河边的一切焕然一新，柳枝想必也是没有被家人看住，来到水边捉蜻蜓。蜻蜓飞啊飞的，她不小心，腿没稳住，脚一滑，一头栽进水里，她并不会游泳，在水里手脚并用地扑腾着，声响很大。也是巧了，此时毛蛋儿是要到河边撒尿的，看到河里情形，衣服都没有顾上脱，在其他人赶过来之前，纵身跳进小河，硬是把柳枝拖到岸边，等到大人来了之后，与大家一起把这个傻姑娘救上岸。柳枝的父母是家境贫寒的庄稼人，家贫如洗，事后，父母亲上门来千恩万谢，为了这件事，杨大爷一家和毛蛋儿成了远近闻名的人。

我很快就发现，毛蛋儿本能的提防使他对每个外来的人都有戒备，他用一种略带敌意的目光看着我们三个人，最初甚至不肯挨着我坐。吃饭的时候，明显可以看得出来，大家都把好吃的让出来，紧着他吃，他似乎也毫不客气，埋头吃饭，并不管别人投来怎样的目光。但吃着吃着，我和毛蛋儿渐渐熟络起来了，他会把一些好吃的炒菜扒拉到我的碗里，我从口袋里掏出一些烟盒叠的三角递给他，他答应让我玩他自制的弹弓。

晚饭后我们俩玩得已经成了难舍难分的好朋友，他央求我一定留下来，明天继续玩，我自然是很愿意，又怕姥姥不答应，因为我有个很难启齿的毛病。好不容易让姥姥答应了。姥姥嘱咐了一会儿，就让杨大爷送她和妹妹先回去了。晚上，大人小孩分着睡在两张大炕上，我就睡在毛蛋儿和杏花的中间，躺在床上聊了好长时间。我们白天在这里玩得太高兴了，睡得很香，我大概很快就进入了甜美的梦乡。

我梦见自己和一帮孩子跑啊跑啊跑啊，与毛蛋儿一起穿过树林，来到沙漠，进入一片长满红柳的滩地，大家躲在红柳后面，玩起了捉迷藏的游戏，我在追毛蛋儿和杏花，早就发现了他俩，毛蛋儿头上别着柳条帽，杏花穿一件碎花的短袖衫，没错，就是他俩，我奋力追过去，跑啊跑啊，好像永远也追不到，就在我感到疲倦，嗓子渴得冒烟的时候，忽然电闪雷鸣、风雨交加，很快的，瓢泼大雨从天而降，迅速淋湿了我的全身，雨水真大啊，像大水柱一样劈头盖脸，让你无处躲藏、没着没落。我朝着他俩声嘶力竭大声喊叫，但喉咙里一点声音都发不出来，我喊啊喊，直到把自己喊醒，发现自己屁股底下完全是湿的，我又尿炕了！尿炕是我的老毛病，多年没好转，小时候特别是在上学前我很少在别人家过夜，晚饭后是否留下来的那番纠结，就是因为这个毛病，这是我的软肋和难以启齿的痛点。摸着屁股底下湿漉漉的单子，我羞愧不安，心急如焚，怎么办？怎么办？

随后我感觉到，杏花似乎已经醒来了，她眼睛大睁着，但并不声张，而是一动不动，她悄悄地问我，你喊什么啊？我望着黑黑的四周，默不作声，我不愿意说，也不敢说，我就指望着靠自己的体温，能够将床单焐干。我过了很久才吞吞吐吐地说，我做了个被大雨淋湿的梦，我梦到在追你和毛蛋儿，怎么也追不上，接着下雨了，我就使劲儿大喊，但你俩就是不理我，在大雨中消失得无影无踪，我没有地方躲，浑身上下全淋湿了。杏花说，你不说我也知道是怎么回事，别担心，我有办法。

第二天早上，我躺在炕上赖着不起，就怕别人知道我做下的丑事儿。杏花已经醒来了，她坐在炕沿上，好像在想什么心事。她提醒我起来，由她把尿了炕的单子收起来，再拿到小河里去洗。我感激地看着她，把她的脸给看红了。

5

在我印象中，杏花是全家说话最少的人。她的眉眼、身姿很有特点，与别的孩子都不太一样，是那种浅山浅水，轻描淡写似的长相，头发浅黄而且自来卷儿，皮肤很白很白，眼珠淡黄色，小小的鼻子，小小的嘴巴，走起路来弱不禁风，有那么一种说不清楚的“飘”劲儿。听姥姥私底下说过，这样长相的女孩子命浅，恐怕要遭大劫难。我就问她：为什么？她说听老人讲，头发少，而且头发浅的小孩子一看就根底不深，人不踏实，让人摸不透，没准哪一天会闹出大毛病。我又问：为什么？她说，听老人说，淡眼珠是因为眼珠被人蒙住了，你看不清她眼睛的颜色，她实际上也看不清周围的事情，迟早会出毛病。

果然，杏花过了五岁，厄运接二连三，先是肚子里长虫子，疼起来躺在地上直打滚，人瘦得皮包骨头。后来是特别容易发烧，而且一旦发起烧来十分可怕，浑身滚烫滚烫，吃什么药也降不下来，一个偶然的机会，村子里的一个人给杨大爷家里带来个破衣烂衫的针灸“郎中”。他姓大家很少见的“湛”，没人知道他叫什么，也不知道名字怎么写，就直接叫他“站大夫”。“站大夫”六十多岁，说一口很难懂的南方话，没有人知道他从事什么职业，靠什么为生，因为他话很少，又不是当地人。他看了杏花后，只用针灸，就把她的烧退了，发烧的毛病从此再没有犯过。杏花长大后与自己的几个姐姐一样，出落成一个颇具姿色的姑娘，只不过她的美有一种罕见的域外特征，鼻子越来越高，头发越来越浅，越来越卷。她还有一个优点，就是特别爱读书，学习成绩好。她在村子里的孩子当中，学习最拔尖，高中毕业考上了包头医学院。

在时光的流逝中，我们渐渐地失去了与杨大妈一家的联系，大概十几年以前吧，我从别的亲戚那里得知，杨大爷和杨大妈都已经去世多年了，杨家的几个女孩先后离开那个村子，到了磴口县或者临河市内，都成了家，有了自己的孩子。父母不在了，家便烟消云散。毛蛋儿还在村子里，他当了几年的兵，转业之后还是回到了村子里，办过砖瓦厂、水泥厂，赚了一些钱。其他人都没有离开巴彦淖尔市的范围，后来打听到，杏花在一所医院的妇产科上班，只是她没有孩子，结过婚，又离了。

书店不完全往事

我并非无书可读，我的床边有一摞没有读过的好书，更何况我的客厅里还有成架的书打算再读。恼火的是我发现我渴望的是“下”一本，但我又不知道它是什么。我不再试图去分析这种渴望：我屈服于折磨我大半生的痴书症已经很久了。

——［美］刘易斯·布兹比《书店的灯光》

你看，你看见那边的麦田了吗？我不吃麦子，那对我没用，可是你有一头金发，麦子使我想起你，我甚至会爱上风吹麦浪的声音。

——［法］安东尼·德·圣-埃克苏佩里《小王子》

在岁月的推移中，书已经让我变成了守财奴、悭吝人、囤积狂，日益加深着我的朝三暮四、左顾右盼、浅尝辄止，我像一个掰棒子的狗熊，对书，只是不停买买买，根本就顾不上读。书让我上了瘾、中了毒，为此，我曾恨书，恨自己不停买书、囤书的习惯，但又改不了，收不了手。书上的文字、图画，书的外观、散发的气味，书所承载和意味的一切，始终诱惑着我，使我沉迷。每到一个地方，我像狗寻找骨头一样，本能地、不知疲倦地去寻找书。一本心仪的书如果没有得到，我会寝食难安。

这种习惯，是在我童年时代养成的。是小城那座书店培养起来的。在我出生生长的小城的那家书店里，我花光了自己手中几乎所有曾经有过的零钱，而没有像别的孩子那样溜进副食门市部或在地摊上买吃的。长大后，在求学的呼和浩特、天津，在长期生活的北京，在外出开会或旅游足迹所到之处，书店、书摊从来都是我一定要去的地方。

夏季一个炎热的中午。蝉鸣处处，挥汗如雨。

妈妈又该邮购药品了。她写完信，把给对方的钱和让对方回信的信封写好，邮票准备好，统统交给我。也是巧了，那天家里没有胶水，信封没法贴邮票，也没法粘住。临出门妈妈又一次嘱咐我，到邮局之后，从信封里拿出回这封信的邮票贴好，信封封好再寄走。我很勤快，一向听话，愿意为妈妈做任何事情，答应着妈妈的叮嘱，顺从地出了家，一脚踏入难耐的暑热。

推门出来之后我才发现，这天的热大大出乎意料，没等走下门口的台阶，一股扑面而来的热浪，简直就要把我推倒了。我们这个小城的季节从不打盹儿，冬天就是冬天，夏天就是夏天。冬天寒冷无比，大雪每年如约而至，覆盖四野，让家里的窗玻璃覆盖上一层厚厚的冰碴儿。春天即使有些腼腆，躲在春节之后很长一段时间才懒洋洋地光临，但过了清明，必定会催绿万物，在“五一”节前让百花怒放。夏天的热一般是在7月中旬暑期临近时达到高峰，好像故意让孩子们不必顶着烈日去上学似的。于是，在大人上班之后，小伙伴们陆续从家里溜出来，结伴到黄河边的水泡子里去游泳，爬到大树上去掏鸟，或三五成群到同学家去玩耍。

此时巨大的热浪让我大吃一惊，抬起头来，天蓝蓝的，没有一丝云，毒辣辣的太阳悬在高空，威风凛凛地照射着万物，那种有些邪乎的热，简直让人无处躲藏。走出几步，我看到家里养的几只鸡卧在凉房门口的阴凉里打盹，院子里的土被晒得格外松软，脚踩上去就会扬起尘土，正当我要推开小院的栅栏门的时候，鸡窝里的母鸡咯嗒嗒地叫了几声，我知道，这是要下蛋了。妹妹出来嚷着要跟我上街，我嘱咐她母鸡要下蛋了，注意看好，妹妹不再说什么，默默地回去了。

出了家门右拐，只需路过两户人家便能看见一条南北向铺着炉灰砟的马路。沿着这条马路走，就能够到达繁华的街上。大路上的热浪更让人难以忍受，即使道路两旁挺拔的高高的杨树，此时也被晒得没有了精神，远远的地方不停出现升腾的热气，令我感觉到了沙漠一样，但所有这一切，并不能阻止我向前行走。拐上马路走了也就五六十米，就能看到右手边兽医站的蓝色大铁门，经过的时候我往里瞥了一眼，看到院子里关着几匹骡子和马，它们被拴在几个桩子上，懒洋洋的，好像若有所思，又好像在等待着什么。兽医站有一位德高望重的老兽医，说东北话，花白的大背头，是个斯斯文文的老单身，我们从来没有见过他的家人。再往前走，遇到一个丁字路口往右拐，向东的一条大马路可以直接将我引到邮局。走不了多远，在路北就能看到县医院。因为妈妈生病，县医院是我经常光顾的地方，医院东边的隔壁是建设兵团“4927”师部，师部对面差不多是副食门市部了。这个名为“红星”的副食门市部，俗称“西副食”，是我们小城市民食物的重要来源，与小城东部另一端的东风副食门市部对应，是我经常去打酱油醋，给爸爸买散装白酒的地方。由红星副食门市部再往东走三两分钟的同一侧，是新华书店，再往东走，穿过与县委县政府相对的街心花园，才能到达邮局。

天热，路就显得格外长，但我没有觉得累，只是不停往前走，偶尔抬头看看路边的树，树们依然挺拔着，树枝停止了摇动，树叶被晒得无精打采，脚下的尘土已经脏了我穿凉鞋的双脚。此时，我想起昨天晚上做的一个梦：我在沙漠里独自走着，太阳高高的，让人无处躲藏，正在此时，一只蓝麻雀飞过来，它算不上美丽，但不令人反感，麻雀是我们见到最多的鸟类，可蓝色麻雀罕见。它在我头顶上盘旋了几圈，最后决定要落在我头上，这是我从来没有遇到过的事情，我慌了神，抬起胳膊不停地向它挥手，挥了一会儿，人也就醒了。

此时我本能地抬头看看，意识到四周并没有麻雀，而且发现自己已经走到了红星副食门市部跟前，门市部里飘出了酱油醋白酒海带豆瓣酱咸菜粗盐混杂在一起的浓重气味，我想快快离开这里，我不爱闻这些混杂的味道。我爱闻清新的、单纯的味道，我爱闻雪花膏、洗发水、香皂、牙膏的味道，这些味道令我想起姥姥、母亲与姐妹们。正在这时，我似乎真的闻到了一股雪花膏、洗发水的味道，接着是身后一阵清脆的自行车铃声，回头一看，原来是新华书店的小金。我停住脚步，等她从自行车上下来。小金用大大的眼睛看着我，告诉我书店里又来了新书，问我想不想去看看。她身上总散发着很好的味道，一脸的单纯，大大的眼睛，热情的态度，让我很难拂逆她的好意。

小金是我在书店里的熟人，她对所有人都很友好。而她的热情和优雅，起初我并没有发现，对她的美丽和善意，以前我视而不见。直到几个月前经历的一件事情，才让我对她有了新的认识。那天我来到书店买书，看到中意的一本，就小心翼翼地示意她把书拿来让我看看。当小金递我书的时候，我看到她的手很白很精致，没有一点瑕疵，手指修长饱满，白白嫩嫩的，富于弹性，指甲盖小小的，泛着粉色的光泽，由她白白的小手能看到她袖口里同样白嫩的手腕，手腕上戴着小巧的手表。我看书的时候，她就站在我面前，身上飘出丝丝缕缕好闻的味道，我偶尔从书上抬起头，恰与她长长的睫毛相遇，这才发现，她睫毛下的一双丹凤眼眼仁不大，泛着浅浅蓝色，眼白十分清晰，眼梢长长的，眼珠看上去有些鼓，但并不过分，眉毛细细的，弯曲度不大。她额前的头发是拢在后面的，在脑后梳成一个发髻，这使她白白的额头显得格外宽大，让没有掩映的眉毛和眼睛格外突出。小金是个高鼻梁，嘴稍有些噘，像是天包地，但并不影响整个脸盘儿的协调，倒让人看着很舒服。她耐心等着我看书，没有一点不耐烦，这本书看来看去我最终并没有买，小金也未显出什么不悦。

县城并不大，小金算是个小小的名人，后来我也偶然听到大人们对小金的议论，说小金的甲状腺有毛病，脖子浮肿，所以喜欢戴纱巾、围围巾、穿高领毛衣。对此我始终不信。她夏天从不遮掩脖子，爱穿浅色翻领的衬衫，白白的脖子坦然裸露，头发扎得高高的，脖子到锁骨这段在衣服里若隐若现。她这种奶白色的肤色，黑黑的浓发，脸上洋溢着青春风韵，更使她的美丽难以掩藏。小金年龄不大，她的丰满成熟，稳重举止，使她显得比我们大得多，难以将她视为我们的玩伴，她身段纤巧，态度热情，又让我们愿意引她为姐妹。

美丽像是无形的流言，走到哪里传到哪里。没有哪里的人不愿意嚼别人舌头的，大家经常会拿跟自己没有任何关系的人与事当茶余饭后的话题。有人说小金太冷淡，太高傲，眼睛里根本就没有人。也难怪，在商品紧俏的年代里，书店与粮店、副食店、五金店、百货店一样，里面的售货员往往有不小的来头，职业优越感是天然的，因为市面上的好东西，都是他们最先见到，最先享用，他们心里清楚别人有求于自己。物资匮乏的社会环境把他们惯坏了，使他们成了被讨好的人。可在我们眼里，小金从不需要讨好，她经常露齿而笑，对我们这些小孩子向来大大方方。大人们说她很少拿正眼看人，有些吊梢的双眼总显得眼白多，这有些过分了。小金是矜持的，她很娴静，话不多，经常靠在柜台边上，但她也是随和的好接近的，随时听候顾客召唤的样子至今如在眼前。我们这帮小孩子喜欢小金身上好闻的味道，喜欢她嫩得透明的双手，连她扎在脑后的“小刷子”也让大家喜欢。她的那些优点，比起她不拿正眼看人，显得太微不足道，她的存在增加了男孩子们去书店的频率，与其说有些男孩喜欢这家书店，不如说喜欢小金更恰当。

小金的美丽终于吸引了我，使得我在她面前变得有些拘谨。有时，我远远地看着她接待别的顾客，世界不再嘈杂，书店因她一个人而变得生机盎然，值得留恋：这个睫毛长长的年轻女孩，永远热情地应对着顾客，她白皙的小手递给自己根本不认识的男男女女各种各样的书，她耐心回答各色人等提出的问题，开票、收款、盖章、开发票，全然不知自己的美丽，也根本不知道自己的存在对那些懵懂的小孩子是何等重要。我看着她，心事重重，浮想联翩，表面若无其事，其实心跳

书店

得厉害。我有时像排队一样沿着柜台跟在其他人后面，默默留意她的一举一动，前面的人都走光了，我才走上前去，结结巴巴地用手比画着，用表情配合着，让她拿某本书给我；有时一连跟她要三四本书，看了好半天，一本也没有买，她一如既往耐心地听从我的指令。发展到后来，我愿意来这里，有时是为了看书买书，有时更是为了看小金。

一来二去，我和小金熟了，慢慢地体会到她更多的善意，比如，也不知道她怎么得知了我妈妈的病，有时她会有意无意地给我推荐一些医学和卫生保健方面的书，推荐的时候并不多话，而是心里有数地聊着天，不催我取舍，她落落大方，永远自自然然，面带微笑。她好像永远不知道自己的美，更不会以美为傲，只是随时愿意将自己的善意传达出来，如此而已。

在这番胡思乱想中，我走过西副食、文化馆、书店、小花园，一路上不断看到卖汽水、冰碴、冰棍、冰糕的，我忍着，尽量不去看，不想这些东西，很快就到了邮电局。得益于曾经做过公署所在地，小城建起了几座形制很不错的建筑，邮电局便是其中之一。这是个四层建筑，对着街心花园，与县委县政府隔路相望。到邮局之后，按照妈妈所说的，我完成了封信、寄信和汇款任务，但在此过程中，从妈妈给我的信封里抽出了一张毛票，在回家的途中，神差鬼使，拐进了小金所在的那座新华书店。

书店之所以能称为“座”，是因为它在我心目中很巍峨，不像随处可见的店铺那么不起眼不成规模。书店气派得很，门窗巨大，跃层很高，书店被建成这样，同样得益于小城做过盟行署的首府。新华书店有三层，坐西朝东，紧邻街心花园，与邮局一样和县委县政府隔路相望，是核心地带的重要建筑，壮观程度不逊于花园另一端比它高一层的邮局，颇有些地标式味道。少年时代，除了学校和医院，我最常去的地方就是书店。每当走近这座二楼镶嵌着红色毛体“新华书店”字样的建筑，推开安着长形金属门把的厚门，我经常会心跳加速。

我气喘吁吁地从邮局直接来到书店，小金所在的书店一层集中销售图书，种类齐全，是人比较多的地方。小金像是胸有成竹，早就等着我了。我在陈列小儿书的柜台前流连很久，看到《小兵张嘎》《铁道游击队》《平原枪声》《刘胡兰》《沙家浜》《智取威虎山》等好多种，最后将目光落在根据高尔基同名小说改编的连环画《童年》上。王尔德说过，“只有浅薄无知的人，才不以貌取人”，当时我并不知道他有这样的说法，但我从小就知道要“以貌选书”，封面好的书我会很快决定买下来。那天小金推荐的新书，就包括《童年》，这本小人书的封面是站立着的年幼阿廖沙和他戴着披肩的慈祥外祖母，像是我与我的姥姥，这个彩色封面朴实端庄，亲切自然很打动我，使我马上付钱买了下来。递给我书的时候，小金平静地说，这本书卖得最好，你肯定会喜欢。

在回家的路上，我才意识到自己买书是花了妈妈买药的钱，事情实在有些大，犯了一件大错，但我没法撒谎。进门后，厚着脸皮把小人书拿给妈妈看，面对脸色难看的妈妈，我无言以对。但数天之后，妈妈还是夸我这本书买得好。

同样一个炎热的午后。是暑假的一天，家里忽然静了下来，饭后的父亲已经躺在了沙发上，点起一支烟，这是他开始午休的信号。我匆匆忙忙收拾好桌上的碗筷，在通往厨房的途中忽然停下来，透过爸爸面前的烟雾，好不容易鼓起勇气向他开口：“爸，给我点钱，我想买本书。”爸爸看我憋得脸通红，露出略微不解的神情，朝我这边瞥了一眼，也许实在是太困了吧，出乎我的意料，爸爸并没问更多的，未加犹豫就将手摸进口袋里，动了几下拽出几张票子。爸爸向来不用钱包，他多次说钱包就是预备让人偷的，这种说法后来也深深影响了我，让我变成了一个不使用钱包的人。

他清点了一下手里皱巴巴的票子，从中抽出两张毛票，我看到票面上画着的漂亮小人儿，管不了数额是多少，赶快伸出手去接，爸爸把钱夹在被烟熏黄的手指间，很潇洒地递给我，顺便说了一句：“别乱花啊。”爸爸如此痛快，是我没有料想到的，每次和他要钱，他都要反复问我干什么用，是不是需要这么多。不过事后从来不会再问钱花在了哪儿，买了什么，还剩下多少。大人是奇怪的动物，让人难以捉摸。他这次一点没有拖泥带水，不知为什么。

我像是中了大奖，迅速将钱揣到短裤口袋里，生怕别人夺走，草草地洗完碗筷，夺门而出。我的目的地当然是小城那座唯一的新华书店。

酷热的天气并没有让我慢下来，我以很快的速度一路狂走，来到书店的时候，门口没有见到一个人，当我走上台阶，伸手推门把手的时候，发现门上贴着一张白纸，上面用铅笔很潦草、很轻浮地画着一个年轻的女人，一看就知道画的是书店一楼的小金，明显是在丑化她。看得出来，这张纸贴上去的时间不会长，上面的糨糊还没有彻底干，我左右看看没有人，把这张纸揭了下来，叠起来塞进口袋。不管小金愿意不愿意，我心里早已经把小金当成自己的好朋友了，在这个宽敞得足以充当滑冰场的书店里，只有小金和我最亲近。她比起一层那个矮矮的戴副厚厚眼镜的中年女售货员要可爱得多，别看中年女售货员衣着朴实，似乎永远在低头算账，仿佛话也不爱说的样子，但只要你求她拿本书，她就会喋喋不休地和你说个不停，问你多大了，哪个学校的，甚至会问你家里几口人，让人烦透了。二楼的那个老汪我回头再说，他是个彻头彻尾的怪人。

今天我急匆匆地赶到书店，是因为上次买书的时候，小金悄悄告诉我，过段时间会来一批新书，可以再过来看看。

来到书店后，我发现店里人很少，远远地看到小金靠在柜台上，眼前只有一个顾客捧着一本书看，这是个小姑娘，穿着红衬衫，扎着一条当时流行的长长的大辫子。我走过去，在小金还没有注意到的时候，先默默地浏览着玻璃柜台里的书，最初拿不定主意到底该看哪本书，直到发现了苏联电影连环画《列宁在十月》，便打定主意让小金取这本。

好不容易等到那个大辫子姑娘交完钱走了，我才出现在小金面前。小金看到我会心一笑，这笑是淡淡的，嘴唇微微一挑，双眼微微一眯，嘴角和眼角却能让人感到她的笑意和善意。我很潇洒自如地和她打过招呼，让她把《列宁在十月》拿过来，她俯下身，很灵巧地把手伸到柜台里，她的手指甲很光洁，粉里透红，进一步显出她家境的优渥。

当时这部电影早已风靡大江南北，我看过多遍，买这本书根本不用找什么借口，我太爱这部电影了，我随便翻了翻这本书，让它在我手上停留了很短一会儿，就让小金开票。开票是付款前的必经手续。在她拿来小本儿往上填写书名和金额的时候，我的心脏怦怦直跳。这是因为那张贴在书店大门上的纸，我拿不定主意要不要把这件事情告诉小金。直到我磨磨蹭蹭地到收款台交了钱，回到小金跟前，从她手中拿到书，发现她闲下来了，才定定地看着小金的眼睛，慢慢对她说："小金，我给你看件东西。"小金抬起头，将好奇的目光投向我。我从短裤口袋里颇为灵活地把那张纸条拿出来递给她。小金打开纸条扫了一眼，漂亮的脸庞一下子变了颜色，扭曲得很难看，随后她嘴角一撇，露出很不屑的神态，把那张纸揉为一团扔掉，大步流星离开我，到柜台的另一端找个凳子坐了下来。看她满脸通红、呼吸急促的那个样子，我很为她难过，也很为自己的鲁莽自责。我的嘴怎么这么贱呢，难道少多一次嘴，天会塌下来吗？我一时羞愧难当，不知如何是好，愣了一下拔腿开溜——既然地上没有缝，就让我赶快离开小金吧！

从书店一层走出去，我还不想离开书店，就又由大厅拐上书店二楼。二楼我并不常去，这里没有小金，也不卖我感兴趣的书，销售的主要是文具、画册、年画之类，属于大人们经常去的地方，过年过节时候才会热闹几天。

那个时候，尽管物质上很贫乏，人们对精神享受的追求向往热情很高，家家户户求上进，都想把家里的墙面变得与大街上、单位里的一样，与伟大领袖、大好河山、样板戏、好人好事日夜相伴。我看到不少小朋友家的墙壁上贴过《列宁在1918》《列宁在十月》的剧照。而且，"我在马路边捡到一分钱"，"学习雷锋好榜样"，等等，不仅是当时流行的歌曲，也变成了年画，一个胖乎乎的小女孩拿着一分钱硬币、雷锋叔叔手持钢枪或手捧毛主席著作的彩色水粉画，被很多人家贴在墙上，用来当装饰品。我还看到不少邻居家墙上贴过《红灯记》《智取威虎山》《沙家浜》等连环剧照，这是那个时代很风靡的做法。

书店里出售的宣传品是流行普遍的礼物，很受欢迎。小时候我家北墙长期悬挂着一幅印在铁皮上的油画《毛主席去安源》，上面印有两行小字："1921年秋，我们伟大的导师毛主席亲自去安源，点燃了安源的革命烈火。"每当晚上躺在炕上临睡前，我都能看到身穿青色长衫、右手拿红色雨伞、左拳紧握的青年毛主席，英姿勃发、昂首挺胸地走向前方。毛主席背后左侧有座小山，小山中间有个黑影，我在很长时间里以为那里躺着一个同样穿长衫的人，因为这个黑影像是有脚有身子，一动不动，很安稳很自在。这幅画的纸质版和铁皮版都非常流行，记得妈妈爸爸就曾买来送给三完小的一对青年同事当结婚礼物。

我不愿意到书店的二楼，是因为楼上的老汪很烦人。据说他负责着这个书店的财务。他是一个罗锅，背驼得厉害，个子矮得出奇，这不算什么，老汪还患有严重的白化病，常年戴着帽子，衣领的扣子从来都系得严严实实，一张小瘦脸十分狭窄，一口黄牙参差不齐。他懂俄语，能写会算，据说是"文革"前的大学毕业生，他学问好，经常卖弄自己的知识，见到我和小伙伴们结伴而来，就会与我们搭讪，与大家聊个不停。但他说话发音怪怪的，乌兰察布口音很重很难懂。想必他在书店里很孤独，但对别人的歧视、冷眼与疏离，好像一点也不以为意。他的穿着向来讲究，常年脚踏一双小镇很少见的系带儿三接头黑皮鞋，鞋擦得干干净净，从不被灰尘所覆盖，他的中山服，他的颜色得体的高领毛衣，同样让大家觉得少见。老汪像个乐天派，经常乐呵呵地与别人搭讪，没有给人留下落寞寡合的印象。他是烟鬼，营业时候嘴里也叼着烟卷，常常一支接一支地抽，使二楼弥漫着浓重的烟味。老汪还有个嗜好是拨拉算盘，每次去书店二楼，我都看到他在拨拉算盘，是玩还是真有账在算，当然不是我能知道的。

我走上书店二楼，果然看到老汪在打算盘。我想，会打算盘的人总不会太可恨吧，这人或许说不上有多可敬，但到底是有一种技能的。况且这种技能，恰恰是许多人都掌握不了的。比方我，根本学不会打算盘。此时他穿着长袖衬衫，没戴帽子，嘴里叼着一支烟，右手拨拉着算盘，让他的吞云吐雾也不那么讨厌了。楼上一个人没有，是啊，大中午的，既不过年，也不是什么节日，谁会来买年画和礼品呢？

老汪看着我无头无脑的样子，狡黠地向我打着招呼，问我中午吃的是什么，爸爸上班没有，我压根不想理他。但我既毫无目标，也不好意思驳他的面子，只得勉强停下脚步，立在那里，傻瓜一样地边听他说话，边想着怎么应付他。但他得寸进尺，接着又开始问我班里有多少男生、多少女生，班主任是男的还是女的。接着又对我讲："哪个少年不多情，哪个少女不怀春？这是德国有个叫歌德的诗人说的，这些你知道不知道？"我年纪很小，在那个时候，我也根本无缘知道这些事情，他的灌输让我反感。况且，他那个长相，那副老烟鬼的样子，还配谈这些？这些话从他嘴里出来，是那么的不对劲、不正常，而且，他眼神里始终有一些诡异复杂的东西，让人捉摸不透。

此后好几个月我都没有到书店买书，因为我不敢面对小金，不敢看她的眼睛，我不知道自己给她带去的是怎样的不祥，同样不知道给她造成了怎样的影响。终于，半年多之后，已经进入了异常寒冷的时节，在一个大雪纷飞的礼拜日，一个爆炸性消息传遍小城——新华书店的罗锅老汪勾引店员小金，犯下流氓罪。这一对长相、年龄、地位完全不般配的男女，居然出了“风化”问题！太出乎人们的意料，太令人费解。消息起初是个人们难以置信的传言，后来成为县城里被议论最多的话题，再后来则成为板上钉钉的事实。在春季末尾一次体育场的审判会上，人们看到了老汪，会后他赫然出现在大卡车上，双手被绑在身后。他个头小，往大卡车上一站，勉勉强强露出大脑袋。犯人不让戴帽子，他平时被遮掩的脑袋暴露在光天化日之下，稀稀拉拉的头发，白得刺眼的头皮、面孔彻底暴露无遗，让人颇为吃惊。

从此，小金从人们视野中消失了好长一段时间。大概过了一两年，我才又在新华书店一层的柜台边看到了她。我发现她依然很白净，远看似乎没有多少被打击的痕迹。走到她跟前，才能发现她面部的明显变化。而且，即使她认出我，也不肯与我对视了，她从柜台里为我取书的时候，目光越过我的肩膀、头顶，望向远处虚空的地方，嘴边做出的微笑似带一丝浅浅的嘲讽。她神态上出现的些许异常，让我再也不好意思仔细看她的面容，只得把目光落在她手上。我发现她的手不再像以前那么白那么嫩了。拇指和食指上有了浅浅的黑道。她不再扎“小刷子”了，而是将头发散下来，披在了肩上。由头往下看，我发现她的袖口有些抽线，袖子上有明显的油点儿。

世上最寒冷的那个早晨

历史学家对自己说:“好了，我想我对这个问题不可能比现在更明白了，我最好还是开始动笔吧。”

——[美]J. H. 赫克斯特《历史的修辞》，

复旦大学出版社，2006年

忘记曾经经受过的绝望是人性的一个奇怪的特点，如果不是亲眼所见，人们几乎不相信这类事情。

——[德]阿图尔·叔本华，“给母亲的一封信”，

《致亲爱的母亲》，人民文学出版社，2015年，第135页

1

那是20世纪70年代第四个年头才刚刚到来的一天。

那是被他记忆的潮水反复推出水面的一个清晨。

人类对真理揭示能力之异常强大，远非人们所能想象，即使凯鲁亚克这样被公认为玩世不恭的人，也不会漏掉一次揭示真理的机会，

其《在路上》结尾处痛切地告诉人们:“除了无可奈何地走向衰老，没有人知道前面将会发生什么，没有人。”这句话让本文的主人公完全改变了对这个时髦“偶像”的看法。他不再认为人是可以炒作出来的，他开始不再怀疑大众集体无意识的准确性。在没有人知道前面将会发生什么的时候，我们不会回忆，知道了，我们就会回忆。是的，衰老不可避免地到来的时候，你会发现与自己相处是如此之难，你会不停地想起过去那些日子，甚至为此可能忘记自己当下正在做的事情的紧迫性。你绝不会放弃沉思，不会考虑到这样做是否理性与实惠，你不会因为花费了这些宝贵的时间而心有戚戚，从此放弃这些努力，你愿意将回忆的偏执延续下去。

回忆必然牵扯到的具体年份、具体日期、具体的人，总是要与细节联系在一起，摸不到细节就找不到回忆。一个回忆牵起另外一个回忆，连接着另一段往事，对往事的热情有时属于徒然的伤逝，有时属于无望的缅怀，有时得到些许淡淡的忧伤。别指望更多额外的福利，在更多的时候，回忆、回味本身就能带来咀嚼的乐趣，沉浸于其中的忧伤，有时也带来满足感。回忆并非全部带来伤逝感，睹物思人，会有感伤，但追怀本身的感伤难道不是有益的吗？人是个善感的动物，心里的任何涟漪都会突如其来，附带着不可抹杀的情感价值。让你明白，感奋、激动和昂扬的拥有，不全由现实活动赐予，有时，回忆本身可以带来预想不到的勇气、亢奋与力量。

一个人与自己相处很困难，在于避免陷于思维停滞并不容易，你既想在无所事事中获得心灵的平静，又不想让时光大把大把流逝，既想避免陷入公众生活无奈的嘈杂，又要保持自己与外部世界的精神联系，让思考能力回到自己身上，谁能轻而易举做得到呢？独处的时候，人们想把纷乱无序的思绪交给无边的回忆，放任自己对往事的咀嚼，不计收获或遗失的一切，但回忆的结果是常常在自己意想不到的时候，捕捉到一些自己没有料到的吉光片羽。

钟情于中国人诗歌的宇文所安说过，“聪明的作者不会让他的作品去说教而是去纪念——使之成为共同记忆的部分”。是的，在写作的时候人们会发现，在更多情况下，写作所依靠的咀嚼、回味，更会使自己陷入往事中那些不堪回首的段落，一旦触碰自己心中最不愿回望的场景、细节甚至数字，不能不格外小心翼翼。

长期以来，他忌讳11这个数字，但断断难以忘记这个数字。1月11日是他生命中最难忘怀的日子。1974年1月11日，他的母亲过早地离开了这个世界，年仅三十七岁。当时，他十二岁，妹妹十一岁。

2

事情的发生全然不可避免。从懂事起，他就知道母亲已经备受疾病纠缠，她气喘不停、脸色潮红、无法照顾家人，她成为大家的谈资，她每天都在不停走向一个谁也不愿提及的必然结局。

那是一个干燥、风冷、沙吹的清晨。他被家里的人叫醒，他不知道自己一夜才睡了多久，反正没有睡踏实，他比家里那些已经熬了一夜的人幸运多了，但他毕竟是一件即将发生的事情的重要核心人物。叫醒之后的他根本没有洗脸和吃饭的时间，他的母亲正在与时间赛跑，人们必须跑得比母亲更快。尽管已经疲惫，但必须坚持下去，不计一切代价。

他被命令与一个名叫张焕的叔叔，去共同完成一个极端重要的任务，去叫母亲的二哥——赶在她与生命分离的时候，见证她与时间赛跑的最后结果。当时没有电话、没有汽车、没有畜力可以借助，只能依靠伟大的万能的自行车。

于是，他被载在自行车的前梁上，睁着睡意蒙眬的双眼，与张叔叔一同驰向二舅家。他明白事情的紧急与严重，只是对事态发展的进程毫无把握，他们的使命就是赶快叫来那个见自己妹妹最后一面的人。

自行车在小县城那条南北方向延伸的、宽阔而寂寥的马路上疾驰，这种无人无车的景观很常见，并非因为时间尚早，纯粹是因为城里的人太少、天太冷、风太大。即使天已大亮，个别店铺已开门，也改变不了天冷人少的事实。自行车在大道上由西向东行进的时候，一种从未有过的寒冷笼罩了他——痛彻骨髓、无躲无藏，一种空白虚无感让他发慌，可怕的孤寂和大脑里的空白，让他阵阵发抖。他那偏瘦偏小的身体在前梁上不住地打冷战——谁会明白他此时的心情呢?

他心里憋得慌，闷得要命，但欲哭无泪，他想控制住自己的情绪，但手足无措；他感觉到大脑里空空荡荡的，失去了想事情的能力，就像身上丢掉了温度，就像被架在半空，腿脚绑住一样难以挪动。自母亲重新住院，姥姥被劝走之后，家里出现了前所未有的空旷局面，人少了，说话少了，事情也少了——一种前所未有的空白感，让家里失去了生机，沉郁的空气压抑着每个人，阻止人产生任何念头。但他幼稚的心灵里却充满了从未有过的杂念，这些念头翻腾着、挣扎着、矛盾着，任何看得见、看不见的一切，都令他恐惧和绝望——这下完了，

完了，自己的生活，自己的一切都将陷入更加糟糕的境地。完了，自己习惯的生活的方方面面行将走到另外的尽头，家里的一切不会恢复原来的秩序，自己将会被众人指指点点，自己不再配享有同龄人所享有的某些东西，同时，完全不出意料地，自己可能会享有来自别人的、说不清道不明的、不能推卸的同情、关怀和另眼相看。这是他最不愿接受的。

他头一次发现，小城这条唯一贯穿南北的通衢大道，原来如此之漫长。张叔叔呼吸粗重、均匀、沉稳，无任何异常，如果有，也是用尽全力必然导致的急促，空气中的白气不停地呼在他戴着棉帽的头上，与他呼出的白气汇合在一起。即使他双手笼在袖子里，仍觉不出有任何热度。他双脚别在自行车斜梁上，一动不敢动。

行进中道路两旁的景物缓缓后退，完全没有叶子的干杨树，一棵高一棵低，彼此的距离显得格外远，像不穿衣服的人一样，完全失去尊严与威风，失去叶子的装点与庇护，树的枝杈狰狞、无依无靠，而匍匐于杨树脚下的红柳、酸枣和蒿子们，在寒风中瑟瑟发抖，更找不到半点依傍，偶尔能够看到一些废纸在灌木丛中挣扎翻滚，装点着清晨的萧瑟。

路长得似乎永远无法到得了尽头，永远拐不到别的方向，他正在这样想的时候，自行车开始上坡，也意味着即将转向另外一个方向、另外一条小路上了。但偏偏这时，一股大风迎面而来，自行车无法前行，张叔叔立刻下来，稳住自行车，用劲喘了几口气，推了一段再纵身上车。张叔叔有气喘病，加上抽烟，喘得像个老人。那个时候的大人实际上也就四十来岁，可能还不到四十，但在孩子们看来却是很大的人，很成熟、很有威严，只能听命，绝对不能违逆。张叔叔的一路无话，让事情显得格外严重与紧急，我们的主人公无法与之言谈。

3

县城毕竟不大，二舅家终于到了。这是一个整洁、宽敞而殷实的小院，透露出男主人地位的庄重与女主人之持家有方。二舅是母亲所生活城市里唯一的娘家亲戚，两人相差十几岁，很亲密，很有共同语言，但他们并不勤于交流，把一切都藏在心里。他们受过扭曲时代政治气候的苦，生活早已教会了他们隐忍，在同一个城市里，他们凭着自己的职业和品德，成为让人尊敬的人，唯一的武器就是恪守“老王家”的寡言少语与待人和善。

二舅稀疏的头发已经灰白，圆脸，大眼，眼皮和别的兄弟一样是很“双”的那种，他嘴唇薄薄的，表情丰富，眼睛老眨，喉咙里习惯性“吭吭”的声音时断时续。在几个兄弟中二舅算是比较善谈的，不胜酒力，喝点酒就话多。二舅学过财会，是小镇上权威的会计，又非常爱好历史，家里有不少范文澜的《中国通史》。在那个年代，范文澜的书几乎是唯一能够找到的历史著述，被二舅包了厚厚的书皮，整整齐齐地陈列在家里和凉房里，没少被孩子们偷看。二舅妈刀子嘴豆腐心，为人热情，说话声音高，对人好或者对人歹，都摆在明面上。她也极富幽默感，每年到她家里拜年，总能得到最热情的款待，一坐下来，她准会说：“先给你个屎饼子（柿饼子）。”她得理不让人，嘴不饶人，谁也别想惹她。招惹一次大家就会明白，这女人惹不起。

二舅家三个孩子，两男一女。听说两口子一直在吵架，但在外人面前乐融融的，日子过得红红火火，二舅在世的时候就实现了儿孙满堂，退休不久却突然半身不遂，见人只会哭，什么都说不了，痛苦至极。二舅妈听信野路子广告，和大儿子带着二舅远赴东北双鸭山、佳木斯求治，无功而返。一家人伺候了十几年，给二舅送终后不久，二舅妈重蹈二舅覆辙，瘫在床上，变成了一个移动困难的大胖子，最爱喝可口可乐，这是糖尿病和高血压最忌讳的，她却不管不顾，最后暴死在床上，令冗长而心痛的故事戛然而止。

见到年幼的外甥和张焕叔叔，二舅一切都明白了。二舅似乎早就知道会有这一天，拼命眨着眼睛，满脸通红，却一句话说不出来，在二舅妈的大声催促下，二舅匆匆穿上棉衣，戴上棉帽出门，二舅妈则在叹息和简单的询问间，掉下难以抑制的眼泪。

4

三人返回之后，他母亲的情况显然在急转直下，她的全部努力，就在为了多喘几口气。她拼着命，但收效甚微，终于被安上了氧气罩。在氧气罩下，她的双唇紫得吓人，额头沁出汗珠，脸颊倒是红的，只是红得并不正常。

截止到写下这些文字的时候，他只目睹过两个人的弥留，经历过他们的由生到死的全部过程，一个是此刻的母亲，一个是后来的四舅王光恩。

四舅逝世在一个春末夏初，同样是一个风沙肆意的上午。早上他被叫到宽街北京中医院，走进病房，看到四舅眼睛瞪得大大的，喉结突出，吃力地在氧气罩里吐纳呼吸，为几口气要命地挣扎。床上濒死者的心脏、脉搏情况被床边的监视器忠实而刻板地记录着，由波动的巨大，到微有曲折，到一波一折、一波一折地缓缓流动，没过多久，四舅安静下来，监视器上的波纹渐渐变为直线。在四舅妈冷静地指挥着大家为四舅穿脱衣服的时候，四舅的身体依然温热、柔软。而那剩余的温软让人心疼，让人产生多少的侥幸感啊。人们怀疑面前现实的真实性，但时间的急迫和身体的逐渐变冷、变硬，令大家被迫放下这点牵挂，或许还暗暗庆幸自己终于获得了一次可以喘息的机会。

无情的时间过得太快，抹去太多的东西，有的甚至连一点点蛛丝马迹也不肯留下，而留在脑子里的，也会由于时间的推移而变形、褪色和流失，但某些细节，是永远不会磨灭的。

母亲从弥留到故去的场景被他反反复复回放，一遍遍被他在脑海里像过电影一样地循环播映播放，所有的细节那么栩栩如生，从来没有走过一点形：他和妹妹一人跪在母亲的一边，妹妹已经哭得不成样子。说实话，他一点泪都没有，知道不应该，但真的流不出泪，嘴里发出的是呜咽声，但并不真实，知道不哭不好，可哭，就是做不到，向来如此，该哭的时候不哭，该有泪的时候眼睛是干的，自己尴尬，别人也很尴尬。

母亲的逝去异常艰难——过程漫长而熬人，收刹得却突如其来。

在妹妹的哭声中，父亲拿出一把梳子，用颤抖的手挣扎着为妈妈梳头，这时的母亲眼边淌出了清清的、稀薄的泪水，正在梳理母亲头发的父亲，再也无法抑制自己的情绪，不争气地哭出了很大的声音。

他发现父亲自己那双并不难看的手变得异常笨拙，拖着那只旧梳子，一下一下、轻轻地浅浅地划过母亲稀疏的头发，确信梳子不要碰到对方的头皮。尽管如此，细心的人还是能够听到微弱的声响，两个最亲密的人离得如此之近，可以说到了声气相接的地步。他不认为此时母亲还能认出父亲，但父亲是那样的倾心投入和笨拙专注，这是他见过的世界上最令人感动和令人愁肠寸断的场景，父亲的笨拙、颤抖和痛哭，让这个场面悲惨异常。生离死别，悲伤彻骨。那个笨拙的梳头的场景，该是他这一辈子见到的最伟大、最柔情的场景。他时时想到，自己是否也该为妻子梳一次头。

随着梳子在母亲稀疏的发间划过，空气变得越来越压抑，大家强烈地意识到大事即将来临。母亲这具病体，正在越来越脱离大家生存的现实世界，即将成为另外的存在。大家把自己的注意力都投向这个方向，倾向于这样观察思考问题，其他的越来越无关紧要。

而对于他、妹妹、父亲而言，最要命的则是目前和之后的一切。

贪婪的时间试图独自吞噬所有细节，正如他后来读到的波兰诗人维斯拉瓦·辛波斯卡所写的：“有些事情，没有按平常的时间开始/有些事情，没有像应该的那样发生/某人曾一直一直在这里/而后却突然消失，顽固地保持着缺席。”

“缺席”即将降临在他们这个狭小的家庭里。与别人作为看客不同，只有父亲、他和妹妹三个是当事人，三人与大家一样无法阻止这一切。他们的记忆无法筛选什么、挽留什么，无暇顾及前面等待自己的是什么。只能任时光流逝，岁月不停地告诉大家，生命或许只是一连串孤立的片刻，但拼接起来会投以错觉、幻象与自大的期许，忘记时间始终是悬在自己头顶上的利剑。

而且，时间带走存在。

屋里的人谁也不知道还有多久，病人将不复存在。氧气罩让母亲那张端庄、优雅的脸庞越发变形、苍白。母亲和父亲共同的朋友白桂兰来了，高高的个子，永远那么高傲、白净和果断，作为小城里最优秀的内科大夫，她的到来及观察后的神情预示着母亲在世上的存在越发缺乏拖延的理由。

只有存在的东西才会有什么消失吧，人类为任何存在的来临做好了准备，却并不打算为消失做好准备。

“消失”即将降临在他们这个小小的家庭，一个最亲密的人的身体、发肤、步态、身形，即将消失，遁入寂静、虚无与不知名的远方，好多东西都会消失，会“没了”，在他人的死亡面前，人们的力量会变得异常薄弱：无论屏住呼吸还是移开目光，都无济于事吧，而其中的意义，无论眼前，还是将来，人们注定都不会完全明了。

母亲终于呼出或吸入了最后一口气，氧气罩移开之后，嘴唇已几近黑色，让他印象最深的是，母亲紧紧咬着下唇，这个样子居然保持到在殡仪馆见她最后一面——咬的幅度并不大，但紧紧的，角度偏右。

母亲与我的十二年

家是世界上唯一隐藏人类缺点与失败，而同时也蕴藏着甜蜜之爱的地方。

——［爱尔兰］萧伯纳

一个人死了，心里装着很多东西，他比我们活着的人知道的并不少，他们决定不再出现了，怕我们看到了害怕，死者比我们大家都好，从不额外溜出来闲逛。

——［丹麦］安徒生《祖母》

在回忆里，我们相互依恋。

——［波兰］安娜·卡明斯卡《宁静之巢》

我与母亲共同生活于这个世界上的时间只有十二年。

在一个小县城里，能够长久活在人们心里的女性很少。母亲像一枝风中的褪色玫瑰，鲜丽的色彩已不复存在，零余的气质、经受的苦难却让人久久怀想和同情。旷日持久的疾病迫使她三十七岁便辞别尘世，过早卸下人生重担，将纷扰、苦痛、遗忘留给他人，任凭十二岁的儿子，十一岁的女儿，三十六岁的丈夫悲伤、思念。

不过，只有虚空是永恒的。人原本取自土里，就得回到土里去；人本来是泥巴，就得回到泥巴里去。逝去的人最聪明，不愿打扰我们。岁月无情，在四十多年的时光冲刷中，我已渐渐将母亲淡忘，她不再重返我的梦乡，我很少使用自己的薄技，用文字去还原她在世上与我在一起的美好。每逢清明或七月十五，同样很少腾出时间去遥想她。

1

结核病至少可溯至新石器时代，我国清人李用粹的《证治汇补》对结核病做过这样的描述："痨瘵外候，睡中盗汗，午后发热，烦躁咳嗽，倦怠无力，饮食少进，痰涎带血，咯唾吐衄，肌肉消瘦。"20世纪初，肺结核俗称"痨病"，也有"白色瘟疫"之称，高度的传染性令患病者基本上无药可救，人们对其的恐惧甚至超过了黑死病。19—20世纪，结核病曾在全世界广泛流行，造成10亿多人死亡，发明听诊器的法国医师雷纳克、英国诗人雪莱、波兰作曲家肖邦、电影《魂断蓝桥》《乱世佳人》主演、英国女星费雯丽、我国作家鲁迅、我国台湾小说家钟理和等均因肺结核过早辞世。令肺结核雪上加霜的是抵抗力下降，对抗肺结核的利器是链霉素。治疗肺结核的"利器"，在母亲该有的时候没有得到，为什么没有得到，我向来没有搞明白，而抵抗力"下降"，则是母亲难以摆脱的宿命。

母亲罹患肺结核是在20世纪的50年代，那时，肺结核尚有相当高的死亡率，人们对它谈虎色变。

母亲像法国作家亨利·巴比塞描写巴黎公社女战士露易丝·米歇尔时形容过的，“长得像线一般纤细，头发和眼睛都是乌黑的”。这种“纤细”似乎就是肺病的一个表征。她的父亲同样细瘦，同样是肺病，我出生之前即已去世。母亲是家里的独生女，有四个哥哥一个弟弟。部分家人曾于1957年8月11日在北京展览馆前拍过一张合影，那是母亲到北京求医问药时留下的。母亲当时二十岁。短发短裙，线袜皮鞋，青春年少，意气风发，从她侧着的脸庞上不难看出，她仍然带着少年不知愁滋味的凛然。此时，她的病正在传染期和活跃期，看病时住在我的大舅家，一家人该冒着多大的风险。所有这一切被扛过去了。然而很快，她将卷入一场不被多数人看好的恋爱，继而是结婚并生下我，一年后又生下我的妹妹。

当我听得懂大人们有所避讳地隐秘议论的时候，妈妈年仅三十岁出头，已经两肺空洞多处，病情严重到无法工作，只能在家休息。她不得不克制着自己，回避主动亲近自己的孩子。亲吻、拥抱、溺爱、游戏，在别人家是日常的内容，在我们家里却是不言而喻的禁忌。新生命唤起母亲对未来的美好想象，每年春天她都张罗着买小鸡、小鸭，有一年还接纳了小朋友送的小兔子。她喜欢这些小鸭、小鸡、小兔，给最初来到家里的几只小鸡起了大白、二黄、小花和豆豆等名字，风和日丽之时，就坐在它们旁边，听这些小动物发出的声响，体察它们之间的诡计与争吵，时时露出会意的笑容。命运际会带来的苦恼或不快，因为小动物们的存在而变得微不足道。她喜欢安静，不能忍受嘈杂、争吵和辩论，她习惯于安宁、独处，而这些富于生机的嘈杂，却使她放逐思绪，怡然自得，坠入梦乡。梦是生命的解释，收纳生活的遗骸。明月、星空、微风，无始无终，草生、鸟飞、虫鸣，轮回永恒。

虽说赞美比批评无趣得多，可小镇上的人们对母亲的赞美带着由衷的敬意。即使她的缺点、瑕疵，在他人眼里，也有着不同寻常的味道。比如，母亲有根深蒂固难以去除的洁癖，她不和任何人共用任何东西，有次姥姥错用了她的毛巾，她大发雷霆，长时间不肯说话。她的脾气很糟糕，动辄发火。她大哥的大女儿美恩生了个孩子取名小军，另外一个亲戚给婴儿取了同样的名字，她便很不高兴，非要让后者改名。疾病助长她的弱点，使女人都有的刻薄、暴躁、固执不断加深。

母亲人生的最后几年成为小镇上一个持久的传奇，人们不一定喜欢传奇，可谁也无法回避传奇，传奇让人们增加面对生活平庸的兴趣，传奇暂时麻痹人们，让人们忽略自身难保的命运击打，让琐碎的痛苦变得可以忍受。

画作的美丽不在于其题材，而在于线条、构图、色彩自身所放射出来的光亮。母亲的价值，不完全在于对自己孩子的意义，而在于她摆脱自身私念时所做的一切。母亲倔强无畏，她于苦苦挣扎中体现出来的坚韧，勇敢抗争反复无常的命运，从不放弃生活些许希望的执着，令她活在小镇上人们的记忆里。

不要埋怨记忆的不完整，更不要视永恒的思念为累赘吧，我们在这个险恶的世界里丢失了太多珍贵的东西，即使无时不在想念自己的母亲，也难以弥补她的所有爱恋与不舍。她失却你远比拥有你的时间长。她并没有准备好与这个世界告别，正如波兰女诗人安娜·卡明斯卡所说：“死像别的任务一样，它是人之为人的一项任务，而它超过了我们的能力。”母亲离去得并不从容，上帝让一个正值盛年的女性告别这个世界，她的不情愿是深重的。

请原谅她过早毫无准备地离去吧，她不打搅我们她不指望我们永久记住她，随时能够回忆起她的音容，她过早化为尘埃的一部分实为无奈。

2

童年时期我并不清楚，母亲是“主”的后代。

我的外祖父叫王竹心，山东蓬莱人，早年就开始信“主”，他的六个孩子分别取名为光荣、光耀、光洪、光恩、承真、光理，分享“荣耀洪恩真理”六个字，蕴含着旁人难以理解的微言大义。我的大舅有五个女儿，取名为美恩、受恩、静恩、佩恩、庆恩，同样含有铭记“恩典”的意思。敬畏主就是智慧，远离恶便是聪明，遵从神的智慧，借他的光行过黑暗，这是信“主”的人家必应铭记的。

母亲也是“出走者”的后人，外祖父在四十岁左右的时候，在我的母亲出生前一两年，像出埃及的人那样，带着年幼的儿子，冒风霜雨雪，电闪雷鸣，食不果腹，日夜兼程，从烟台（或大连）来到边荒之地绥远包头。教会里的人都说外祖父是“主”派来，到包头给“主”做事情，传扬教义的。为教会工作，在艰苦的年代里是为了温饱，年龄大了德高望重，便成为尽义务，为此受了一辈子的罪，也为子女埋下了祸根。

母亲留存在世上的唯一文字，是1966年4月21日写给三哥王光洪的一封信，主要内容是介绍她父亲解放前的历史情况，信写得极为冷静，核心段落如下：

> （爸爸）小时候跟咱爷爷在乡下念书，初级毕业，隔了几年又去登州府（离蓬莱60里）念中学，当时家境贫寒，是用他祖父王义（据说是个秀才）教书节省下来的钱供他读书。念至初二由于经济实在支持不了而失学，于1918年离家在北京一个粮店扛粮食，1919年又回故乡教了一年书，1920年春开始在家种地二年多，1923年冬去营口一家杂货店（商号名记不清）当学徒。1924年秋因杂货店关倒，由张友才介绍去恒昌德商号当小伙计，当时恒昌德工资极低，一年只挣20大洋，穿的还得家中负担，维持不了生活，于1927年春由一个姓黄的人介绍他在（到）美孚石油公司当学徒，1928年冬公司中裁人就把他裁下去了，在家闲待一个月，自己到处联系职业，就在大连一家名叫合记（的）烟卷公司贴印花，在这工作了三年多，于1931年夏又离开合记（原因是由于他信了耶稣）。1931年秋去烟台开文具店，1935年春文具店关闭了，又去葡萄山会当了一年左右小学教师，1937年秋由赵静怀弟兄介绍他到他柜上当会计四年光景，1941年秋因买卖倒闭而失业，1942年春去包头。

“我们都是主的人。主看护着我们呢，你别背离主，别不信主。”妇产科医生陶胜生经常这样嘱咐我。陶胜生是我的四舅妈，妈妈的四嫂，退休于北京东四妇产医院。

“主”的孩子都习惯于贫寒。因穷乏饥饿而身体枯瘦，在荒废凄凉的幽暗中，经干燥之地，在草丛之中采咸草。妈妈小时候生活家境贫寒，人口多，收入微薄，生活捉襟见肘为外人所难以想象。姥爷出身低微，一生历尽坎坷，克勤克俭。肩负的教会使命，万难亦不能推辞，从沿海来到天寒地冻、人地两生的茫茫塞外，由一张彻底的白纸，于求告无门中艰难苟活，一家人饱受饥寒。姥爷他们如何在绥远这苦寒之地安身立命，现已很难详尽其实。义人为什么总要受苦？受难是为了更好地成为义人吗？不知道妈妈一家是否反复问过这些问题。

姥爷王竹心解放后在内蒙古巴彦淖尔五原县汽车运输站当会计，仍信奉耶稣教，据我三舅说，他可能还是教会长，只因为年龄大，被推举为白尽义务不挣钱的耶稣教会诸多负责人当中的一个。作为城市里的外来户，他们所能依靠的，只有自己的双手和耐心。姥爷家有几辆纺车，母亲的四个哥哥一个弟弟，都是安静的人，规规矩矩，回到家里一声不吭地纺线。只有纺线能给他们带来学费、衣食、零用钱，让他们变得沉稳、耐心和细致。妈妈一家人都坐得住，都能持续专注在一件事情上。小时候我也绕过毛线，那长长的，永无尽头的浅色羊毛线、驼毛线，源源不断地来到两只手上，我撑着，听任姥姥和妈妈传递过来体温和约束，领受这一家人持久的耐心。

贫寒影响人的气色，卸掉人的脂肪，让人便于思索、拷问内心。人由自己所缺乏的出发，找寻更多的不足，匮乏通向反省，反省通向希望，使心性得到塑造、安抚和填充。大脑回路多，卸载而非装填，便于灵活思考。选择节俭，更能让大脑灵活运转。听我的舅舅舅妈们说，姥爷清瘦寡言，笃行自我约束，他与孩子们在家纺线，带大家思考：自己的缺失，自己的饱满，均拜上天所赐，要多想想，自己到底能做什么。《圣经》上说，素来饱足的，反做用人求食；不生育的，生了多个儿子；多有儿女的，反倒衰微。耶和华使人死，也使人活；使人下阴间，也使人往上升。他使人卑微，也使人高贵。他从灰尘里抬举贫寒之人，从粪堆中提拔穷乏之人，使他们与王子同坐，得着荣耀的座位。姥爷的义人之家得了五个好学的儿子，一个美玉般的女儿，对上帝如此的酬答，还不够满意吗？

上天不断告诉这家人，别把眼睛生在头顶上，用自己的脚，踏坏了想得之于天的东西。凡你手中所应当做的事情，要尽力去做，因为在你所必去的阴间，没有工作，没有谋算，没有知识，也没有智慧。历史像个温顺的孩子，等待后人梳洗打扮，或俊秀，或丑陋，迟早面目模糊，踪影难寻，好在时光是正直的，让德行流芳人间。

3

母亲小学在呼和浩特，初中在五原，考到包头读高中。不管到什么地方，她都能很快引起人们的注意。美丽如无声的流言，走到哪里传到哪里，她的美貌从未被加冕，却是普遍共识。她脸部轮廓清晰，高鼻深眼，举止娴雅，气质卓异，每到一地都令人难忘。三舅在八十多岁的时候给我写信说，现在流行的什么“青春靓丽”等词汇，用在他妹妹身上实在太单调太贫乏，与她给人的感觉不沾边。妈妈不爱言谈，为人沉静，心性高傲。周围人们的关注、他人经常落在她身上的目光，她并非一无所知，但向来不以为意。

妈妈像是地上的花朵，全然不在意自己的美丽，她同样是倔强的，风吹过来，不弯腰，雨浇上去，不低头。因自己父亲是教会里的人，多读了些书，说话凭真实感受，凡遇“运动”必遭折腾，一家人吃尽苦头，家里的气氛向来十分压抑，妈妈能挺直身子面对世界实属不易，她和自己的兄弟一样，有很强的自制力，学习成绩出色，内敛坚强，凭良心做事，能以微笑面对他人，大家都很佩服。

人们都说我母亲身上有种超脱于俗世的清新之气，爱思考，凡事不刻意，从不知道什么叫刻意，无论什么样的举止、穿着，只要出自她，都会带来天然去雕饰的效果。她不爱打扮自己，她的傲然、随性，如被描写出来，会像朱利安·巴恩斯写下“居斯塔夫独自和一条金鱼吃午餐”一样无聊。我无法回到妈妈那个时代，即使尽情遥想，同样会无功而返。所有的灯关上了就会是黑暗的，所有的门打开迎来的不一定是光明。

听不少阿姨讲，少年时代的妈妈身上散发着很好的味道，那是她皮肤自身散发出来的，经常与她结伴而行的同学们，知道她使一般的肥皂，用最便宜的雪花膏抵御塞外风沙的鞭挞。对同行的伙伴，妈妈很挑剔。她经常说，世上善解人意、心地和面貌都好的女孩是那样的稀少。大部分女孩身体干瘪，面目枯槁，在塞外的风寒雨雪中过早失去了水分、光泽，而妈妈即使被疾病抽掉蓬勃之气，仍红润而富于光彩。当然，这种红润其实是种病态，是无奈的伪饰。

风沙是我年幼时几乎每日相伴的朋友，对母亲来说又何尝不是如此呢？妈妈一家迁居到五原不久便迎来了全国解放。五原我从来没有去过，这里只是河套茫茫大地上的一个小圆点。相传四千多年前，天下洪水泛滥，大禹取疏导之法根治洪水，待水势减退，高埠之处首先出现若干个丘状原所，其中有五个较大的原所，人们在原所之上辟田、造屋、繁衍、生息、耕作，五原的称谓就是这样来的。在五原，解放后这个多子女家庭的生活进入正轨，灿烂阳光之下，妈妈的四个哥哥健康成长，工作的工作，成家的成家。只有妈妈和一个比自己小一岁的弟弟，尚处求学阶段。

妈妈无忧无虑，学习品行无可挑剔，不缺同伴，不缺友情。同伴如补品，时间长了，大家都受滋润。几个上学一起走，放学一起回的女孩子里，妈妈身材匀称，个头高挑，为人和善，说话轻声细语，得到大家佩服，大家听她的主意，一路上总是有说有笑，无拘无束。成了好朋友之后，大家经常串门，到对方家学习。但妈妈从来不在别人家吃饭，这与别的孩子不大一样。

4

妈妈的幸福是爸爸带来的，她的不幸爸爸同样难辞其咎。就在踏入青春期门槛的高中后期，妈妈的肺结核开始展露异常狰狞的一面。她在上天的呵护之下，顺利进入为青春骚动所困扰的年华——皮下脂肪生长，大脑垂体喧嚣，容光焕发，飘逸优雅。姣好的面容，浓密的黑发，修长的四肢，文质彬彬的气质，吸引着艳羡渴慕的目光。诸多异性的目光，只有来自我的爸爸的凝视，她最在意。“当一个女人能使男人着迷时，她是幸福的，并能获得她想获得的一切。”托尔斯泰在《克莱采奏鸣曲》中的这段话，适用于处于青春期的母亲。她学习成绩好，性情高傲，是包头第一中学的名人。包头，一个有鹿的地方，美丽妖娆的鹿，像体态轻盈的母亲，她就是在这个有鹿的地方体验了少女之心“鹿撞”的神奇，来自两个美好少年最初心心相印的喜悦，让他们充满自信。

包头冬季严酷，春季燥热，夏季短暂，秋季沉静，四时更替之分明，提醒着人生节序的严整。宽阔通衢的苏式大街，严谨对称的俄式建筑，处处宣示着钢都的威严、自信、慷慨。草原晨曲、花的原野、哈达、敖包、骏马、奶茶，只是包头这个被大工业塑造的城市的显性方面，是外部一厢情愿的想象。城市的本质是动力、聚集、提升、释放、扩散，妈妈在这里得到的是教育，教育的目的是装载、分享、浇灌、竞争、筛选，是青春的竞赛，是听命于智力马拉松的发令枪响，让充沛的精力有所安顿。

严寒收起肃杀，冰雪渐渐消融，1954年珍贵的春色如约来到包头一中，教室、阅览室、食堂、宿舍、林荫道和操场很快有了盎然春意，人们之间的走动增加，春情开始在少男少女心中激荡。在男女生之间依旧授受不亲的年代，男生通常乞灵于天助，期待爱的意外降临，在关键时刻听任杜鹃声里斜阳暮，驿寄梅花，鱼传尺素。爸爸是备受宠爱的家中长子，长得帅，大手大脚，性喜呼朋唤友，不乏公子哥儿做派。听我二姑父说，他在学校的名气来自交酒肉朋友，给兄弟们打抱不平。他与公开谈恋爱受处分的同学结伴上学，与打架伤人被开除的伙伴一起饮酒，将自己的精力浪掷在讲义气、交酒友上。爸爸比妈妈小近两岁，低一个年级，他与同学们或啸聚或小酌，从不缺开心的玩耍嬉戏，但成绩一点不差，不用花多少时间，照样能够在考试中胜出，在这一点上，他和妈妈是一样的。爸爸入学不久，这两个有名气的人开始互相打探，很快便声息与闻。

“五一”“五四”很快就到了，这劳动的节日青年的节日，同样意味着苏醒、欢腾和运动季。一场运动会展现出来的，不单有男孩子们的身手、肌肉，更有智慧、笑脸、腿脚、反应及破绽，所有的真实与伪装，脆弱与坚强，在运动场上都难以逃脱人们的眼睛。疾患限制妈妈对激烈运动项目的参与，但没有阻止她对运动场上活跃着的人们的鉴赏。

爸爸想在径赛项目上出风头，八百米，四乘一百米接力是他的强项，但人有八尺，难求一丈，他似乎很难达到最佳，正如他在所有事情上都不会做到第一一样，不过，这并不妨碍他表现出色，给人留下好口碑。

在少女们眼里，最吸引目光的，永远是状态、肤色、秀发和神情，而非能否跑第一、后来居上或训练刻苦。就在爸爸持最后一棒撞线之后，令所有在场的人们意想不到的场景出现了：一个身材美好的女孩不失时机冲到爸爸面前，递上一块毛巾，令他猝不及防手忙脚乱王顾左右语无伦次举止失措，女孩虽面部潮红却异常冷静游刃有余。大家发现了，她就是王承真，我的妈妈。对，她神情自若，坦坦荡荡，她步履坚定，自信异常。后来发生的一切无论速度还是深度，都超出了大家的预期。

“希傧过来，你看看我的手凉不凉?”这大概是妈妈给后人留下的唯一一句情话，是与爸爸同龄的二姑父转述给我的，作为爸爸曾经的同伴，他敢对此话的真实性打包票，两次说起，都斩钉截铁。大概就是在那个非凡的有故事的5月，沾衣欲湿杏花雨，吹面不寒杨柳风，5

月的鲜花，开遍了原野，神奇季节造就神奇故事，一场喧闹的运动会，让两个怀春的高中生碰撞出了火花。我只能想象，驿寄梅花，鱼传尺素，小桥流水，佳人相思，当年明月，空照无眠，敕勒川苍穹之下，热烈而单纯的少男少女，敞开彼此的内心，靠近彼此的灵魂，填写着人生新空白。

5

爱情如同人间的诗歌，是在稀有或意外的瞬间偶然地降临到人们身上的生活的胜利。爱是生活的前提，是幸福的基石，是陶醉、战栗、痉挛、发呆，是情欲的爱抚，是巨澜般的波动，是风暴般的席卷。正如司汤达所说，“爱情就好像是热病；它来去的全过程都不容意志参与。这就是同情的爱和激情的爱之间存在的主要差别之一；即使你所爱的人，品质出众，你也不过应当庆幸自己运气好罢了”。爱情是自然的，同时不也是盲目的随机的吗？

两个处于美好年华的少年，在运动会后迅速开始畅饮爱情的甘露，他们像傻瓜般如胶似漆，大家普遍对承真如此快速地献出自己的芳心难以理解。在恋爱这件事情上，据说爸爸反应迟钝，属于慢热型，还有每个男性易患的忽冷忽热症。接纳了妈妈等于接纳了一个众所周知的珍宝，但他的接纳有些缓慢。妈妈以高傲少女的姿态，真诚而不失审慎，热烈而不失克制，她被爸爸吸引，同样吸引着爸爸，使他由低热转为高烧，爆发出的热情差点儿将他们烧毁。

不过，爱情的甜蜜难以抵扣他们的现实困局。差半年就要高中毕业了，妈妈的肺病此时露出远比生活本身更严酷的面目。多处诊断的结论高度一致，求医问药所听到的告诫如出一辙。结婚可能导致的恶果，毫不客气地摆在两个情侣眼前。当此甜蜜与痛苦交织之时，妈妈遭到了来自爸爸家的全面反对。1956年，学习似乎并不怎么刻苦的爸爸如愿考上大学。大概就在此时，他们俩确定了关系。还有几个月高中就要毕业了，恰在此时，妈妈因病不得不提前退学。不知托了多少关系，才回到爸爸家所在的巴彦淖尔磴口县，在第三完全小学当了一名语文教师。

爱情是一种永难治愈的疾病，一如口渴的人想在梦中寻到水喝，没能获得用以消除体内严重灼热的半滴水，徒劳无功地耗费着自己的体力精力，只追逐到水的幻象。即使终于得以居于河流之中，把头伸到水里鲸吞虎咽，仍难免感到日甚一日的口渴——爱神维纳斯就这样用爱情的幻象愚弄人们。肉体再丰盈，情人们的双眼也无法曲尽其妙，双手再灵巧，漫无目的的抚摸也终将一无所获，只有完全合二为一，如饥似渴，尽情享受激情，爱神播撒种子，整个肉体渗入对方肉体，四肢为之瘫软，瞬间强烈的快感来袭，他们才得到些许安慰。但很快，同样的疯狂欲望又会开始新的轮回，人类就是在这种轮回中消耗、追寻，再消耗、再追寻。

处于爱情炽热期的爸爸在1958年大学毕业后，毅然回到磴口与妈妈团聚。当他在电话里向大姐（我的大姑）报告即将与妈妈结婚时，大姐勃然大怒，愤然摔掉电话。大姑父是放射科大夫，早已经知道我妈妈承真肺上有了空洞，此时根本不能结婚。不过，据我四叔希仪说，对父母这桩婚姻，爷爷的态度倒非常开明，这是大家始料未及的。

回到家乡结婚生子，意味着迅速走入庸常的生活。爸爸的这种义无反顾，像是自我牺牲，在当时的小城再度成为话题。爱情的巨大鼓舞使爸爸全身心投入到工作中，他的机敏，他的认真，他的才华，招来不少仰慕的女生。学校里女孩子自然是多的，多了不要紧，关键是旁人的舌头跑得快，事情还没怎么样，就已经传到了妈妈的耳朵里。她听说一个双眼皮眼睫毛很长的小女生，动辄如小鸟依人般楚楚可怜，经常跟爸爸走动。小女生令妈妈想起运动场上希傧初次面对自己时的犹疑。嫉妒从来无假日，女人天生不饶人，爸爸关键时候可能心软，他那种游移暧昧，激起妈妈满腔怒火。但毕竟，爸爸有自己的办法，很快与妈妈和好如初，让爱情甘之如饴。

6

母亲以自己的贫病之躯生育了我。或许，是在父亲的蜜语甜言之下，她祭献出自己的身体；或者，她屈服于蓬勃的热情，沉浸于鱼水之欢，置自己将要面临的一切惩罚于不顾，在热烈的冲动之中献出自己——夜晚的无意，白昼的盲目，令神奇的游弋物以宇宙大爆炸般的威力，不失时机穿透壁垒，进驻细胞核，化合为复杂分子，在迅速膨胀聚变中，着床、发芽、生长，让母亲承受宿命般的恶果。

“在这个万分险恶的世界上，对我们来说，再也没有什么东西比母亲更宝贵的了。”契诃夫在给自己妹妹的一封信里曾经这样说过。母亲之最为宝贵，首先在于其毅然决然的勇气。谁也不敢猜想，带着活跃的危险病灶，母亲接纳体内一个新生命，该克服了多少困难。时值“三年困难时期”，她用十个月时间体验呕吐、饥饿、贫血、营养不良，承受身体的煎熬，冷静地期待、消耗、忍受。想必她拖着日渐笨重的身体，和我满脑子浪漫的爸爸一起，幻想着拥有孩子之后的充实，设想着添口之后的欣喜。对即将到来的一切，两个人都没有做好准备，不是沉溺于超拔现实的虚幻，就是一味耽于俄语、文学、美术、音乐带来的乐趣，接受为人父母前景的鼓舞，尽情挥霍自己的想象，听任我这个幸运的寄居者吃喝、睡眠、排泄、呼吸、玩耍。我肯定抱怨过母亲体内的黑暗，厌恶水中的单调、柔软、滑腻和限制，但在全天候饲养中饱食终日，安逸地享受着提纯过的恒温恒湿。

母亲瘦瘦的，弱弱的，但谁也不知道，她体内那个丰富饱满的世界，以母性怎样的慈爱、怜悯、忧愁、憧憬，期待着自己孩子的到来。青春会逝去，生命会枯萎，健康的绿叶难道不会凋零吗？但一个母亲内心的希冀比这些东西都要长久，母爱既简单、自然，又丰硕、广阔，永远不会衰竭，母爱有如生命的营养，让展现在自己孩子眼前的世界更加温暖、博大，听任每个孩子贪恋、偷食。

生活隐藏自己的马脚，用严肃冷峻的薄纱遮挡世上的一切，令耽于幻想的人们真相难辨，更令他们设想的安宁、富足、尊严、快乐如空中楼阁般难以指望。母亲无日不想挣脱病痛对自己的限制，但上天过于苛刻严酷，它布下的那只宿命之网，早已将她牢牢罩住。更有我在她体内得寸进尺地蚕食她的自由，日甚一日地增加她的负担。

母亲是我的绝对前提，我激发出她所有慷慨而无奈的赐予，她的一切的一切，她的坚毅与痛苦，均以牺牲自己为代价。她未曾清楚了解自己的命运，正如未曾了解自己疾患的严重，即使想象再发达，她也难以明白，在“大爆炸”之后，她与这个世界的缘分开始了倒计时，与死神发起了最激烈的竞赛。从一岁到十二岁，我每长大一岁，她便减去一岁。我混沌未开，没有来得及具备理解母亲所有苦痛的资质，即使全天张开眼睛，也难以看得清人间拥有的巨大残酷，一如我那个欲望充沛、精力旺盛的父亲。我不用辩白，母亲远比别人更能隐忍、牺牲、奉献，对她背负着疾患的苦痛，如何躲避宿命的惩罚，在孤寂中喘息、煎熬、挣扎、前行，我根本无法参透，即使亲眼见证，也有太大局限，何况，更多的真相早已烟消云散。

7

如果按亚里士多德在《动物志》里的说法，生男孩对母亲的身体大有补益，那我作为妈妈的头胎，对她的身体应该是有益的。我出生时瘦弱得可怜，却为妈妈赢得了热烈赞誉。最得意的是爷爷，视我为珍宝。月子里，三天两头骑自行车，大老远地赶到医院去看我抱我。

但生孩子毕竟是场大消耗，尤其是对患有结核病的妈妈而言。体力消耗、营养不良，令生育后的妈妈吃了太多苦头。她根本就没有奶，一等到满月，我就被送到了乡下奶妈家。

妇产科大夫四舅妈曾多次告诫妈妈，千万不能再生孩子了。但爱情结晶的不期而至，大大升华了父母的感情，两人在爱情海洋中流连忘返。福祸双至，乐极生悲，或许措施不当，或许频次过多，仅仅一年零两周之后，妈妈又生下了妹妹。妹妹的诞生对妈妈健康造成的影响是灾难性的。重蹈覆辙的结果是，襁褓中的女婴除了再度送给农村

的奶奶，没有别的选择。妈妈被迫来到呼市郊外的红山口结核病院疗养，一走便是三年。

我没有见过自己的母亲赤着的脚，没有记得她穿过凉鞋。无疑，我需要穿越遥远的记忆才能抵达真实的母亲，除了照片上被固定的面容，其他的早已模糊不清。清瘦的面庞，高高的颧骨，细瘦的胳膊，指关节突出的双手，一双不小的脚，我几乎没有机会见她别的不被衣服覆盖的部位。她穿过的袜子什么颜色图案，穿过的鞋什么款式颜色，我根本想不起来。在我、妹妹与她那张唯一的三人合影里，我左手拿着一块饼干，妈妈则戴着一条带格的小围脖，她留着长发，笑容可掬，牙齿洁白整齐，拍照时我和妹妹都不乖，幸好柜台边上阿姨有饼干，才好不容易把我俩哄住了。为什么要拍这张照片？为什么没有爸爸？同样是永久无解的谜。

妈妈从红山口疗养回来之后，病情出现转机，她感觉有精神了，咳嗽减轻了许多，她一度忘我投入到工作中，上讲台，搞四清，参加政治学习。1966年4月21号，妈妈在给我三舅那封信里就说："我们现在也很忙，因为四清正在进行，除了上课就（还）要开会，有时星期日也要（工）作。"忙碌的生活节奏使她抵抗力下降，直到身体扛不住，再度告病回家。这次回家之后，妈妈大概就再也没上过班。

休养在家的妈妈，终于拥有了与我和妹妹朝夕相处的宝贵时光，我的文学启蒙期自这个时候开始。妈妈读书多，是个故事大王，红楼西游三国水浒，安徒生童话高尔基童年在人间我的大学，小兵张嘎杨铁桶林海雪原吕梁英雄……她可以无穷无尽讲下去。她毫不掩饰自己对西游记的热爱、对红楼梦的厌倦，她觉得红楼梦里的人婆婆妈妈病病歪歪，远不如西游记里面的那些上天入地走南闯北的人物有意思。有时候，姥姥也给我们讲故事，她用胶东话唠唠叨叨地讲的一些大路货民间传说，同样吸引着我俩。故事让我和妹妹上瘾，我们贪婪地听着这些故事，高高兴兴地把孙悟空卖火柴的小女孩豌豆公主小兵张嘎一股脑儿地吸收到肚子里。

8

童年时候的我是县医院的常客，爸爸则几乎是缺席的——直到妈妈住院。

久病成医，生的强烈欲望使妈妈学会了给自己打针、给自己输液，甚至给自己针灸。她从报纸、收音机，或者从别人的口耳相传中捕捉治疗肺结核的药物和方法，写信从外地邮购药物，用微薄的工资，尝试与凶悍的疾病展开抗争。我多次看到邮局寄来一包一包的药粉，或者体积很占地方的草药。对寄来的这些药品，妈妈总是会很认真地服用，家里永远弥漫着浓浓的中草药味道。

常规的西药也是每天必须要吃的，妈妈经常派我到医院为她开药。大概每隔半个月吧，妈妈必定工工整整地在一张纸上写下“王承真开药”，列出雷米封、利福平、鱼肝油、钙片，几种维生素，以及链霉素针剂等等，让我去县医院开回来。县医院离家并不远，步行用不了多少时间。我带着这张纸条一路小跑来到医院，轻车熟路地挂号，到内科找白桂兰或仰焕珍大夫。看到递过来的纸条，他们两人几乎不假思索，会立刻照着纸上写的如数开药。白桂兰是妈妈的同学，她经常关切地问长问短。仰焕珍大夫有县医院里的大菩萨之称，有时会用口音很重的河北话反复交代如何吃药，悲悯地目送我离开。划价交钱后，西药房小小的窗口里很快便传出带有浓重胶东口音的呼叫：“王永真取药，王永真取药。”等我来到窗口前，里面那个浓眉毛、黑嘴唇、面目姣好的瘦阿姨才改口：“啊，对了，是王承真，是王承真。”她一双小眯缝眼很妩媚很迷人，从白帽子里露出带卷儿的黑发，两耳垂着当时很少见的耳环，人们说她是院长的夫人，但看她那天真快活的顽皮样子，我一点都不相信。

如果内科坐门诊的医生不是白大夫或仰大夫，不肯给开药，我就按妈妈的嘱咐去注射室找郭慕洁阿姨，让她给想想办法。我最愿见郭阿姨，她是妈妈的好朋友，身上香甜的气味总能压住医院刺鼻的来苏水。她戴副金属镜框的眼镜，白大褂里露出很好看的衣领，说话办事干脆利落。她与药房那个瘦阿姨一样是胶东来的移民，却说着很标准的普通话。她语速极快，和人说话都是笑着的，每次都能顺利解决问题。母亲去世后，我没少找她注射抗结核针剂。她打针的时候温柔地聊着天，边问长问短，边用指甲轻轻挠我的皮肤，即使注射的是最疼的青霉素，我也能忍受下去。

我到医院的另外一个任务是取胎盘和“绒毛”，因此不到十岁就知道医院有个神秘的地方叫妇产科，想必这在当时的孩子里还是不多的。妇产科门诊室永远挂着大大的白帘子，上面印着“妇产科”三个红色大字，这格外庄重醒目的字体，适用于标题口号，成年之后我才知道叫“黑体”。妇产科走廊两边的长椅上，总是坐着一些神色怪异的男人，他们身边缺乏女性陪伴时如孤魂野鬼异常羞愧难堪，有女性陪伴时则常常趾高气扬志在必得稳如泰山。

大概每隔一两个月，我会照妈妈的交代，到妇产科，从不同的护士那里得到“绒毛”和胎盘。好像一切都约好了，无须什么手续，没有任何阻碍，自然会有和蔼的护士把这两样东西交给我。护士们都戴着口罩，每次我见到的都是不同的眼睛，不同的眉毛，不同的脖子，不同的耳朵，但所能感觉得到的她们对妈妈的熟悉和善意却是一致的。“绒毛”看上去如同浸过水的棉团，有大有小。大的说是在母亲体内长的时间长，小的则是过早被移出的。这原来是每个人必定经历过的阶段。经过“刮宫”这道残酷的程序，人的生命变成“绒毛”被裸露在光天化日之下，柔软无助地泡在水里。胎盘是一团巨大的肉块，紫粉色，有血管在上面若隐若现，我隐约知道胎盘与胎儿及产妇有关。

塑料袋当时是稀罕物，装“绒毛”和胎盘的器具一般是方形白色搪瓷托盘。我会小心翼翼地端着、看护着。胎盘是又滑腻又腥气的大肉团，很容易溜掉。由于报功心切脚步加快，有次我让胎盘滑出搪瓷盘，掉在炉砟马路上，回家后妈妈倒没有责备，但脸色很难看。胎盘被洗净切碎放在搪瓷盘子里置于火炉上慢烤，烤到近乎完全干了，妈妈才分多次用水喝下去。“绒毛”在搪瓷盘子里烤干后呈金黄色，同样用水冲服。烤干的过程不漫长，只是会发出很腥很腥的味道，弥漫整个屋子，极难散去。我从这些味道断定，这两样东西肯定都很不好吃，但妈妈依然得定期吃。后来，我知道胎盘有个很好听的名字叫“紫河车”——干制的胎盘，在中药称为紫河车，为有名的滋补药物，可用于辅助治疗支气管哮喘、肺结核病。这是网上的说法。我惊奇于人们对“紫河车”之命名，是那样的富于诗意、含义朦胧，原来最早的定名者居然是李时珍。他在《本草纲目》里说："天地之先，阴阳之祖，乾坤之始，胚胎将兆,九九数足，胎儿则乘而载之，遨游于西天佛国，南海仙山，飘荡于蓬莱仙境，万里天河，故称之为河车。"胎盘母体娩出时为红色，稍放置即转紫色，故称紫河车。

妈妈很少去县医院看中医。有一段时间，听说一家银行里有个叫王维民的人，走家串户为人看病，口碑不错，就请他到家看病。大概是半个月一次，周三或周四，王维民风雨无阻必定到家。每逢他上门之前，妈妈就让我去买一盒当时最有名的群英或牡丹牌香烟，还有瓜子之类吃食。王维民五十岁上下年纪，个头不高，皮肤发黑，稀疏的头发向后背着，和蔼可亲，要言不烦，进家坐定点上烟，照例是问最近的情况，然后把脉、开药和扎针。记得他最初用标准的"后套话"告诉妈妈：你的病半年到一年肯定能治好。一下子让妈妈对他十分信赖。针基本上都扎在四肢和头部，针针利落，有时患高血压的姥姥也让他扎几针。针灸的时候，妈妈一声不吭，也不见她表现出任何痛苦的神情。相反，姥姥则经常大声喊疼，嘴里发出嘶嘶的声响。遇此情形，王维民总会微笑地安慰几句。患者希望医生多说些话，医生似乎向来寡言，王维民同样如此。王维民开的药，自然也是我到医院去抓，姥姥熬制。

我曾到野地里为妈妈采过马齿苋，这种草的叶子是绿色的，薄薄的，枝淡绿色或带暗红色，叶片像马的牙齿，印象中背面略带浅紫色。马齿苋全草供药用，能够清热利湿、解毒消肿、消炎、止渴、利尿，种子还可以明目。我不知道母亲何以需要此药。这种草多在田埂边，树根下，甚至长在墙脚。长大了，只要见到马齿苋，当年采药的情景就会浮现在我眼前。

我和妹妹、小伙伴还冒着风险到兵团果园为母亲偷过李子，被一个扎小辫的瘦弱女知青当场抓住，我和妹妹急得快要哭了，说妈妈病了，吃不下饭，用李子开胃，央求她一定把我俩放了。看着我们可怜兮兮的样子，女知青顿时心软了，她睁着大大的眼睛听着我们的诉说，放了我们，还把一大把青绿的李子塞给我们。

终于有一天，王维民不再来家里了。再后来，妈妈住进了医院。

1972年底或1973年初吧，爸爸出差到过一次北京，给妈妈买了一件深蓝色、有人造毛里子、带栽绒领的棉大衣，面对妈妈期待的目光，爸爸有些闪烁其词轻描淡写语焉不详地说：承真，我专门跑了北京通县的结核病疗养院，找医生看了你的X光片子，大夫说，是大面积空洞，疗养不解决问题。

我忘记妈妈听了这话有多凄婉和哀怨了。一个多世纪前相当长的日子里，除了将患者隔离在疗养院以避免疾病扩散，医疗对结核病束手无策。直到后来出现了结核病克星链霉素等。经常听人说妈妈是被耽误的，关键期因贫困没有及时治疗。接连生育两个孩子等于飞蛾扑火。营养不佳气候恶劣更雪上加霜。情绪低落郁郁寡欢火上浇油。我清晰地记得，妈妈当时只是打开大衣，手在衣服上面抚摸着，幽幽然地说："这下好了，这下好了，再冷我也能去外面散步了，大夫说散步对肺很有好处。希傧你见大哥、四哥了吧，前些时四哥还给我寄来了一本俄华大辞典，可苏联笔友早就没有了，咱们不靠苏联。我要每天都去外面散步，我要照顾好自己，我能照顾好自己。"

遗憾的是，这件大衣妈妈没能穿多久。

1986年冬，二十四岁的我回家乡支教，经常穿着那件大衣上课、外出。衣服很暖和，很合我身，高高的衣领，设计合理的衣兜，样式依然不过时。

1987年初，从小抚养我和妹妹的姥姥病危，我俩到北京的四舅家看望。不久姥姥辞世。办完丧事，四舅在送我们到火车站的公共汽车上问我："你妈妈是什么时候去世的？"我不假思索地答道："1974年1月11号上午。"我自然不用告诉他，妈妈逝世的时候只有三十七岁。我也没有告诉他，妈妈死后我哭不出来，只有喉咙里发出的声音，没有眼泪。而妹妹和爸爸则哭得撕心裂肺。

被岁月和父亲所塑造

如果想知道自己是不是老了，就看看是不是长得越来越像父亲了。

——佚名

人的一生该是岁月塑造的、相识的人塑造的，是自己塑造的。难道，不更是自己父亲塑造的吗？时间就像一把盲目的刀子，肆意挥舞在父亲的头上，然后是你自己的头上，不论地域、时间与人种，再傲慢的人都逃不过这把刀子的砍杀。

1

2016年3月，西班牙作家哈维尔·塞尔卡斯因小说《骗子》获“邹韬奋年度外国小说奖”，他在颁奖仪式上说，我们对承认自己的本来面目断然拒绝。我们能够不厌其烦地说“是”，却永远怯懦地不敢说“不”。我们所有人都扮演着一个角色，正如舞台上的演员一样，我们都是，也都不是我们本来的那个人。

塞尔卡斯说得很有道理。我们都戴着面具生存，这既是生活所赋予的，也是在有意无意中接受的。不管与自己的家人，还是与素不相识的旁人，都摆脱不了“扮演”的宿命。每个“扮演”自己的人，首先都遇到自己的父亲，探究世界的时候，先探究自己的父亲，反思与自己父亲的关系，会导致许多意想不到的结果。

父与子是永恒的话题。世界文学史上那些留存久远的桥段，让儿子们找到掩盖自己的借口，或者在反叛中获得些许虚荣。回望人类历史，人们对这对关系的探讨，纠缠已久，难免被美化，变异或走形。在父与子的冲突中，个体与他人的体验大体相近，林林总总的诠释似乎判然相异。同时，在这个男性为主宰的世界里，人们关于母与女话题的探讨，其实是很不充分的。

我从哪里来？要到哪里去？每当早晨照镜子的时候，他总会问自己一次：你是谁？镜子里的人真的是你吗？你是父亲的儿子吗？头发如父亲曾经的那样变灰变白，面容像父亲那样，有的地方塌下去、有的地方鼓起来，身上呢？该凸起来的凹下去了，该圆润的地方却支棱起来了。岁月除了给了胡思乱想的头脑，也给了不争气的肚腩。

而且，他异常沮丧地发现，自己和晚年的父亲越来越相像。这个自己最不想看到的局面，猝然地、宿命地出现了，令他无可辩白。五十岁那年有天照了个标准像，取回来着实吃了一惊：自己与父亲墓碑上的那一幅出奇地相像——脸微胖，短头发，目光直视，嘴边略带嘲讽的笑容，像得让他无法躲藏，被迫接受这不想接受的事实。

他这才意识到，父亲的优点，父亲的毛病，父亲走路的步态，包括说话时不时出现的别人听不清楚的字眼，咳嗽时努着劲的声响，出门儿就想往地上吐痰的毛病，以及越来越喜欢吃面食，喝酸汤，吃饭坐不踏实，吃两口就要离桌溜达，等等，等等，如影随形，移步换形，都百分百地移换到了自己身上。他明白自己终究是父亲的儿子，如同曹禺话剧《雷雨》中繁漪对周朴园的儿子说的那样。

他还想起，早年自己就做过很多以父亲的名义、执行父亲使命的勾当，“以父之名”原来出现在父亲无力执行一些不合理的、不够人性的职责的时候。

2

对于自己所遗传于父母的这张脸，他经常在镜子面前盯望得出神，想从中看到越来越多的相似度，笑容、眉眼走向和说话时嘴唇开合的幅度，似都有来历，有所本。遗传上会有遗漏吗？你有本事加以修改吗？这难道不是宿命吗？

尤其是当他拿到五十岁照的标准像时，他才更相信了宿命的力量。此时，他发现自己原来一直扁长的脸好像一下子发福了，变圆了，变丰满了。变得与父亲墓碑上那张照片如影随形。只有气色的不同，肤色的差距，没有大轮廓和气象的不同。他被惊讶得无话可说。

此时，他内心一块柔软的地方被狠狠地击中了。自小就想与父亲保持距离，不想遗传他的行事作风、思维方式、生活习惯。尤其是那张他过于熟悉、不想复制过来的面庞。但，现在看来，还是彻底失败了。

他明白，自己是父亲的儿子，必须百分之百接受他的基因，这一点上无可逃遁，没有死角。自从得出这个结论之后，他开始变得易于烦躁、悲观、沮丧。

歌德说：“我们赞同的东西使我们处之泰然，我们反对的东西才使我们的思想获得丰产。”他发现自己生命中有个时时需要努力去探索、发现并反思的父亲，他把父亲树成自己极力避免的对象。他一直想赋予自己一个使命，拼命给自己打气，鼓励自己与父亲的行事风格、思维方式和生活习惯保持距离。因他太知道父亲的毛病了，太清楚他的弱点了。直到发现自己与父亲晚年照片高度的相像之后，似乎得到了完全的确证，这种无处可藏的确证，击垮了自己的持守和担当，他不得不考虑全盘顺从宿命，毫无保留。

其实，作为父亲的儿子的这种宿命，他早就承担了起来，而且铁证如山。比如，妹妹进入择偶期的时候，奉父亲之命，他曾努力说服妹妹放弃在大人看来不理智的、没有前途和不划算的社会交往。此时，他完全以“家长”的口吻、立场、态度，一本正经、不厌其烦地向妹妹灌输一套陈腐僵化的说辞，比如，别给家族蒙羞，门当户对最好，农村人不能找，等等，唠叨个没完。作为父亲的说客和代言人，他吃惊于自己居然那么驯服那么轻车熟路，完全不顾妹妹的茫然、困惑甚至惊异。此时的他，由妹妹的同盟、伙伴甚至密友，一下子俨然变为居高临下的长辈、说教者，做了自己年龄和身份的叛徒，变为同盟者的敌人，以与自己年龄不相称的成熟，拿出了光宗耀祖、不给家族丢脸、做个争气的好孩子等利器，使劲刺向了妹妹，完全忘记了自己只比她大一岁。父亲角色、价值观、步调上的承传，依样画瓢附着到他身上，即使妹妹表示不解，试图反抗，甚至掉下眼泪，说教也没有停止。

当他口若悬河地完成这一套陈腐理论铺陈的时候，脑海里忽然涌出了曹禺先生话剧《雷雨》中的那句著名的台词——“你终究是你父亲的儿子”。

但妹妹毕竟最依赖、相信哥哥，也懂得先从哥哥下手。后来在父亲尚未推行进一步阻止计划的时候，已经把交往的小伙子带到了哥哥面前，小伙子机灵过人，进门就掏出了价格不菲的“凤凰”烟，让刚学吸烟的哥哥下不了手推却，“不”字说不出口。小伙子一口一个“哥”地叫着，更让他飘飘然，转而帮忙撮合。

3

“遗传”宿命的铁证发生在一次对妻子发脾气的时候。他向妻子高声大吼的一瞬间，忽然意识到，自己带口音的普通话在用词和声调上居然与父亲当年对妈妈呼喊出的话一模一样的，是几乎不失板眼的依样复制，如“滚球开吧”“我才不尿你呢”之类。

还有，孩子小的时候，当他训斥无效、被置之不理的时候，居然喊出了“一个逼兜拍（pié）死你”这样的话。让自己吃了惊。孩子在北京出生，根本不知道“逼兜”的意思就是耳光。孩子们茫然、无解、愣怔，不知道爸爸说的是什么。只有他自己知道这来自父亲的恶劣遗传——固执、易怒、不像样、不上档次。

还有他不时驼着背走路的步态，说话的时候，一只脚放在另一只脚前面，以及他早年的嗜烟。

口味上的遗传更铁证如山，让人老老实实地投降，没有丁点儿辩白的机会。除了不喜欢喝酒这一条，其他都学到了，比如喜欢面食、带馅食物及醋、酱豆腐，喜欢蹲着吃饭。儿子从小吃麦当劳、必胜客、肯德基长大，不喜欢醋，至今拒绝食用。但愿意蹲着吃饭被一个儿子传到手了，这一点连他都自愧弗如。

他至今引以为憾的是，没有从母亲那里遗传到什么，母亲留下的印象过于微弱，相处时间太短，而且为时已晚。对她的短处、毛病、缺点所知甚少，对她的嗜好了解不多。她去得早，给世间留下过多的美好。她确定拥有完美的母亲、女儿、教师和故事讲述者的品质。只是这些角色她都没有履行好，没有来得及履行完。母亲作为故事讲述者是出色的，这一点深深地影响了他的人生。但母亲的生命过于短促。休养和治疗作为她人生的核心，占去了人生的绝大部分时间，使她成为家庭、职业等诸多角色的缺席者、落伍者。这是他一生中的另外一个大话题。

当然，对父亲的违逆，他有过成功的记录。一次与父亲吵架，他说了一句令父亲张口结舌、颜面大失的话。当时情况是这样的：妹妹学习向来不好，高中也没有读下去。这对以书香门第为傲的父亲来说不啻一个巨大的打击，成为郁闷的心病。但儿子的“榜样”让当父亲的在熟人面前挺直了腰杆。由于儿子在求学、读书、就业等方面的表率作用，父亲成为小镇上一个不大不小的突出亮点，父亲为此陶醉了一辈子，在朋友圈里风光了许久。有次谈到妹妹学习一直上不去，学不进去，没有出息，我们的主人公认为家庭环境影响很大。父亲不解地问：“那你是怎么回事?”他说：“我是战胜了干扰才做到的。”父亲大怒：“什么话，我怎么干扰了?”儿子此生在父亲面前第一次表现得硬气十足，回嘴说：“你回家就喝酒，一喝一晚上，中午也喝，家里老是坐着很多人，聊天、猜拳、瞎扯，家里能有学习的气氛吗?”忘记父亲怎么说了，只记得边抽烟边喝酒，脸涨得紫红，眼睛瞪得老大，屋子里的空气登时紧张起来，燥热得让人难以忍受。父亲脸上浮现着的不满、困惑、羞愧、惊讶混杂在一起，纠缠在一起，难分难解，难言难说。这次一来一往的谈话，撕裂了父与子心里的很多东西，捅开了他们之间隔膜已久的那张纸，双方自此蒙上一层小小的阴影。

他向来是好儿子、好学生、好干部。这三个“好”令父亲享足了荣耀，自豪感是实打实的，持久的，圈里圈外有口皆碑。而现在儿子的这句话，把作为父亲的骄傲、口碑、荣耀戳穿了，把只有彼此才知道的隐秘一角掀了开来。儿子的“好”，家里享有的声誉，居然来自违逆、抗拒、排斥，这是父亲万万没有想到的。

实情真的是这样。父亲的生活方式非常糟糕。烟、酒作为他的生命和生活方式占用了家里过多的时间。每天抽三四盒烟，一个人花在饭桌上的时间超过一般人的三四倍，家里的时间被他过多主导、占用和挥霍。早饭是边吃饭边喝茶边抽烟。烧卖、馄饨、豆腐脑，样样油大、味重、滚烫，吃一两个小时，对他来说是常事儿。中午回家吃饭要喝酒，而且进门就开喝，凉菜、酱豆腐、白酒、浓茶、香烟，一样不能少。蹲在沙发上，喝到饭熟端上来，总得一两个小时，吃喝完倒头便睡。晚上回来吃饭，照样重复中午的程序，只不过时间拖得更长，微醺之后才肯上床。

而更多的时候，晚上是聚会，是聊天，是延续至深夜的流水席。把朋友、同事聚在家里，下班开始喝起，一直喝到大半夜。说笑、聊天、猜拳、劝酒、抽烟，大呼小叫，众声喧哗，此起彼伏。一个月里家中这种事情可以发生五六次，甚至十几次。这对正处于成长和学习期的他、妹妹，能谈得上什么好的影响吗？

但从另一个方面看，这对他又成了好事情。就是逼着他从小立下志向，许下个决死一拼永远离开这个家的愿望，与这样的生活方式彻底决裂，势不两立——永远逃离这个环境，与这些推杯换盏、吃吃喝喝的生活气氛一刀两断。这样一个最浅俗、最本能、最隐秘的信念，支撑着他奋发图强，埋头读书，心无旁骛，支撑着他考出好成绩，以便到大城市，到另外一个地方去生活。出于对父亲啸聚八方、呼朋引伴生活方式的厌烦、痛恨，他奋起，从而生发积攒起巨大的力量，在对父亲的违逆中获得学业成功。而不像父亲所想象的那样，是有什么大志向、有大追求。

每逢假期他就迫不及待地躲到亲戚家，十八岁离开父亲到外地复读，十九岁到省会求学，然后到北京工作，永远离开了父亲所生活的那块过于熟悉，熟悉得让人有些痛恨的地方。

地域上、生活上是真的离开父亲了，但情感上并没有甩掉父亲，思维方式没有离开父亲，父亲如影随形，以强大的基因，在儿子完全意识不到的时候，于意志之外行使着权力，猝然无防地掌控着儿子，令儿子时时感到抵抗的软弱，狡辩的无力。

4

这就是父亲。直到父亲沿着巨大的烟囱随风而逝，都没有让他彻底猜透。他自以为足够了解父亲，其实不然，他至今无力揭开父亲内心深处的那些幽暗，去探个究竟。因为自己内心同样躲着个野兽，要伺机挣脱牢笼，摇摇晃晃地出来觅食、吃肉、发飙。

早年的时候他认为父亲无所不能，父亲就是自己的敌人，父亲阻止年少的自己实现任何意愿，行使着至高无上的权力而完全不顾儿子的心愿。后来一切都发生了逆转，父亲的狭隘、固执、病倒，使之变为家里的弱势。

德国浪漫派诗人诺瓦利斯有句话说得好，“即使听了相同的故事，每个人的体验，也都大为不同”。写下这些东西，希望唤起别人感同身受的阅读热情，但结果并不一定会如愿。

现在连自己也快成了老父亲，儿子们会探究自己吗？他经常问自己。但答案可能是唯一的——肯定会。

父亲零章断简

人是世界的轴。

那么有人会问：他的坏处，他的缺点呢？

我们大家都饥渴于对人的爱，而人饿着的时候，即使是烤得坏的面包，吃起来也是香的。

——［苏］高尔基“安东·契诃夫”《文学写照》，巴金译，北方文艺出版社，2008年，第115页

老爸，我在回忆你，等于在回忆我自己，你移步换形，神秘地把自己的一切全部加在了你儿子的身上。我不想审问你了，因为审问你等于审问我自己。我就是你，你就是我。我们都没有搞明白，咱们两个人完全难以分开——难道一种水同另一种水混在一起，你能够分得清吗？

此刻，晨曦尚未露出全部面目，天边的微光正在冲破云层的束缚，模糊着天地的界线。生活的马脚，人世的吊诡，活着的快意，死后的安宁，一切的一切，都让人难以参透。谁为雨水分道？谁为雷电开路？使雨降在无人之地，无人居住的旷野？使荒废凄凉之地得以丰足，

青草得以发生？雨有父吗？露水珠是谁生的呢？冰出于谁的胎？天上的霜是谁生的呢？还是不要追究这一切了吧，让记忆重现，让父亲这个角色归位，让你照亮我的内心吧。

1

在世纪之交3月一个清冷的上午，老爸，你被化为轻烟，沿着巨大的烟囱升腾发散，你的剩余骨殖被聚敛，被埋葬，被安置于墓碑之下，等待定期探望。一些闲置的照片，几封令人难受的信件，犹在耳边回响的只言片语，对于拼接起完整的你全然不可能，过去一切均已难有对证。苏格拉底早就说过，娱乐是有害的。回忆不属于娱乐，回忆是挽救，是一种具有安抚需求价值的情感活动。威廉·詹姆斯在其《心理学》里说："思想的江河不停地流动，但是它的绝大部分沉入了忘却的无底深渊，其中一些，记忆无法保留它们片刻。另外一些，仅能保留几分钟、几小时、几天。还有一些留下了不可磨灭的痕迹，只要生命不息就可以通过这些痕迹回想起它们。"回忆带有滞后的无奈，属于选择性筛查。须知，很多热衷于忏悔的名人别有用心，不乏假借歉意悔恨，用忏悔的名义，拿出些死无对证的无伤大雅，给自己脸上贴金，赚取后人百无聊赖的泪水。回忆说到底是为了平息内心、增益自我，如同情感手术、心灵按摩、声誉美容，回忆如果不是为了逃逸或安抚，支撑的动力会大大下降。老爸，你异常看重口碑、珍惜名声，但不理会被颁发的奖状、称号等等，发给你的奖状压在柜子里，塞在抽屉里，从来不曾被展示在人前，你是"公家人"，你的主要活动半径不在家里。

2

童年时的我和你亲昵的机会异常稀缺，老爸，稀缺意味着珍贵、难得、难忘，黄金就是稀缺的。但我们之间的这种稀缺绝非正常。你拥抱过我吗？我搂过你的脖子吗？或者我对你撒过娇吗？好像骑车带我出门是我们两人身体离得最近的时刻，次数不多且记忆模糊。

但有一个事件足可载入中外父子关系史。那就是，在我很小，大概还未上学的时候，咱俩曾裸袒相对地洗过一次澡。应该是个夏日的周末，大家都穿半袖，你骑车经过百货公司二副食粮油站汽修厂巴彦镇烈士陵园，把我带到南粮台红卫公社大教堂附近你所在的学校。聚餐、开会、演节目、看露天电影，回到你的宿舍洗澡。屋里放着个似乎专门为这个周末准备的大铝盆，对，大铝盆，现在想来，这个铝盆大得简直不合情理，有多大呢？反正能够坐咱两个人。你从食堂水房提了两暖壶热水倒进去，又掺了不少冷水。用手试了试，你说，进去洗吧，随后就脱光坐进去，我怯生生的，不肯，你又看了我一眼，我只得服从。于是，我们俩，一丝不挂，相对而坐，你没帮我，也没求我帮你，我很扭捏，你很坦然。我此时才发现，原来你的皮肤竟如处子一般，比我的更白更细腻。我们不交谈，目光空洞，各忙各的，似各有所思。毕竟年幼无知，我管不住自己眼睛，反复朝不该看的地方看。老爸，你长得真好，像大卫。前些天我发现儿子冰箱上磁吸着微缩版大卫腿间那个美好的器官，正与当年见到的你的相似，很标致很和谐。我走神了，我呆掉了，我的目光很快被你捉到，于是，此次的热澡草草了事，我则落荒而出，随后，一夜无话。

3

我知道你和妈妈都是不可救药的文艺爱好者，老爸，家里有过留声机，有过不少唱片、歌本、画册、小说。我的名字取自八一电影制片厂1960年拍摄的彩色故事片《红鹰》，该片由王少岩执导，谭家谚、杜继文等主演，讲1935年红军路过甘南藏族区白河草原时，红军女医生林华帮助当地牧民反抗蒋马匪帮欺凌压迫的故事。晚我一年出生的妹妹的名字，取自革命历史题材歌剧《红霞》，这部歌剧1958 年由八一电影制片厂拍摄为彩色电影，冯一夫、华纯、李育五导演，蔡佩莹、杜明新等主演，描写了江西苏区赤卫队长赵志刚未婚妻红霞与敌人斗智斗勇，最终协助红军歼灭敌人却牺牲自己的故事。这些作品的主人公大义凛然、义无反顾、义薄云天，为民族为信仰的义字是主流。作为20世纪50年代的大学生，你做了一辈子教育者，也愿意被教育，义字当头两肋插刀，拔刀相助，你是愿意做的。你上中学时经常呼朋唤友，是校园名人，因为学习好，令师生们侧目。这两个名字太能反映革命历史题材影片对你的熏陶。

4

家长喜欢什么，家里就富余什么，比如收音机。老爸，你是收音机超级爱好者，收音机作为声音职业制造师，在很长时间之内是咱家除自行车、手表、缝纫机之外最夺目的大件。收音机集高科技高颜值于一体，从电子管、三极管到集成电路、大规模集成电路的，家里再困难，收音机也未曾缺席且一定占据书桌显著位置。一个坏了就换一个。“五星红旗迎风飘扬”带来的“新闻和报纸摘要节目”，“嗒嗒嘀，嗒嗒嘀，嘀嘀嗒嗒嗒”带来的“小喇叭”，郭兰英的“花篮的花儿香，听我来唱一唱/唱一呀唱，来到了南泥湾，南泥湾好地方/好地呀方，好地方来好风光”，常香玉的“大快人心事啊，揪出那‘四人帮’”，王玉珍的“洪湖水呀浪呀么浪打浪啊”，全家听了一遍又一遍，和《红灯记》《智取威虎山》《沙家浜》《杜鹃山》《海港》《艳阳天》《创业》《决裂》等一样耳熟能详。声量高亢的红歌，富于阳刚之气的广播体操音乐，给我耳膜以极为坚实的滋养。爸你作为家长，个别时候还对收音机传出的内容进行权威解释。最难忘的是你有天午饭时异常严肃地对我和妹妹说：“中央决定对王洪文张春桥江青姚文元——”我虽只有十四岁，仍能从你口气里听出事情的严重。爸你手头永远不缺收音机故障随叫随到的排除者，他们是你的学生，一律态度谦和头脑灵巧手到病除。但收音机要么被我拆坏，要么因忘记关机被烧坏，几年一换，坏的就堆进凉房。

老爸你喜欢木材，于是家具和木材富余。有段时间你热衷通过各种渠道不断购进木材，与串门的朋友反复探讨水曲柳、柞木、榆木、橡木、胡桃木、桦木等优劣短长价格用途，特别是对当时紧俏和流行的水曲柳情有独钟，以至水曲柳三个字永远牢牢镶嵌在我的脑海里。对木料进行了一番囤积居奇之后，你开始找木匠打家具，囤积的木材天天减少，立柜、躺柜、电视柜、组合柜、沙发、写字台在你的设想下纷纷诞生。生活条件好了之后依然囤积木材，购进、囤积、打家具、再购进、再囤积，如此循环往复多次，家里自制家具塞满后，凉房里依然堆了不少剩余木材。

老爸你喜欢书，书就堆积。我慢慢觉察出，囤积是你的本性，你喜欢的书就会反复寻找购买放在家里，以致会有多个版本置于不同场所。譬如，不同封面的多版本《动物学》《植物学》《微生物学》《人类在自然界的位置》《物种起源》《大众哲学》《反杜林论》《辩证唯物主义历史唯物主义原理》《毛泽东选集》整整齐齐压在凉房的纸箱里，有的包了书皮，干干净净，有的想必被反复阅读，有密密麻麻心得感想之类留在上面，从这些批注不难感受到，你接受的共和国教育不仅系统且根深蒂固。囤书作为你这另一个恶习同样也传给了我。比如收有小时候读过的《萍踪寄语》的《韬奋文集》第二卷，我喜欢的拉伯雷的《巨人传》，塞万提斯的《堂吉诃德》，哈代的《德伯家的苔丝》，我就囤了多种版本。

5

老爸你的思想相当“正统”，一辈子听从政府、国家和“单位”的指令，以单位为家，以公家的事情为头等大事。宁愿自己吃亏，不让国家吃亏，挣一天钱，出十分力，从来想不起占国家的便宜。你曾在县委担任办公室主任、教育局长，却安排不了自己的孩子。你曾经在地区教育处负责基建，如果换了别人，极可能会吃拿卡要、中饱私囊、吃香喝辣，而你却数月蹲守在工地上，生生地把自己变成了一个“下夜”的老汉，这在不少人看来难以理解。

6

老爸你是人们心目中善于交谈沟通的好好先生，对自己喜欢的人有足够的尊重、热情、好感与眷恋。你以最大的真诚对待自己的岳母，我的姥姥。这是一个勤劳而多话的老太太，有五个儿子，只有一个女儿，你关心她有时甚于关心妻子。岳母没有上过学，她的人生武器就是任劳任怨的美德。她终日面对因生病言语不多的女儿，只有你回到家，她才能得到些许交谈的快乐。谈话是人生的必不可少的添加剂。在马达加斯加，男人怕丢面子，怕伤害到别的男人，就把话留给女人说。法国女人喜欢对男人品头论足，男人批评女人就是因为女人话多。而在我们家，主妇的话却是少的。你回到家总是愿意与姥姥交谈，谈过去的事，谈对五个儿子的评价，五个儿子中她最牵挂老五光理。光理学习成绩不错，念到师范肄业，求职屡次被拒，哪个单位都待不长，在姥姥的请求下你力挽狂澜，找县委负责人为他在铁路局安排了一个好单位。姥姥生病，你风雨无阻用自行车带着上医院，在妈妈病重之后，为避免妈妈一旦不测姥姥经受不住，即将被送到北京四舅那里，姥姥异常不愿意，除了对唯一女儿的不舍与牵挂，其中还包含对你的依恋与肯定。

7

老爸你不是个好当家，不是好厨子，不是好父亲。老爸，我妈去世后你也试图展示厨艺为我们做饭，摊子铺得大但欠缺耐心，维持了一段就改为从大食堂买饭，有一段时间几乎每天都是油炒面条油炒面条。有次你在清理烟筒过程中，拆卸开来的烟筒怎么也恢复不了原样，手忙脚乱，越安越着急，失手让烟筒的铁皮捅伤了鼻梁，只得到医院缝针。你试图垒砌锅灶，结果生火后烟怎么也排不出去，只好请人重砌。你曾一度热衷购买布料，找裁缝为我和妹妹做衣服，你按照自己的意愿和喜好打扮我们，追求御寒遮体的实用，追求耐用好洗，根本没有视觉效果上的考虑。你主张，孩子家的懂什么，又不工作，凑合着能穿暖就可以了，而且小孩长得快，衣服淘汰得快，“新三年旧三年缝缝补补又三年”，小孩子不要养成讲吃讲穿的毛病，不管男孩还是女孩，讲吃讲穿是最大的恶习。因此，只有过年我们才能穿上新衣服。还有，那时的衣服、鞋子怎么那么不耐穿？我们平时的衣服很少有不打补丁的，一双鞋子往往也补过好多次。每年学校举办运动会，白衬衫、白球鞋、蓝裤子，我和妹妹不知道得鼓起多大勇气费多少口舌争取才能从你那里得到，而在别人家的孩子那里，是百分之百不言而喻铁板钉钉不给不行的标配。

8

“你口风不够紧，话太多，表现欲太强”，老爸，雷蒙德·钱德勒小说《重播》里女主人公的这几句话部分适用于你。你平时冷漠清高淡然，有时又极有热情，愿意敞开心扉，向你信任的人倾诉一切。你挑人的口味很刁，很难与自己瞧不上眼的人交流思想，我没想到，有些不被人们看好的人，却是你很信任的人。譬如我的二舅妈，这个毕生胶东口音声如洪钟的女人，没有几个能与她融洽相处的，唯有你视她为知己，每到自己有苦恼有忧愁就向她倾诉。二舅妈对你最为钦佩，总是护着，一遇大事必定挺身而出维护，你与她的良好沟通管上了大用处。你经常拿不定主意，有时又过于有主意。你会就一件事情反复听取不同人的意见。譬如关于是否由县委“一抓三促”办公室调到玻璃纤维厂当书记，你见人就征求意见。结果，张三说这是锻炼的好机会，一二百人的利税大户，扑腾扑腾挺有意思；李四说这个厂子谁也搞不好，人心不齐，制度不立，百废待兴，别栽在里面出不来；王五说人人知道厂子发展空间大，和秦皇岛玻璃纤维厂的密切合作一直都在进行，好好搞盈利不成问题；赵六说厂子里的主要岗位全是头头们的关系，谁都惹不起，他们只想拿钱不想干活儿，谁也搞不好。如此这般，听了一大圈，主意还是你自己拿，再说啦，那个年代，不服从是不可以的。结果，还没有到位子上，风言风语已经生出一大堆，口风不够紧让你吃了不少苦头。你就是这样，时而特别能把事情闷在心里，时而特别藏不住话。你有如矛盾体，正反两面奇异地统一在身上。

9

老爸，你毕生焦虑犹疑挣扎、左冲右突，如同一个知道自己即将溺水，于是拼出全身的力气去抓任何一条救命稻草的人一样，但仿佛越挣扎反而越徒劳无功。你一辈子都在摆脱这种宿命，但宿命偏爱你，选中了你，一直在造就你，不停顿地实施对你的横征暴敛。这部分抵消了他人可能对你的不悦。在职场上吃力吗？你无法游刃有余吗？

你由学校进入行政机关之后的几年中，无数个下班之后的晚上，咱家成为小城官场的分论坛，加班的小现场。现在我能勉强想起来，常有县委研究室王晋美，“一抓三促办”李俊峰，“工业办”吴德魁（我高中同学父亲，名字不确）等人，一坐一个晚上，或吞云吐雾意气风发指点江山，或你一言我一语推敲稿子，大家嘴里讲的都是农业学大寨工业学大庆一抓三促备战备荒为人民开好“三干”会以优异成绩夺取无产阶级“文化大革命”伟大新胜利之类。王晋美的山西口音，李俊峰的陕西口音，吴德魁的河北口音，或婉转精确，或暴烈慷慨，或谦和迂回，为他们的性格做了最好不过的脚注，四个人作为纸上高参、刀笔小吏，字斟句酌，乐此不疲。这种在家工作的场景曾经反复重现，只要是工作，只要是公家的事情，你总给人会鞠躬尽瘁的印象。

10

老爸，你努力成为他人心目中的成功者，在职场事业爱情家庭婚姻等诸多方面，你老人家留下不少遗憾，有的人一辈子主要以人生鉴赏家而存在，有的人主要以人生价值评论家出现，人生正确的参与者总是那样的稀缺，你无时不在衡量他人反思自我，你最可贵的品质是乐于观察、敏于思考，年岁让你荣登人生顾问宝座，是否能够行使好这个职责，可能你自己没有多少把握。

你身边永远围绕着一大帮人，吃不完的流水席，讲不完的世态炎凉，一周总有三四场酒摊子，罗叔李叔刘叔侯叔张叔，小城官场上的那些风云人物都曾是咱家的座上宾，我给他们炒过菜斟过酒倒过茶，陶醉于他们的夸赞，我深信你职场上的哥们儿都是些铁哥们儿。

1999年冬，你在北京肿瘤医院住院治疗，你的好友我叫罗叔的罗岩峰从内蒙古赶来看你，病房里两张床，另一个病友说是刚被告知可以出院，这儿就你一个人，罗叔于是便问："希傧，我晚上陪你睡这儿行不行?"别人谈癌色变，老友现身病房并想与你同住一室，这是何等的友情！但毕竟，天不假年，老爸，癌症只用了半年就把你带离了这个平凡的世界。

11

你从小随父辈走西口来到内蒙古，作为走西口的亲历者，你对老家的村子抱有极为深长的怀念之情。每逢过年，你会讲起贴对联、跳火盆、吃年糕的讲究，你会精心准备菜单，让诸如过油肉、炖鲤鱼、酱牛肉、炖粉条白菜、干煸豆角之类的菜摆满桌子，招来各方亲戚，大吃大喝，尽兴而归。走西口的人讲究抱团取暖。一个绸布店的家当，由于前辈的挥霍无度，已所剩无几，加之战乱频仍，只得背井离乡，一家人风餐露宿，一路上出入当铺，落花流水。那时的塞外是多么贫瘠啊，艾青在《北方》一诗里说：“北方是悲哀的/而万里的黄河/汹涌着混浊的波涛/给广大的北方/倾泻着灾难与不幸；/而年代的风霜/刻画着/广大的北方的/贫穷与饥饿啊。”塞外毕竟以其慷慨接纳了这个克勤克俭的小商之家。为人为商为业，靠的是人缘靠的是人场，商业金融帝国，凭的就是票号那样的诚信体系，就是朋友口耳相传的信誉。你视朋友为生命，始终有人与你抱团取暖。烟、酒、茶，像人生三友，始终伴随着你，你的朋友源源不断，你好热闹，你不孤独，你逝世后，小城里送花圈和到场吊唁的几百人，开完追悼会，到火葬场的车队排得很长很长，如此备极哀荣令我震撼。

12

得承认，老爸，你同时又是个倔强的人，有时表现出的那种狭隘的自以为是，那种逆大多数人的意志行事的固执，实在让人匪夷所思。在绝大多数人都会从善如流的时候，你偏偏选择逆行，比如，家族里只要有女孩子搞对象，你必定持反对意见，后来的事实证明，每当此类情况，你只拥有百分之二十不到的正确率。你从来不是方方面面让人满意的人。生活无情，你算是凡人里的翘楚，或者是拔尖者里的平庸者。在职业生涯考验的路途上，谁都不敢说自己能够交出自己看得过去的答卷。从一个爱情丰满，理想饱满的大学毕业生，由省会城市呼和浩特回到磴口县，与家人团聚，教书育人，别人不一定能够做得比你更好。生活是随时设障的难解之局，由无数古怪缠结在一起的曲线构成，要把这些曲线，把这些人类活动与关系的交叉线理得比较有秩序几乎不可能。一个人难于认识自己何况认识他人，他人永远是自己的镜子，映照着人生路上的坑洼不平和生活河流中的激流险滩，我和你一样，总觉得缺乏一些天分和自觉。人必须拥有对生活不断发现的能力，不断跟上生活，而不可指望生活能像公式那样运算与推演下去。

13

老爸，你可能早就忘了（是我忘了，逝去的人没有记忆，他们从来不轻易打搅人），你一度是我童年时期的噩梦。只要你出现我就不敢说话，我小时候严重结巴，就是你的功劳。好像是小学四年级的时候，你偶然检查我的作业，我结结巴巴，你随便考我一些算式，我脑子里一片空白，你眼睛瞪得牛大，我吓得放声大哭。从此对数学怀有严重恐惧。我有很长一段时间没有叫过你爸爸，不是不想，而是不敢，天经地义顺理成章的事情，于我却难以实现，在你我之间，曾经横亘过难以翻越的巨岭。

老爸你下手很重，你真狠心揍我啊。不记得有许多次了，耳光、脚踢、狠踹，动辄得咎，气愤难当，你的训斥和痛打，一度相当频繁猖獗。我不明白你到底有多大的火气，到底委屈是从哪里来的。很多时候你回到家里脸就是阴的，一点小小的不适就会令你暴怒，大打出手。妈妈、姥姥、妹妹都明白，你这是找碴，是在发泄，你心里不痛快，你发泄出来就能消停一段。你的发泄对象主要是我。我是家里除你之外唯一的男性。有一次，我手里拿着棍子，在院子里挥舞着玩耍，你立好自行车，一脚将我手里的棍子踢飞，接着就是一顿数落。每次挨打的过程都伴随高声咒骂，字眼不雅，秽语成堆成串。有这些情景刻于脑海挥之不去，当了家长之后，我极力避免成为情绪的魔鬼，把气撒给孩子，但说句实话，真的很难很难。成年人被浮名所困，为功利所绑架，不过是被身外之物主宰的可笑傀儡而已。

这些皮肉之苦及痛斥，因妈妈的去世戛然而止。妈妈以自己的生命，一次性换取了家庭暴力的退场，令你猛然警醒与成熟，让本应名副其实的家变得安宁、祥和、单纯、向心。但这些又有什么用呢？一个母亲没有了，意味着最温暖、最慈祥、最诗意、最亲切的源泉切断了，冬天的火炉没有了，夏季的凉爽没有了，倒是新的一切免不了还要我和妹妹适应——譬如临睡之前你那生硬的拥抱，你喝完酒之后满脸胡茬的摩擦。皮肉之痛，不再有了，你也很少训斥，在你面前我不再低三下四、唯唯诺诺，妹妹可以对你撒娇了，但我并不开心。

14

鲁迅说过："游戏是儿童最正当的行为，玩具是儿童的天使。"玩具却是我童年最缺乏的东西，仅次于鞭炮、白球鞋、新衬衫。对玩具的陌生恰似对爸爸你的情感陌生，我几乎没有拥有过一件购自商店的玩具。有次我在凉房里扎风筝被你发现，你推开门，三下两下就把我花了几天时间扎好的风筝毁掉，踩在脚下。冬天来了，冬天又去了，别人家的孩子要么有冰鞋，要么有自制的"冰车"，我只能干看着。我从各种渠道寻找木板、粗铁丝、钉子、锤子、改锥，花巨大的体力脑力做“冰车”，我不仅不敢求你帮忙，也不敢让你知道我在做这些事情，做好的“冰车”只能藏在别的孩子家。

15

老爸，家是一个极小部分关系极亲密的人每天固定聚集吃喝交谈、睡觉生气高兴共同忧愁快乐声息与共的完整体，对吧？可老爸，你有相当长一段时间是缺席的，你的出现是家里的大事情。库切在其长篇小说《男孩》里讲，男主人公从来没弄明白父亲在家庭生活中的位置。事实上，他都不明白家里是不是有个父亲。对咱们家，一定时间段里这样的问题同样存在。你在家的时间不多，或神龙见首不见尾，在我那渐行渐远浑浊模糊的可怜记忆里，家里只有四个人——妈妈、妹妹、姥姥和我——的时间很长，我至今不明白，你在哪里。由于疏忽，我没向任何人求教过，你是否有过下乡支教、到异地搞社教或“支左”之类的经历。当时，姥姥已是年过六旬的老人，一辈子家庭妇女，根本没有收入，妈妈病休在家，工资可怜，那么，谁供养我们？

16

罗素说过，父亲们最根本的缺点在于想要自己的孩子为自己争光。总体来说，老爸你倒没有这样的毛病，你可能内心也想这样，没在面上体现出来。你是爱我的，我勤快，学习好，有口皆碑。有次大学放

暑假我回家，夜里下了火车，爸你在站台上没接着，急得像无头的苍蝇一样团团转，还让车站的高音喇叭叫我的名字，我出了站，你依然满头大汗在找。你的“爱”总是这样，用力过猛，效益极低。

不过，只有时光的效益最高，不断筛选局限、意义、分量、杂质，却往往回避结论。

一次邂逅

回忆像孩子一样，也爱玩捉迷藏的游戏。它会躲藏起来。

——［德］君特·格拉斯《剥洋葱》，魏育青等译，

译林出版社，2008年

同文学一样，绘画这门艺术要告诉人们它希望表达的东西，具有使读者一下就能了解它要描述的序幕、环境、结局这样的优点。文学与音乐要让人了解其作品的整体，必须借助于记忆；而文学是最不完美、最缺乏力量的艺术。

——［法］高更《塞尚、凡高、高更书信选》，

四川美术出版社，1984年

一切都是那样的不真实，我好像被一大片白云驮着，从半空中缓缓降落到家乡的地面上。我决定不让人陪同，不经人诱导指引，即使这座小城已经面目全非，我也想靠自己去寻找那些想去的地方。童年时的树苗不是长成大树就是化成了土壤，小溪不是已经断流就是已经汇入了大河。沧海桑田、斗转星移，只是时光的威力无法删除掉埋藏

在我心灵深处的记忆，我能不费吹灰之力寻到最想去的地方。

那个地方是一座果园，以高墙和篱笆围起来，位于沙漠中心地带一片郁郁葱葱的林子附近。在我童年的时候，里面生长着为孩子们所垂涎的水果：李子、杏子、桃子、苹果梨、沙枣，我不记得是否有苹果，只记得和小伙伴们偷过李子。对，偷的是李子，有大有小，生熟和酸甜程度不一的李子。偷的时候如果跑得不快，会被守护园子的兵团知青围堵个正着，被责令交出赃物，被逼问是哪个学校的，班主任是谁，家长在哪儿上班。每次我们都嬉皮笑脸地撒谎，胡乱编着瞎话，他们也并不当真，知青比当地在园子里干活的老乡年轻得多，很好糊弄。果园给我们的很多美好记忆，永远与那些酸涩的李子联系在一起。

时间已经接近中午，我穿过果园形同虚设的大门，绕过刻着“提高警惕　保卫祖国”的水泥照壁，进入到这个曾经魂牵梦萦的园子，小路两旁大大小小的果树勾起我的记忆，让我看不够。我遇到一队队参观和采摘的人，向着果园的纵深处走去，远处人越来越少了，走啊走，不知走了多长时间，我来到一棵巨大的槐树跟前，大树绿荫之下围了不少人，他们像在倾听，像在议论，只见有个老人以富于磁性的声音正在慢条斯理地说着——

> 我总认为我们国家最缺少的，不是技术，不是钱，也不是环境，而是美，缺少发现美的能力，创造美的能力，欣赏美的能力，传播美的能力。大自然本身的美，我们不单视而不见，还去糟践，我们盖的很多房子不讲美，修的很多桥太难看，城市里立了多少丑陋的雕塑啊。再看看我们穿的衣服，回家穿的拖鞋，家里的装

饰和摆设，根本不讲视觉效果，能称得上顺眼的不多，更不用说美了，电视机柜、茶几、沙发，千篇一律，一个赛一个的难看。我们的古人最讲究美，讲究平衡、和谐、对称，而现在则肆意蔑视和谐，毁坏美好。比方说，我们想在这棵大树下照个相，可是，旁边立着“不许触摸”“文明旅游”“禁止吸烟”等牌子，旁边还有一个水泥熊猫垃圾桶，人都没有办法站。我们过于重视口号，相信口号的魔力，完全不讲视觉上的美……

我起初漫不经心地听着，但这一口带天津味的普通话，很带感情和穿透力的语句，猛烈地冲撞着我已经沉睡的记忆。莫非是他？我挤进人群，看到演讲者高个头、身材匀称、花白的头发往后背着，仍然气宇轩昂，没错，是我们的马津老师！教过我们初中美术，他过去的口才我们在学校课堂上领教过。马老师等我走到他跟前时才停下来，狐疑地看着我。我用手势和表情向他示意，提醒着他，他由判断、辨识到认出我，足用了好几十秒的时间，这在微信时代显得有些过长了。我们握手、寒暄、交谈，由拘谨而兴奋，拼命寻找着对方脸上与记忆相印证的标志。几十年飞逝而去，师生居然能在这里邂逅！显然，浮泛的寒暄远远无法满足相逢后倾诉的愿望，过于遥远的过去一旦被接通，该有多少话题啊。我俩来到果园旁边的一家小馆子里，有了一次畅快淋漓的叙谈。

我：马老师，记得学校里的师生都觉得您很高傲，除了在课堂上滔滔不绝，平时不太爱说话，有一种不怒自威的劲头，同学们很少背后议论您。只知道您是天津知青，您是怎么到兵团的？

马津：过去的一切显得那么遥远，又是如此的近在眼前。人老了忘性大，但离现在越远的，我记得越清楚。我们这茬人出生于20世纪50年代，注定要做时代的密友，在大浪淘沙的时代风云中，我们曾理想激荡，热血沸腾，站在滔滔的大河岸边，我们不想做与世无争的旁观者，千方百计地想跳进去，战斗、搏击，不甘落后。而当时，我们能跳进去的最方便的方式就是下乡。

我出生在天津一个底层工人家庭，按说工人是领导阶级，但我们家的人并不那么理直气壮，因为我父亲是酱油厂的，母亲专门为火柴厂装火柴。他们算什么工人啊，厂子里没有人们想象中的大机器的轰鸣，更没有钢花与吊车。在人们心目中，不管做酱油还是装火柴，都是残疾人和孤儿寡母专属，这让我感到很丢人，在人面前直不起腰板抬不起头。每天傍晚父亲身上带着一股粮食发酵的味道回家，妈妈下班则用口袋装回许多火柴棍、纸盒和印有图案的贴纸。我最喜欢这种叫“火花”的贴纸，不少画着天安门、长城、颐和园、桂林山水、南京长江大桥、南湖红船、遵义、韶山冲、井冈山、宝塔山等图案。总之，不是具体的红色纪念地，就是各种民间传说和故事人物。这些朴实的图案激发了我的美术兴趣。在我们家憋屈得转不开身的两间小房间里挤着爸爸妈妈加我和妹妹四个人。我从小就爱独自对着妈妈带回的那些“火花”临摹，从中寻找乐趣，后来又照着各种宣传画涂抹，开始画房子，画大楼、汽车、大桥，也学着画身边的人。家里有一把爷爷的父亲传下来的二胡，爸爸看得很牢，我瞅他心情好就央求他教我拉一会儿，后来在少年宫零零星星学会了不少曲子。家毕竟太狭小，我更喜欢离开家，无头无脑地在肮脏的胡同里徘徊，有时候跑到离家很远的地方，到火车站，到汽车站，向往着离开这里，到远处去，有时带着二胡，在没有人的地方拉一通。

1969年夏天，内蒙古建设兵团到天津招人，街道和学校里贴着的招收条件说得很清楚，招年满十六周岁，身体健康，作风正派，家庭和本人历史清楚的工人、贫下中农和其他劳动人民子女。我出身工人家庭，就是岁数不够，当时满打满算十四岁半，在大人眼里，只不过是个小毛孩子，幸亏还有绘画和拉二胡两样特长。母亲身体不好，父亲在厂子里负些小责，忙得焦头烂额，都不同意我报名。可我像着了魔似的非要报名去。有天我自己找到招兵报名处苦苦哀求，办公室有个年龄稍大一点的大姐看我的个头就不同意，表都没让我填。第二天我又去，给他们交了一幅我画的画，还有一份“请战书”。等了几天仍没得到通知，我就拿着二胡去找他们，硬磨他们听我演奏。奏《良宵》的时候大家没反应，等奏了一曲《赛马》之后，我看到他们几个人表情生动，眼睛都亮了，有人还让继续拉。那个大姐摆摆手说，好了好了，我看就到一师一团吧，先到宣传队帮忙，你填个表，让父母签字。我回家说服爸爸，爸爸说服妈妈，我的上进显然打动了他们，虽然不舍得，总算是答应支持我去。

出发到内蒙古的时候已经是深秋了。离家前一夜，妈妈往破旧的箱子里放了这个又放那个，一个工人家庭的家当真的没多少，恨不得都放到我的箱子里，妹妹比我小三岁，瞪着眼睛不停地问我什么时候回来。第二天在站台上，爸爸无语的目送，周围同学们的痛哭流涕，使我百感交集，突然之间涌上心头的，除了害怕、担心，还有一些感伤，包括对自己选择的怀疑。我心里问自己，你准备好了吗？你会害怕吗？你不后悔吗？但看着身边的同伴，个个与我相仿，满脸稚气，激情澎湃，我也就释然了。大家和我一样，怀着对大草原的想象或说空想，怀着对保卫祖国、建设边疆的热情坐上西去的列车。我们是时代的儿子，打上时代深深的烙印，未免没有被烙伤的遗憾，受时代召唤，被时代所促动，同样未必不会被时代推个大趔趄。

我们先到北京，然后是坐包兰线二十多个小时的慢车，第二天快天黑了才停在我们要到的巴彦高勒站。一下火车我就傻了眼，车站别提多小了，人的眼前就跑着骆驼、驴、马和牛羊。大家这才知道，一个团原来很分散，近的列队步行，不太远的坐马车和驴车，最远的地方坐运货的敞篷汽车。我被分到离县城中心最远的一个团、最远的一个连，搭敞篷货运汽车两个小时才到。毕竟年轻，这些我们都能忍。

我：我小时候觉得巴彦高勒车站很大，和天津北京肯定没法比，因为，对比和反差太大了。在你们这些从大城市来的人看来，这里是太偏远了落后了。但我相信，气候、水土环境等各种天然条件的落后你们能忍，觉得最不好忍的方面是哪些呢？

马津：兵团让人感到最巨大的差距是理想与现实的差距。以前我们一直是凭着书本、电影和音乐来认识内蒙古，认识草原，来到实地一看，完全不是那么回事。这里地处沙漠的边缘，寸草难生，终日黄沙滚滚，缺住的，缺吃的，缺用的，没有书看，什么都异常匮乏。我们得从盖房子开始自己的兵团生活。挖土、和泥、脱土坯，与老乡一起自己动手盖房子，日复一日地重复劳动。每日定额脱五百块土坯，一般都能超额完成，三天之后我就超了七百块。说我是文艺兵，起初根本没有机会排演节目，排演过的也不多。但时间一久就不行了，生活太艰苦太枯燥，我的烦躁、痛苦开始滋长，我特别思乡，想家想得经常到大沙包后面哭，很想抽烟解烦。有天我去团部买烟，小卖部柜台后面坐着个姑娘，年龄较我大一些，一开口我能听出来，说的是我们天津的普通话，她说我还是个小孩子，抽烟对身体不好，怎么都不肯给我卖烟。过了几天我又去磨，她才勉强给我拿了一盒牡丹。一来二往，我们熟络了。她叫王世琪，天津南开区人，比我早来半年时间，脱土坯日最高纪录四千块，结果伤了腰，领导让她在小卖部帮忙。从此就有了另外一段故事，这我一会儿再讲。

开春之后我们的新任务是挖排干渠，人人参与大会战，手里只有镐头、铁锹和箩筐，一挖就是小半年。还有，我们平时穿不带领章帽徽的军装，经常半夜被叫醒，背起背包就拉练，一走五六十公里。红旗、手持喇叭、毛主席语录、宣传画、墙上的标语，永远伴随着我们，我们人人争当军旗下的战士，毛泽东思想的宣传员，边生产边练武，边工作边学习，渐渐地，生活变为反反复复的轮回，个人思想的闲暇，独立思考的空间让位于集体活动和普遍的号召，对家乡的思念慢慢模糊起来，“老家”，变得越来越遥远。只有一点很难变化，找配偶时，在自己的家乡同学圈子里选择居多。从根子上讲，我们是要离开这里的。

说到最不能忍受的，我认为就是一种撕裂感，是那种精神亢奋与心灵贫困奇怪并列的矛盾状态。一方面，我们怀着报效祖国的高昂激情奔赴自己全然不知的蛮荒之地，靠一种“精神”去开荒、生产、书写自己的青春，自以为精神很充实，其实蛮不是这么回事，我们的心灵世界又很空虚和单调，我们头脑中的概念口号，只有“两报一刊”

教给我们的那些语句和逻辑。比如，我们最常见的口号是“为了解放全人类，苦练一双铁脚板”，“兵团战士意志坚，三九寒天只等闲，为了消灭帝修反，甘洒热血永向前”，甚至于“狠批读书做官论，树立无产阶级前途观”，等等，我们对世界的看法，对道德、伦理、哲学、社会的认识很肤浅和单一，大家判断大千世界和林林总总人性的依据、标准、尺度是单一的，我们在更为复杂多样的事物面前不会发出自己的声音。文化生活的贫乏单调更可怕，没有什么可阅读的书，连部图书室里除了领袖著作，就是一两本《战地新歌》，再就是《美国史》《日本史》《以色列史》《乍得史》《田中角荣传》等。电影只有几个样板戏，有次团部放映《卖花姑娘》，几个连队顶着零下二三十摄氏度的严寒，往返跋涉五六十公里去看，类似情况不是个别的。

我觉得，人的精神亢奋肯定会有自己的极限，很难始终维持高调状态，到第三四个年头的时候，我们刚来兵团时熊熊燃烧的热情之火越来越微弱。漫天的黄沙，光秃秃的土丘，严寒的冬季，酷热的夏季，缺水少林，枯燥的劳作、训练日复一日地消解着我们的热情，理想之火越来越微弱。一种深重的幻灭，以及对自己精神单调化发育的恐惧、忧虑，不停地困扰着我。我给妈妈写信，告诉她这里一切都好，很受锻炼之类的假话，告诉她我每个月有四到五块钱的零用钱，不用担心。我给妹妹写信，则会诉说自己在吃饭、劳动、睡眠等方面遇到的烦心事，求她给我讲讲学校里的事情，讲邻居小朋友们怎么样了。我不愿意谈这里遇到的那些糟心事情。千万不要相信你能跳过自己，摆脱自己，逃到所谓世外桃源去。如果没有绘画和那把二胡，我怀疑自己怎么能够挨过那漫漫的长夜，正正常常地活下去。我在广阔天地接受被改造，但我也拼命阻止自己正常意识和理性思考力的退化。

我曾在总政梅门造老师的书里看到过一个令人伤感的故事。梅门造带领宣传队体验生活时经过蒙古包想喝喝水歇歇脚，看见有位年轻姑娘身着蒙古长袍，梳一条黝黑大辫子，高高的个子，长得十分清秀，却没有一丝微笑，目光呆滞茫然。为感谢她的招待，宣传队首席姚盛昌演奏了小提琴曲《新疆之春》和《奶茶歌》，姑娘专心倾听，被演奏深深打动，不断撩起蒙古袍擦拭热泪，内心的寂寞、悲凉、痛苦一下爆发了。她走到小姚跟前，要过小提琴，放在自己肩上，熟练地拉起《梁祝》的优美旋律，一曲结束，姑娘才张口说话，向素不相识的战友们倾诉了自己的身世与经历。原来，姑娘叫李小纯，家住北京西城辟才胡同，得过西城少年宫音乐比赛大奖，她刚到十五岁就不顾父母阻拦参加了兵团，给分配到一个旧蒙古包和四十只小羊羔，与另外一位女伴轮流放牧，有时一人赶着羊群放牧在无边无际的大草原上，有时一人在家看门做饭。孤独面对着蒙古包、对着羊群、对着大草原，没有人说话，三四年下来，耳朵失聪，语言忘记，情感也冷漠了，这才有了刚才大家看到的反应迟钝的情形。天色渐晚，宣传队一行怀着满腔的怜悯、不解、迷茫，依依不舍地辞别了姑娘，重新踏上征途。待完成既定任务返回，车又一次开到李小纯姑娘的那个蒙古包跟前时，大家发现只有蒙古包和羊群的痕迹，姑娘已不知去了何方。几天前那感人的一幕，像梦境般地骤然逝去。像李小纯这样默默无闻的人，在兵团里不知有多少。

我：是啊，您曾经所处的群体很特殊，很光荣，后来又很让人同情，在兵团所承受与经受过的，肯定远远超出了人们的想象。比如，小时候我常见到打击罪犯游街示众，你们的同伴也经常就身在其中。我看到兵团知青胸前挂着牌子被游街，心里很不好受，大人们说，这些发型、衣着独特、气质不凡的孩子们，大老远来这里难道就为了这个？有次我在县医院门口还看到游街示众队列里有一位被判刑的女知青，昂着头，面容很清秀，她像是并不胆怯，类似她这种情况肯定会有很多隐情甚至冤情，又有多少苦难挫折啊，对不对？

马津：类似的事情一言难尽。比方，两三年工夫我们都长大成人了，青春的猛烈躁动，贫乏的精神生活，苦闷又无处发泄，你说能不出事吗？到内蒙古第二年我们连队发生了一件很轰动的事情，浙江知青黄达华同时爱上了邻近村长的两个女儿，他周旋在两个姑娘之间，直到那位妹妹肚子大了，村长才知道是怎么回事。兵团上下没有一个人能帮得上小黄。公安局带走小黄的那天早上，怀了孕的二姑娘挺着个大肚子来了，她拉着小黄要陪他一起走，那个撕心裂肺的场面，让我终生难忘。黄达华被游了街，判了五年刑，一辈子就算是毁了。兵团还经常发生打架斗殴，我们有的是精力，有时候发泄与打抱不平，找碴与伸张正义是纠缠在一起的，触犯法律是经常的。不过，兵团是个大熔炉，我们队伍里不乏很有成就的，前面说的姚盛昌后来就当了天津音乐学院的院长，陈佩斯，也在一师生活过四年左右。其他领域有成就的还很多。这块土地我们很怀念，此次是专为参加战友骨灰安放仪式回来的。

我：马老师，您和战友们将青春年华献给了自己，即使再压抑，男女之情也是扑不灭的，您潇洒英俊，必会吸引异性，您是在兵团谈恋爱的吗？

马津：最初没有，我这样一个年龄很小的孩子，被别人当成了小毛孩子。但仅仅过了两年，我身上就萌发了一种特有的烦躁不安，每逢春夏之交浑身上下不舒服，双脚一次次移到王世琪那里，我会找理由到她那个小卖部，去看她打毛衣，与她聊天，消磨一个下午的时间。世琪的手很灵巧，皮肤上一点杂质都没有，白得很难形容，细腻得太美妙了。在她给我洗衣服的时候，我借着玻璃窗透进来的光线的照耀，仔细欣赏她脖子上若隐若现的青色血管，细细的绒毛，看到她的耳廓被照得透明、发红，像是婴儿的耳朵一样，红得那么纯粹，惹人疼爱。到了夏天，我们连队会恢复文艺节目排练，在宣传队里，我遇到了一个令我怦然心动的北京姑娘，她只比我大一岁，名字叫李恩美，和恩美接触多了，世琪不高兴。认识之后我们三个倒是经常一起玩，世琪甚至还给我缝被褥，帮助恩美做衣服，给她借擦手油，给她买零食什么的，但她明显不希望我与恩美交往，她的嫉妒心发作起来几天不理我。我像当年那个小黄一样，游走在这两个美好的女人之间，不知道该怎么结束，怎么维持，以及怎么厘清。

王世琪带来的慰藉被我视作滋养生命之泉，我大口大口地吮吸着，同时我又愿意与肉感的、活泼的李恩美待在一起。在排演节目的时候，我贪婪捕捉着她从宽大的军装里偶然裸露出来的腿与胳膊的某些部分，享受她天真目光的注视，吮吸她身体散发出的好闻的味道。在托举她旋转的时候，我多想紧紧地贴住她，让舞蹈永不结束，让音乐永远萦绕。排练完我想方设法与她多腻一会儿，帮她拿东西，延长她施予我的感官享受。晚上我躺在炕上，时时回想这两个姑娘，她们白天的一举一动，一颦一笑，是如此栩栩如生，有时还促使我拿出纸笔，画下她们两个人的不同形象，我眼前更多闪现的是她们鼓鼓的胸脯，越来越圆润的手臂，越来越白的脖子。我发现，她们在夏天偶尔露出来的脚是那么诱惑人……她们的脚仿佛不是用来走路的，而是用来吸引我观赏的，纤细、白嫩、仪态万方，永远不被劳动磨损。而我这双脚则是路和苦力的奴隶，专门用来跑跳踩踏，朝更艰险的地方行进。

我：马老师，兵团同样是锻炼人的大熔炉，您的这个独特的经历，肯定会不断增加自己的生命厚度，这正是我们羡慕的。

马津：我们的经历过于传奇。时代将我们冲刷得直想往时代队伍的前边走，让我们自己去探寻摸索一些什么，直到找到自己的出路，把体力变成脑力，把想法变成办法，到头来发现某些即使徒劳无功的事情，最后也会丰富自己的人生。进兵团之前我入了团，很想入党。年龄小，限制多，许多情况下各种出头露面的事情都轮不到我，怎么才能显出来呢？我总不能凭自己年纪小，去让人同情，给我加分吧。我经常对自己提要求，困难迎着上，各种场合表现自己，别人提什么要求都不当面违抗。为入党有的人给连部书记送老家土特产。我不想这样做，我做不出来，我告诉自己一定要勤快，每次文艺活动我都参加，还跑到学校演奏二胡。我想方设法到公社、团部、营部和连队帮着出板报，每次战友们看到我来了，就说，“瞧瞧，这个小积极又来了”。我抢着去淘厕所，有年大冬天我带头清理厕所，没想到厕所的屎尿冻得梆梆硬，我拿着镬头，使劲刨啊刨，冰碴子溅到我脸上、眼睛里，蹦到嘴里，我硬着头皮干完，人都快累瘫了。我很努力，可不知道为什么，入党的梦想我最后也没有实现。

我曾经用自己的清澈的眼睛观察着这个荒凉、贫瘠和乏味的世界，发现在这里是坚硬而粗粝的，玫瑰色的一切都是短暂的。只有二胡里拉出的那些曲子，那些低沉的、撕裂的音符，与我压抑的、寻找出路的心灵很匹配，可最贴近地表达我复杂的心绪。我们这些兵团人从来没怀疑过在兵团锻炼的意义，但我们的幻灭越来越重，我们怀疑所付出的努力与收获的差距。我们一个连队，在这里四到五年，最大的业绩就是这个果园，在我们大多数人离开的时候，树是种活了，除了李子和沙枣，别的还没有结出多少果实。其他大量的都是徒劳无功，治沙成效小得几乎可以忽略不计。沙丘搬走盖上土，不久又被沙子所覆盖。我们种麦子，种玉米，麦子长出来却不结麦穗，玉米能收个二三十斤就算不错，这种无效的，却干得热火朝天的工作，日复一日、年复一年地消耗着我们的生命。但这种现实逼着我们去思考自己的出路，思考人自身与大自然的关系问题，人慢慢成熟起来，坚强起来。

我：与您这代人相比，我们的问题恰恰是人生经历过于单薄，没有大风大浪的考验和历练，思考问题会比较简单，处理问题的能力弱，情感厚度不够。不说这些了，我想问您，在兵团的业余时间做些什么，主要放在画画上？有没有写日记之类？

马津：没错，我把所有的业余时间都花在了绘画上，我画向日葵，画果园里那些树，最多的是偷偷画王世琪和李恩美。我画王世琪单眼皮的眼睛和细细的眉毛，我画李恩美厚厚的嘴唇和飘逸的长发，我不停地画她们的脸，画她们变化多端的面部表情，画她们花样的身姿，她们不同场合下的手与脚。我不害臊地告诉你，我还偷偷地在本子里画下她们的胸部，带衣服和不带衣服的，想象着我有朝一日可依偎在她们的怀抱里。我始终没有搞清楚她俩哪个是我更喜欢的。她们都过于强硬地霸占我的意识，让我变得无法选择。过去，我的画笔是稚嫩的，现在不同了。手不仅是劳动器官，还是劳动的产物，我的手经过了充分劳作，经过了锄地、挖渠、收割、间苗、打井、修枝、植树，变得更加灵巧，更加完善，更能有效处理复杂一些的事情，让我绘就的画面上出现了凝重的线条、多样的色彩，这一切是在不知不觉中发生的。绘画是音乐，是旋律，是诗，让我超脱于俗世之上，向往着天上地下和心灵深处的一切秘密，避免让我坠入单调贫乏的深渊和泥潭。辽阔的土地，粗粝的风沙，淬炼着我的感官。囿于粗陋的实际需要的感官只具有有限的意义，忧心忡忡的穷人甚至对最美丽的景色都没有什么感觉。我在穷困中迅速成长，却更加有助于我观察和捕捉到生活中最精密的东西，我尝试把大会战挖渠的场景描绘下来，巨大的插满红旗的河沟，扁担、手推车、拖拉机构成热火朝天的画面，很鼓舞人心。在大自然面前，人固然是很渺小，在高度“政治”的气氛之下，人像一个个勤奋的蚂蚁，小得微不足道，完全没有个性和特性可言，巨大与渺小之间的反差，后来我才知道，正好暗合了中国画的理念。

我：你们肯定想早一些逃离兵团，那您后来是怎么来到我们学校的？

马津：算是老天开眼了。我在兵团生活的第五年，是最难挨的一年，我运气一直不错，除了入党，其他都还好。我能到学校教书，得益于那位招我来的大姐——团部的李文觉指导员。到团部报到的时候我一眼就看出她是招我来的人。她总是在团部办公室，向来很关心我，只要见了面就鼓励我好好画画，好好拉二胡。她是个名副其实的女强人，看到我那么容易感伤，经常批评我。她说，男子汉大丈夫的，不要那么敏感，更不要动不动就这不满意那看不顺眼，世界上的事情不如意是大多数。她看过我给李恩美的信，觉得我太小资产阶级情调，太矫揉造作，没病也说自己不舒服。我好学上进，特别是我的才华，她很欣赏。有一天她把我叫到团部，对我说，你不能总在这里，也不会永远在这里。你和我们不一样，我们从小生长在这里，根扎得太深，离开了，或者拔掉了就会枯死，你呢，要离开这里，回到属于自己的地方，为此，你要准备好，预备好离开的理由。

她的这番话让我深思。后来兵团战士们都在千方百计、想方设法地返城。有的干脆请假之后一去不返。每逢走掉一个，就像揭开一道伤口，让大家感伤一段，启发和指引大家去寻找门路。我家根本没指望，底层工人父母照料好自己就不错了，哪能顾得上我。每年春节回家，我从他们那里领会到的只有无奈无助，这更强化了我另找出路的想法。推荐上大学没有轮到我。恩美被推荐到包头师专中文系学习，离开兵团的前几天才告诉我这个消息，之前我一无所知。是啊，为什么要告诉你呢。我这才明白，自己又一次被甩出有前途的轨道，对此，只能默默承受，命运从来不公平，就听从安排吧。

幸亏我命运中的李指导员始终睁着眼睛。恩美和另外一个战友被推荐上大学不久，县里的各个中小学校开始招人，李指导员一边跑到县里争取指标，一边提出考试，让兵团的知青凭本事竞争，不搞歪门邪道。我参加了美术和音乐两天的考试。美术是画一个下夜老头，我自己比较满意，画摆在那儿，水平高低是可以一目了然的；音乐考试是唱歌，我考得也很是顺利，王世琪用口琴为我伴奏，我唱了一首电影《英雄儿女》插曲《英雄赞歌》。

我：马老师，您感觉自己在一中过得怎么样？初次在美术课里见到您，就知道您孤傲，有一种超凡脱俗的气质，您的课，我感到讲得过于精致和专业，不好学，这正是您的特色，您是以此和别人保持着区别吗？

马津：怎么说呢？学校生活是悠闲的，也是美好的，至少来到了县城里，一周可以洗一次澡。美术老师在学校注定不是主流，正像我在兵团里有时候觉得尴尬一样，美术课只在初中开设，只有两位老师，每班一周一节，能教些什么？但我想尽量组织美术兴趣小组，指导学生出板报，帮助大家多学一些。

个性是没办法的，不是被辨认出来的，而是被提炼出来的。美术课教人们把那些能被辨认出来的美的东西提取出来。美理所应当高出于生活，比生活更有诗意，促使人们对理想怀有信心。美术让我们把那些平凡中的美升华出来，把用爱美的眼睛观察世界的结晶提炼出来，再交给世界。美术搭建起有助于人们获得美的能力的桥梁。所以，艺术也好，美术也好，应该是通向自然，通向生活的可能的，多到生活中去，亲近大自然，接受大自然教给我们的那些东西，而不仅仅在美术馆里的名作前临摹，更不要被那些理直气壮地充斥在我们目光面前的丑恶东西扭曲了。

我劝学校领导把刷在教室墙上的那些空洞的标语清理掉，在操场主席台的前脸上画上花草树木，或者江河湖海，至少用斑斓的色彩装饰一下。色彩使这个世界招人喜欢、光彩夺目，要使用颜色，富于感情地大胆使用颜色，让颜色使我们的内心丰富起来，去热爱这个世界。在我们一中当年的校园里，颜色只有红黑白三种，缺少代表生命的绿色，少有代表深刻的蓝色，更没有挑动我们憧憬的粉色。画优雅风景，写风云之事，抒温柔之情，名恐怖之状，都离不开色彩。中国人最懂得美，在美被淹没的时代氛围中输送美、张扬美异常困难。我无意于用美术改造我们的学校，改造我的学生，我只想美化学校，靠自己的真诚。但我没这个能力，我不懂“政治”，作为一个外来者，缺乏推动这件事情的实力，徒有雄心而能力不具备，这可能也是我的个性吧。

我：我不太了解您和校领导的交涉。我参加过您组织的美术小组，我不适合画画，很快就离开了，您还批评过我半途而废，记得吧？您离开得很匆忙，无影无踪，我知道您是考走的，哪一年我忘记了。

马津：前面我说过，我们这些人迟早要走，这次机会来自高考，凡是考试，我都不害怕。1977年10月21日报纸广播上公布了恢复高考的消息，1977年度全国高考是在11月底。我和王世琪同年考，考试由各省自行命题，后来才知道，大约有五百七十多万人参加了考试，只录取了不到三十万人。我文化课一般，但过线了，美术考试成绩不错，幸运地进入天津美术学院学习。王世琪被天津财经学院会计系录取，我们再度聚到一起，后来结为终身伴侣。

一切都结束了，在内蒙古的八年，度过了我人生中最重要的一段时间，我慢慢学会与别人妥协，敬畏我打过交道的那些动物，爱我认识的每一个人。我后来和恩美保持了很长时间的通信关系，她大学毕业后与一位北京知青在呼和浩特安了家。想想过去的那些日子里，冷也好热也好，能给我宽慰的总是女人，每次想起年轻时期的世琪和恩美，我就感到很温暖，有时会给世琪讲恩美来信的内容。我用眼角捕捉到她脸上的苦涩，琢磨着她如何克服自己的醋意，再用我的甜言蜜语、最真诚的爱及时抚慰她。眼神无法伪装，眼神最难欺骗人，人往往被眼神出卖。

我在知青岁月里得到很好锤炼的画笔，成为我安身立命的依靠。大自然像一部词典，人们在其中寻找词义、词源、词的演变，提取创造画作的元素。摆在一位有出息的画家面前的有两条道路，一条是平坦的通衢大道，来自模仿和重复；另一条是艰难的羊肠小道，需要你全身心投入。有所成就必然需要有所牺牲，挖掘自己的过去，用色彩，也用心灵的语言进行诠释与抒发，才有幸能够成功。我后半段创作上最主要的主题就是回望知青时代，其中常画的人物就是连队里的女兵，她们青春与迷茫的眼神、无意中透露出来的顽皮，在大自然面前人的渺小，都是我乐意表现的。沙漠、黄河、牛羊、沙枣树、向日葵，同样成为我画作的重要内容。我想起与世琪、恩美、李指导员在一起的时光，也想起一个个李小纯们，她们的生命中蕴藏着多少能量与光彩啊，我想刻画好她们无意中泄露的美，她们被粗粝自然所锻造的一切，她们的眉毛、眼皮、眼角、眼睑、眼仁，她们的鼻翼、鼻侧、鼻尖、鼻孔，她们的嘴角、嘴唇，我相信，她们脸部的每个器官每天都有不同的变化。她们一起与时间成长，在时代的推挤中保留自己的立场。艺术创造的最好时机是陷于孤独和处于热恋的时候，在画得顺利的时候停下来，给自己找些难度去克服，找到榜样去超越。越画则越知道该怎么画。不怕自己眼睛的肆无忌惮，怕的是发现不了身边的美和过去岁月赐予的苦难。

我：前面说的那位招你来的指导员怎么样了？

马津：你说的是李文觉李大姐，她很为我考上大学高兴，对我能考上大学一点都不意外。兵团解散后她先后到了几个不同的单位，最后工作单位在包头市教育系统，嫁的丈夫是个警察，长期待在一个派出所里，她总是与我谈自己的儿子，寄她儿子的照片，但很长时间不肯把她丈夫介绍给我。她把我当成她的弟弟或孩子，除了为我高兴，还想为我规划未来。在随后的日子里，我们和李文觉、李恩美仍然走得很近，我的女儿嫁给了李文觉的儿子，在订婚的时候我终于见到了她的警察丈夫，人高马大，说着当地口音很重的普通话，是包头当地人。李恩美婚后并没有生养，她爱人是个地方政府循规蹈矩的公务员，用她的话说，从来没有不按时回家吃饭的，也没有不按时间看《新闻联播》和《东方时空》的，夫妻之间过得平平淡淡，缺乏激情，就是这样一个乖丈夫，犯下了贪污和向境外出卖情报的大罪，正在接受调查，不知道会有什么结果。

分手的时候到了，我们约定在北京或在天津见面。但从此后，我们再也没有联系过。马老师，您好吗？

写下这些文字的时候，正值大年期间，我想给他打个电话，但电话号码怎么都找不到了。我们没有加微信，当时还没有微信。

1978年日记所见

教育……就像是在土地上种庄稼。我们的天性好比土壤，我们的教师的训诲好比种子，对青年人的教诲就好比适时播种……

——［古希腊］希波克拉底

我们出生时所缺少的一切，成年时所需要的一切，唯教育这件礼物而已。

——［法］卢梭《爱弥尔》

大年初三，饭后闲来无事，在一个书柜里乱倒腾书的时候，我碰巧找出了自己早年的几个日记本，翻看发黄变脆的纸页，那些乏味而笨拙的文字将我拉回到高中时代——1978年。

1978年3月1日星期三，寒冷，大风

高中第一个新学期如期而至，开学典礼今天上午在礼堂举行。扩音器不争气，瘦子马书记讲话的时候，完全照着稿子还念错，

一口民勤话实在太难懂，台下的学生乱成一锅粥，说话的说话，打闹的打闹，声音盖过了台上，马书记紧张得嘴角直冒白沫。开大会出现这种混乱场面一点不稀罕，各班班主任起初还出面管自己的学生，后来管不过来，完全放任自流了。

爸爸前一段带回一套十四本的《十万个为什么》，今天又给我买了一套“数理化自学丛书”，有十七本，说是从“内部渠道”搞到的。看着整整齐齐摆在书架书桌上的这些新书，我心里很茫然。

补记：1977年底高考恢复，小城里很多人都上了考场，不管过去是否上过高中、毕业未毕业，凡受过中学教育者，没有不一试身手的。一时间高考成为不折不扣的全民话题，小城里考上的那三四个人被传为神话。处于我这样年龄的人都很明白，自己未来的唯一目标就是高考。高考像是亮在前面的一盏灯，发着光，指着路，提醒你必须全力以赴，这，事关大人的面子，事关自己能否出人头地。高中时除了语文和英语，我其他课程成绩并不突出，很焦急很使劲，进步并不大。

高考对人命运的捉弄很有戏剧性。父亲有个成绩优异的学生曾经常帮我家修理钟表或收音机，因家庭成分，英俊而勤奋的小伙子不能被推荐上大学，下乡回城后也安排不了工作，蹉跎中变得老大不小，1976年底匆匆娶了一位结实的农村姑娘，结婚那天我们还去凑过热闹。小伙子1977年参加高考，一举考入北京钢铁学院，上学第二年的假期与这位农村姑娘终止了婚姻，据说那位姑娘和一家人坦然接受，社会上没有多少谴责的声音。还有位我的小学同班曾四次高考才圆了大学梦，二十多年后，当他的孩子考入一所名校，他兴奋得四处打电话，恨不得把这个消息告诉所有认识他的人。高考让县城里不少家庭的孩子转学，到分数线更低的地方参加考试，还让分数线高的外省家庭设法将孩子转到这里读高中。

1978年4月5日星期三，干冷，阴转多云

清明节。今天上午学校组织学生到烈士陵园扫墓，各班排队步行前往，和上小学时候完全一样，只是一路上没有唱歌。小学的时候一路上都唱歌，几个班唱一首歌，还互相拉歌，一直从学校唱到目的地。到达墓园没用多长时间，各班整好队伍站在纪念碑前三鞠躬，绕墓群一周瞻仰。每个班派出代表清扫墓园，陵园里的墓是用水泥包起来的，不少墓已经开裂，有的新抹了水泥。返回路上，高（40）班有两个学生打起了架，听说汽修厂的一个同学用砖头把一个兵团师部孩子的头（打）破了。我们班队伍很整齐，总算没有出现纪律问题。今天班主任包老师又动员我当班长，我心里很矛盾，既愿意当“头”，又怕耽误学习，很烦恼，班长毕竟是要操心的，各种琐事每天都会费掉不少时间。

补记：中学生经常打架，砖头每次都是利器，打架的孩子总能找到砖头。上了高中，大家体力都有明显增强，打架的事情不断增多。我不愿意当班长，就是因为会经常面临调解打架、管理班级纪律等。当班长最经常做的重要事情有两件，一是整队，二是打扫卫生，学校都要检查评比。想当好班长，必须选好体育委员和生活委员。我选的

体育委员叫张权，高个子，人精神，体育好，动员了几次才勉强同意。生活委员史俊比我们大一两岁，是个勤快人，嘴碎，心肠好，根本不愿意当，反复找他谈，总算答应了。班干部慢慢地会成为嗅觉灵敏的耳目，知道同学中的一些鸡毛蒜皮。史俊告诉我，某漂亮女生其实很邋遢，课桌里放了不少长虫子的零食；某女生别看学习好，擦鼻涕的纸扔得到处都是。张权跟我说，长得铁塔一样的赵里才托他给剪发头女生鲍翠递过纸条儿。

1978年4月17日星期一，晴，微风

座钟按设定时间响铃的同时，我抽掉枕在自己脑袋下面的双手，打着哈欠从床上起来，穿好衣服，蹲在院里刷完牙吃早饭，骑家里老旧的自行车来到学校。到学校有些早，校园里安静得出奇，没听到往常此时必然听到的运动进行曲。锁自行车的时候，我发现同班的刘海涛穿了条紧绷绷的牛仔裤，我很怀疑，如果他蹲下来的话，裤裆会不会绷裂，张刚戴了个怪模怪样的墨镜，(42)班女生王翠玲梳着有些怪的发型，胸脯挺得高高的，一双亮闪闪的红皮鞋走在地上发出踏踏踏的声音。

刚在教室里坐定，校园高音喇叭传出一支陌生的小提琴曲，悠扬、飘逸、明快，让我想起海上和风吹来，旭日冉冉升起，大地晨曦遍洒，远方山野朦胧，清新空气充溢四周，孕育着勃勃生机……与我们在家里、街上和校园里经常听到的那些排山倒海、热烈奔放的声响大不相同。它不仅陌生，还有些难懂，让人产生

想象。接下来，喇叭里传出一个南方口音普通话的通知："各位老师、各位同学，我是校团委潘立华，课间操后，请各班团支部书记到校团委开会。"温柔优雅的小提琴曲之后，生硬的通知把我拽回到现实中去，我们被安排和指挥，在既定的轨道上运行。

补记：后来过了好几年我才知道，那天放的曲子是格里格的《晨曲》，学校喇叭新换外国乐曲是团委潘老师的主意。潘老师是浙江籍兵团知青，1975年从兵团师部来到我们学校，任高中英语老师。他个子不高，很精干，戴黑框眼镜，络腮胡子，一头硬硬的短发永远怒发冲冠的样子。他由普通教师、班主任到团委书记，成为学校的名人，学校所有大型活动的组织策划者，学生们可能不认识校长，但没有不认识他的。每逢全校聚会的公共场合，他都目光如炬地巡视着，维持着秩序，随时揪出一两个表现不好的学生，让他们站到前面来。

学生起初拿不准潘老师教哪门课，能肯定他不教数理化生物，以大家的理解，他怎么能教那些实惠实际实用的课程呢，他浪漫、理想、爱冒险，他像在天上，是星星月亮太阳，不属于地上，地上万物太普通，太琐碎嘈杂。过去的校园平凡而沉闷，地老天荒，日复一日，有如止水，潘老师担任团委书记后，校园像被施了魔法，被他这个仿佛从天而降，手里挥舞着魔杖的人改变了，他的指挥棒指到哪里哪里就有变化。教室还是那些教室，树还是那些树，篮球场还是那个篮球场，大礼堂还是那个大礼堂，但整个校园的空气变得流动了、清新了、活跃了。校园里的孩子们头一天还无精打采，懵懵懂懂，懒懒散散，第二天就发现行不通了，团委书记潘老师来了，目光炯炯，无所不在，无所不知，无论在操场还是会场，大家必须保持警惕，规规矩矩，精力十分集中和充沛，以便避免遭遇点名、罚站、通报。大家试图反抗，但没有用，摆脱不了，不得不跟着走。过去男生只能暗地里向女生递条子，现在男女同学可以在校园里大大方方地聊天。过去不爱好运动的人，现在必须找到一个项目才可以，不管球类、田径，还是棋类。过去学校只有春季一场运动会，现在改为春秋两次，过去田径赛之外只有篮球、足球比赛，现在则增加了排球、乒乓球和象棋比赛。不管你过去是否爱唱歌跳舞，现在必须人人上阵。

1978年4月27日星期四，晴，无风

学校团委推广集体舞，要求男女生一起跳，一个班分三四个组，十几个学生一男一女围成一圈，按照圆舞曲节奏转圈跳。半个多月以来我们已经练习了三次，今天下午头一次正式跳。消息像长了腿，跑得可真远，招来不少围观的人，有大老远骑着自行车过来的，有附近糖厂穿工作服的工人，有我们家属院熟悉的邻居。他们兴致勃勃，各自带着看热闹的好奇。我还看到西副食糕点柜台的售货员赵兰兰站在我们班对面，脸红扑扑的，看到我还冲我招手打招呼，我假装没看见。她是我们家的熟人，供应紧张的时候，没少帮我们家买东西。

补记：有些事情该记得总会被清楚地记得，不管当时有没有记录。跳舞时我左手拉的是红脸姑娘李俊英，她那与身材完全匹配的胖乎乎

圆脸上不停冒汗，最让我受不了的是她手上的汗，黏糊糊湿津津的，跳一场下来把我的手也搞湿了，她很不好意思，非要给我纸擦，我目不斜视，昂首而去。右边的女生是大高个季小萍，穿一双崭新的方口黑条绒布鞋，给我印象最深的是布鞋里那双像白雪一样的白袜子，和她的脸一样干净，她的小手仿佛全是骨头，像铁棍一样冰凉，跳完舞好久，拉她的右手还没热过来。大家在跳舞过程中目不斜视，心脏嘣嘣嘣跳个不停。跳舞时我们一边跳一边按要求唱《青年友谊圆舞曲》："蓝色的天空像大海一样/广阔的大路上尘土飞扬/穿森林过海洋来自各方，千万个青年人欢聚一堂/拉起手唱起歌跳起舞来，让我们唱一支友谊之歌/欢乐的歌声在回旋荡漾，歌颂着我们的幸福时光……"跳完了，舞曲的旋律却久久回旋在耳边，难以消除。跳舞结束后大家嘻嘻哈哈地散开，悄悄交流着自己的体会。刘海涛说与自己跳舞的方红梅嘴唇上有薄薄的一层"胡子"，林志强说旁边女同学身上的味道好闻，从来没有发现她穿着裙子这么好看。胡美芳在放学碰到我时说，男同学比她想象的窝囊，别看他们平时咋咋呼呼，遇到正经事上不了台面，狼狈不堪的样子，太让人笑话了。但毕竟，跳集体舞是我们县城里的一件大事，开天辟地的头一回，社会上议论也很多。但我没听说学校风气由此变坏了，社会上出现了更多不良少年。

1978年5月4日星期四阴天，下午小雨

今天团委组织青年节活动，其中一个内容是唱英文《国际歌》，大家英语学了几年，水平仍有限，歌词对高中学生来说都

显得太难，团委发了简谱歌片，大家拿回来把汉字标到英语歌词上面，标得五花八门，“阿瑞斯，由普瑞斯那斯欧佛思拉佛雷升！阿瑞斯，由迟的欧佛得俄斯爱罗爱！佛家斯提斯……”下午的年级大合唱一百多人，是各班挑选出来的，潘老师亲自指挥，唱得大家热情沸腾。站在我旁边的张蒙雁唱得满脸通红，他是“三普”地质调查队子弟，我们班里的一个奇人，说一口湖南口音普通话，戴深度眼镜，头发像成年人一样三七开分着，脚上经常穿棕色大头鞋，上身咖啡色条绒夹克，裤子是工厂里的工装裤，曾经负责指挥班上的合唱。

补记：老师会把自己的喜好带到教学和日常管理中。潘老师教英语，圆舞曲、英文歌，都是他的爱好，他给这个小城中学的课余生活带来不少新变化，起初大家看新鲜，凑热闹，时间长了心安理得地接受洗礼，增长见识，最终变为难忘的记忆。潘老师很喜欢电影，有次我到他所在的办公室找人，看到他桌子上放着1978年第5期《人民电影》杂志，封面是刚主演了电影《同志，感谢你》的刘晓庆，封底是《大刀记》主演杨在葆。当时电影杂志非常抢手，一部好电影全城追捧。记得日本电影《追捕》万人空巷，他下令组织团员到红旗电影院观看。电影里东京街头高楼林立的壮观，冷面杜丘的果敢坚定，电子音乐的动人心魄，真由美的大胆奔放，故事情节之环环相扣，深深吸引了每个观众。《望乡》《追捕》《人证》《砂器》堪称改革开放之初对我国影响最大的日本电影。据说张艺谋是看完《追捕》之后才辞了棉麻厂工作决心去北影求学。潘老师有次告诉大家，《望乡》不像许多人认为的那样是色情片。

张蒙雁比我们班里多数的人大两三岁，说起话来连比画带表情，大道理一套一套的，他爱吹嘘自己老家如何如何好，起初颇能吓唬和笼络人，时间一长就不管用了，关键他学习一般，一考试就“砸”，多次摸底考试每门七十多分，大家对他渐渐不那么热情了。他对我很友好，早就发出了到他家玩的邀请，我推了几次，实在不好意思就去了一次。他家就他和妹妹两个孩子，家里最打眼的东西是手风琴，他会拉手风琴，但从不让妹妹碰。妹妹比他低两个年级，在我们学校上初中。他家里两间屋子，里外间，让我感兴趣的是他们家里间的书架，我看中了一本《郭小川诗选》，他怎么都不肯借我。他爸爸上班，妈妈在家里补衣服，说话很难懂，他的妹妹皮肤很黑，短头发，和哥哥一样戴眼镜，在桌子前面画画，看我进来站了起来，很有礼貌。张蒙雁很坦率，他说班上的徐芹对他有意思，我问他是不是递过小纸条，他脸一红，其实史俊早就跟我说过，他的纸条徐芹根本不理睬。蒙雁问我怎么办，我没什么建议，支支吾吾说了些什么完全忘记了。正聊着，他妹妹进来，问哥哥英语题，蒙雁不耐烦，挥手让她走，就过来问我。我一看，英语课文是《皇帝的新衣》，问的是单词weave（织）的过去式和过去分词，我告诉了答案，她仍不愿意走，蒙雁生生把她撵走。一个礼拜之后，那本《郭小川诗选》被张蒙雁的妹妹带给了我。张蒙雁父母所在的“三普”成立于1955年2月，是石油工程公司，隶属于中国石化集团华北石油局，主要业务是石油、天然气普查勘探开发，据说在陕、甘、宁、蒙、青等十省区进行过石油、天然气及地热资源普查、勘探和开发利用，曾发现过长庆油田。我在网上看到，“三普”在鄂尔多斯盆地石油、天然气的勘探开发中“做了大量基础性工作”，可能就包括在我们磴口县境内找石油，到最后也没有找到。“三普”和兵团一样，给我们这个边远的小城带来了许多新的东西，新的人物，新的生活方式，这是县城里的人们经常怀念的。

1978年5月28日星期日，大雨不停

今天我陪生活委员史俊参加高中物理老师陈庆荣组织的物理兴趣小组活动。受1976年大地震影响，陈老师扩充了小组活动内容，在之前的矿石收音机、航模基础上，增加了地震预测，照着张衡地动仪的样子做了个模型。史俊是物理迷，他和住兵团师部的张嘉林一样，经常动员我做矿石收音机，陪我去五金门市部买过不少零件，可我最终也没有完整做成一个接收到正常信号的收音机。陈老师头发少，两只小小的眼睛很有神，跟人说话的时候，从来都紧紧盯着对方，他不爱在公共场合露面，但学生们感觉他很和蔼可亲，愿意找他请教。陈老师还爱好音乐，喜欢吹笛子，我在物理教研室他的桌子上还看到了一支笛子。

补记：在我小的时候，县城里的人来自四面八方，身边有很多外地口音的人，他们是县城各行各业的翘楚。兽医站的兽医老杨东北口音，各种大小牲畜的疑难杂症他都能手到病除；经营管理站的小个子孟超讲普通话，能说一口流利的俄语；县医院的河北人仰大夫是内科的大拿；我父亲的好友姚克仁为浙江余姚人，是远近闻名的数学教学

能手。我所在的中学同样有好几位来自外地、名校毕业的教师。毕业于兰州大学的张公达和毕业于北师大的方素菊是夫妻，说一口标准的普通话，肯定不是我们当地人。葛宗湘是北京人，为名校毕业的俄语教师，因成分不好“文革”时受冲击，在我们高中时期负责校图书室。历史老师张佐丽眼睛大大的，讲一口很难懂的湖南话，同学们经常模仿她湖南口音讲“井田制”“宋齐梁陈”“陈桥兵变”等的情景，我至今清楚地记得。

陈老师是安徽人，眼睛小而有神，说话、交谈喜欢打手势，毕业于北师大物理系。她爱人是北京人，个子矮矮的，是附小数学教师，毕业于北京一所高校。陈老师是大家公认的菩萨，待人非常好，辅导学生非常有耐心，学生不管学习好的还是差的，都一视同仁。两年后我高考落榜到北京旅游，不记得因为什么原因，我和陈老师一家三口在北京相遇，夫妻二人兴致勃勃地带着我和他们的女儿小静逛过北海公园。教师本来就没什么钱，还费心给我买门票，一起游览、划船、吃饭，小静想吃冰激凌，陈师母就说，先喝水吧，冰棍会吃坏肚子，瞧你瘦得这个小样儿，回家姥姥一定给你做好吃的，小静嘟囔了一句，就低下头，不再吭声了。当时我就那么傻傻地跟着他们，听着母女的对话毫无反应，一句话也没有说。中午该吃饭了，我往凳子上一坐，呆子一样等着人家把饭买好，那是一大碗北京炸酱面，香喷喷的，我端起来就吃，还倒了醋，狼吞虎咽，一分钱也不曾掏。上大学后，我只看过陈老师一家人一次，以后再没有主动联系过。

1978年6月24日星期六，阴天（幸亏阴天）

团委要求高中各班的班干部在休息日观察和记录“敌情”。今天是我和邢海燕、李卓林值班。今天没大太阳，风很小。一天只见到两拨人。也没有什么“可疑”形迹，连咳嗽吐痰的小破事儿都没有，值得记录吗？不过，不记交不了差，下午临走之前我们商量了一下这样记录：“上午10:35左右，一对老夫妻拾林子里的柴草，没说过一句话。下午15:23左右，两个青年男女遛弯，女青年差点儿摔倒，没听见他们谈的是什么。全天没有需要值得记录的其他情况。”我们这么写，不知道团委满意不满意。

补记：记得那天我们三个人早上8点30分就“上岗”了，隐藏在校园西边的一条小渠里，小渠边上是一片小树林子，上午走过来一对来捡柴火的老夫妻，下午有一男一女坐在树林里聊天。男的是我们班刘海涛的哥哥刘江涛，留着小分头，一身电厂工人装，挺帅气的。女的是红矾厂家属院漂亮得有些名气的“小桂梅”。小桂梅姓余，头上戴着方格围巾，穿着一件花上衣，脚上是丁字黑皮鞋，之所以叫小桂梅，是因为高（36）班去年毕业了一个刘桂梅，大家叫她“大桂梅”。小桂梅和刘江涛在树林里走来走去，刘江涛不停地说话，小桂梅老是低着头看自己脚尖走路，她比江涛小不少，说是初中毕业就到红矾厂参加了工作。走着走着，小桂梅也许是新鞋不习惯吧，脚下没踩稳，一个趔趄差点摔倒，江涛赶快上去扶，来了一股小风，把小桂梅的头巾吹下来，她头发乱了。

我们国家20世纪六七十年代与“苏修”对立，提高警惕防范敌特，像是成了全民共识，小时候县城里也流行过挖防空洞、窗子上贴米字纸条、搞拉练和军事演习，“反特”思潮在社会上流行，不仅《梅花党》《一只绣花鞋》等“反特”地下小说流行，而且苏联小说《追踪记》《涅曼案件》《军事秘密》等有反间谍内容的作品也得到大面积秘密传阅，用苏联的反特作品提高防苏联特务的意识，现在想起来真的挺有意思。在恢复高考的背景下团委仍然搞这样的活动，大家都想不通。

1978年7月7日星期五，晴转阴 风不大

下午礼堂开大会，是学校搞传统教育，请参加过万里长征的老红军袁县长讲抗战故事。袁县长叫袁昌金，江西于都人，今年七十三岁，满头白发短短的，人很瘦，说话慢吞吞的。他二十四岁参加红军，号称初中文化，可能不一定达得到。说话口音重，好多内容不是没听懂就是忘记了。

补记：我们记得，他说刚参加红军不久军医就检查出他肝脏有病，不让上战场，首长给了一个银圆回乡养病。长征时候在突破湘江的一场战斗中，一枚手榴弹正好落在班里十二个人中间，幸亏是个没炸响的“臭弹”他才活到了今天。长征路上有个二十二勇士飞夺泸定桥的故事，当时袁县长是工兵，承担的任务就是为铁索桥铺设桥板。长征到达陕北和抗战时期，袁县长主要在甘肃、陕西、宁夏工作，当过磴

口法院院长，后来当副县长。他不太善讲，南方口音重，坐在高高的台上倒很和蔼可亲，让人肃然起敬，没用维持秩序。

我记事的时候老红军袁县长就已经退休了，住在我们中学北墙外家属院最东边的一个院子里。在我印象里，他似乎永远坐在院子里一棵大树的阴凉下，或者在院门口摇着个大蒲扇坐着，目光空洞。他家里来人不断，经常有人看望。袁县长的夫人是小脚老太太，矮矮的个子，白头发梳在耳朵后面，老太太没有工作，牙快掉光了，说话我们当地人根本就听不懂。小学时候，有一次我和班里的同学暑假拿着笤帚去他们家，想打扫卫生做好事，老太太死活不同意，她让我们进屋里，给我们切西瓜吃，就是不让我们干活。袁县长的家里只有一些很简单的家具，墙上贴着一张巨大的长长的合影，说是上面有毛主席，有袁县长，袁县长在江西的时候就经常见到毛主席。那天是个周末，袁县长的女儿也在家，穿着白衬衫，带补丁的裤子，赤脚穿着塑料凉鞋，腿旁边有两个小孩子围着，都很乖。

1978年8月13日星期日，晴转多云

上海《文汇报》前天用整版刊发卢新华的短篇小说《伤痕》，今天下午开团支部书记会的时候，潘老师问我们是否看过。大多数人都还没看过。在今天的语文课上，以古汉语见长的尚子长老师谈起这篇小说时情绪很激动。他说，这篇小说一定要和去年《人民文学》发表的刘心武的短篇小说《班主任》联系起来读，“四人帮”有个很大的罪恶是搞乱了道德秩序，老师不要求什么师道尊

严，但要有起码的自尊，“文革”打倒一切，老师被打倒得更厉害，更不像话，国家被“四人帮”害苦了，学生也被他们祸害苦了，谢惠敏这个典型的受害者告诉我们，年轻人学坏、中毒很容易，这篇小说用几个人物的命运和形象去讲真话，值得好好读。

今天晚上停电，最近停得越来越频繁。家里没蜡烛，是从邻居家借的。

补记：这则日记省略了很多东西。尚老师之所以借一篇小说大发感慨，是因为前年发生的一件事。大冬天，有个学生把一段冻得硬邦邦的屎橛子在尚老师上课前放到了粉笔盒里，为此尚老师罢课三天，写了一份大字报贴在校园里，要求追查到底，开除肇事学生。我忘记最后的结果了，好像是不了了之。所以这天他又借题发挥了一番。

中学校园的文学氛围很稀薄，鼓励学生关注文学的老师不多。除潘老师和尚老师，教我们生物的郭谦老师也是个例外。6月11号《人民日报》转载了作家理由的报告文学《扬眉剑出鞘》，郭老师第二天就在课堂上对其大加赞赏，口若悬河地讲得吐沫横飞。他说，中国人站不起来，科技不发达是重要原因，国民精神不强健最关键，大家不重视生物学大错特错的，没有生物学，没有队医和营养师帮助，栾菊杰能赢吗？没有生物学，地球人就不能很好地应对人口、食物、环境和能源问题，人类就没有未来！郭老师是河北人，腰一直不好，向来只讲“细胞壁细胞核”“土肥水种密保管工”，那天挺直了腰板，为我们上了一堂难忘的爱国主义课。对我所影响极大的还有《哥德巴赫猜想》，年初发表以来，一直有人谈论。

那支蜡烛是我到邻居耿莉家借的，因我知道她家有煤油灯。小城的供电很不正常，我经历过从使用植物油灯、煤油灯、蜡烛到电灯等各种形态。在粮食匮乏的年代里，植物油也要省着用。我进她家发现家里有很响亮的蛐蛐叫声，有个蛐蛐笼子挂在脸盆架子上。给我拿蜡烛的时候耿莉要求我借她至少三本“数理化自学丛书”，我犹豫了一下还是答应了，我提出借她的《青春之歌》，她答应得很爽快。别人借东西我总不情愿，却希望别人借我东西痛快。我至今记得，耿莉借我的那三本书有一本没还，非说还了，我也不能到她家去搜啊，搞得很不愉快。

1978年9月30日星期六，大雨

快国庆节了，今天校团委请曾经的兵团战士讲传统，一望而知是潘老师的主意。校大礼堂主席台上坐着个风度很好的女知青，老师介绍说，她名叫苏志琴，1969年从浙江宁波来到兵团一师三团，与他在一个团不同连队，1972年推荐到内蒙古师范学院生物系上大学，毕业分配到林业局，在呼和浩特与一位兵团战友结了婚，从此留在了内蒙古。

补记：苏志琴讲了不少兵团时期盖房、挖渠、治沙、造林、种庄稼的故事，给我印象最深的是她对小羊和小牛的感情，她说，羊相貌不同，声音不同，脾气秉性也不同，和人一样，羊智商高，感情丰富，千万别小瞧。就是这件事让她立志要学习生物学研究的相关知识，从事与动物有关的工作。苏志琴讲完后，潘老师照例神采飞扬地讲了一番，他说，动物是人类最好的朋友，它们和人类一样需要有好的环境。内蒙古沙漠太多，过去我们在这里改造自然，今天我们必须在这里保卫自然，如果生态恶化，森林减少的问题不解决，会吃大亏，生态恶化会导致人类遭殃、动物遭殃，地球保卫战是持久战、恶战、街垒战，时不我待，我们已经输不起了……

也许那天完成作业时间长，记日记的时候可能太晚了，女知青的故事记得还不全，再补一些在这儿吧。一只小羊出生后，因找不到帮舔胎垢并喂奶的母羊，把她当成了母亲，简直能心心相印，后来小羊总是用脖子蹭她的腿，用求助的眼神盯着她低声哀鸣，原来是小羊脖子上长了一个鸡蛋大、包着好多脓和蛆虫的瘤子。苏志琴用一把剪刀、一双削尖了头的竹筷子、药棉和碘酒给小羊做手术。手术历时至少一个小时，没有人帮她捆绑或抓牢小羊，小羊自始至终都静静地站在她身旁，任凭怎么消毒、剜掉腐肉，都一动不动，小羊超常的意志力震惊了她和同伴们。接下来苏志琴被调到新建的砖瓦厂，分别时她很难受，三个月过去了，回来后的她与这个被医好的小羊不期而遇，他们几乎是在同时认出了彼此，那一瞬间小羊看着她的表情让她不安，有一点被遗弃后的哀怨，有一点见到亲人的惊喜，还有一点久别重逢时的局促不安和腼腆。有年8月份她和几个女知青负责给奶牛场铡草，收养了一只刚出生的小牛犊，大家几乎耗尽了所有的积蓄给它买牛奶，给它喝玉米糊糊它不干，就手伸到盆里捧着给它喝，期待着小牛早些到牛群里学习吃草，第一次带它出去的时候它死活不肯，情急之中就拿背包带一端拴牛一端拴自己，硬把它拉到草滩上，看它装模作样吃草的样子，知道它还远远没到吃草的时候。小牛实在太能吃了，养不活啊，忍痛把它送走了。小牛那大大的稚嫩的眼睛、长长的睫毛、泛着丝绸般光泽的皮毛经常萦绕在她脑海里，她为自己没向连长求助而懊悔不已，因自己失误导致小牛被杀而难过，从此很长一段时间不吃牛肉，连听别人说起吃牛肉都难以忍受。这个故事深深打动了大家。

日记不给自己涂脂抹粉就算不错了，剔除掉对自己不利的东西则实属必然。这天的日记里删掉了我的一次奇耻大辱——就在礼堂报告会大庭广众之下，潘老师居然把我作为捣蛋学生揪出来，让我站在主席台前面“示众”。享受这种“待遇”的当然不止我一个，这种“示众”也过于频繁，但我作为班长、大家心目中的好学生，人丢大发了，好几天抬不起头。那天我太倒霉，只是和旁边的刘海涛说了一两句话，不知怎么就“躺枪”了，潘老师是气昏了还是眼神差，怎么把我给算上了！这件事让我对潘老师的严酷有了切身体会。

1978年11月25日星期六，晴转多云

这两天学校和街上的高音喇叭多次播报党的十一届三中全会公报。爸爸晚上带回24号的《人民日报》，爸爸让我好好学习，我说看不太懂，但对二版底部转三版的“本报特约评论员”文章感兴趣，文字慷慨激昂又好读，题目是《伟大的转变和重新学习》。我挺喜欢这类风格宏大的文字，有一段特别鼓劲，也许作文里能用上，我抄在这里：“四个现代化，需要的是真心实意、脚踏实地的实干家，需要的是勤奋努力、虚怀若谷、实实在在的好作风。”

补记：十一届三中全会1978年12月18日至22日在北京举行，公报12月24号在《人民日报》发表，头版头条转二版上方，头版标题红色。我们小县城的人看《人民日报》要晚一天。当时报纸还都是黑白的，那天的《人民日报》只有五版全彩色印刷，刊登的是纪念毛主席诞辰八十五周年的主题美术作品，共八张人物画作，前两张《伟大的时代》《人间正道是沧桑》表现新中国建设内容，其余都是革命战争时期题材。六版副刊"大地"上刊发的是纪念毛主席的散文和诗歌。

我从小爱在本子上抄抄写写，有时纯粹为抄而抄，抄完就放一边了。我还爱剪报，中学时候有一年每天晚上到父亲办公室写作业，做功课三心二意，倒把他积攒几年的《文汇报》《人民日报》仔仔细细翻了个遍，剪下不少"笔会"和"大地"副刊上的好文章，打算留下来看，结果剪完整理好就"刀枪入库"了，再没有碰过。

以上这些日记，写好了，压在一个角落，一放就是四十多年！

哦，那一年的高考与假日

因此，依我看这世界上的一切事物，都是在向前迈进之后又都向后回归，恰似铁匠的风箱，也犹如我这台压力机，机槽里的一切在绿色和红色电钮的作用下一会儿跳向前，一会儿又跳回来，唯独这样世界才没能瘸了一条腿。

——[捷克]博胡米尔·赫拉巴尔《过于喧嚣的孤独》，杨乐云译，北京十月文艺出版社，2011年10月，第45页

冰块发出声响漂浮着，
天空苍白又无精打采。
咳，你为什么惩罚我，
我有什么错我不明白。

——[苏]安娜·安德烈耶夫娜·阿赫玛托娃“冰块发出声响漂浮着”，杨开显译，《你呼吸太阳，我呼吸月亮》，花城出版社，2017年1月，第178页

1

你自幼对季节很敏感，体感温度主宰你的思维和待人接物，衣物如不能与你对气温的感知相一致，你就会很烦躁，很不安。在你的记忆里，1980年的夏天来得格外早，小城里的人们早早换上了夏装。你穿衣一般会比别人晚一两拍，这一年倒是跟上趟了，每年都是“六一”儿童节才脱毛衣，1980年却在“五一”劳动节就穿上了衬衫，只是早晚有时再加一件别人传给你的毛背心而已。

季节的提前增加着你的不安。1980年你正在为考入心仪的大学苦读，在人们普遍崇尚“学会数理化，走遍天下都不怕”的氛围中，你爱写作文，钟情文学，但还是选择考理科。语文、英语、政治你应付得了，时间和精力都花在了数理化上，成效却乏善可陈。

你知道自己的“状态”有问题。前一年的夏季你不是这样的，你像是一个始终处于临跑状态的好选手，目光炯炯，神清气爽，精力充沛，头脑清晰，十七岁的四肢，十七岁的大脑，十七岁的干劲，让你有一种愿意也能够征服一切困难的自信。对，是自信，是你向来担心容易从身上溜走的东西。去年你有自信，你敢于与学校几位学习优秀的孩子一道提前参加1979年的高考。在这次练手的高考中，语文、英语都及格了，巨大的鼓舞，如同打了一剂强心针。可是，只过了不到一年的时间，就在你需要冲刺的时候，“状态”“感觉”都溜号了。你变得飘浮，无根感、无主感主宰了你，你心思不定，莫名的躁动，情绪游移不定，丢三落四，朝秦暮楚，精力难集中。数理化需要的归纳、概括、推演和记忆能力正在疏远你，即使对向来很有把握的语文、英语、政治，你也不那么有把握了，你自己感觉到总是处于蜻蜓点水、浅尝辄止的状态，这儿懂一点，那儿沾点皮毛，该掌握的考点支离破碎，稀稀拉拉，考试时都派不上用场。

倒计时很快就到了，你爸看出了你的不安，他不给你施加压力，高考前两天他建议你实在不行就看场电影散散心，你真的就去了红旗电影院。你还记得，票不难买，那天上映的是头一年的老电影《保密局的枪声》，你早早就进入了电影院，发现电影院里并没有多少人。电影你看过，你目光空洞地坐在电影院里，心事浩渺脑子里却空空荡荡的，左顾右盼，心就是静不下来。电影快开映，目光反复聚焦之后，你看到刚刚落座自己右前方的一个小姑娘，被她吸引住了。起先吸引你的是她辫子上的红头绳，缠了很多道，扎得非常紧，红得很刺眼。姑娘的脑袋很小，头顶尖尖的，头发很细，颜色很浅，两个小辫并不长，结结实实地扎着，在脑后的正中间分开，那一道分界线白得晃眼睛。姑娘的年龄与你相仿，上身穿碎花浅色短袖翻领衬衫，衣领的设计及剪裁很严谨，但并没有将她白皙的脖子围得密不透风，反而增加了她颈部的朦胧肉感。在她若隐若现的颈部面前，你的目光迷离了，目光将你的思绪带到辽远的地方，你坐在白云上飘得远远的，如同踩在棉花上驶向和坠入不可见的旷野。

电影还没有开场，姑娘和陪她一起来的身材臃肿的老妇人愉快地交谈着，发出咯咯的笑声，或把头靠在老太太肩上，很少消停的时候。她耳朵不算小，露在辫子的外面，不用凑很近你就能看到她耳垂上的小洞，想必戴过耳环，这在当时并不多见。她在你前排右边的15号，你则在她后排左边的13号，一臂之遥，正是观察的最好角度。姑娘像一朵含苞待放的花朵，对世界带给她的美和新鲜感全然无知。她与自己的同伴一样荒废着自己的美丽，无私地挥霍着清新，独自散发着芬芳。一切都未刻意，一切都未加审视，她的气息是淡淡的，绝非来自香皂、雪花膏和洗发水。干脆，她身上的气味，是一个女孩自有的，完全属于自己。她身上还有一种极富于感染力的，像是温馨的善意，散漫的好感，隐隐的小秘密，以及她那种完全忽视别人对自己的注意的态度，无论身后有多炽热或冷漠的目光，她依然故我，依然旁若无人。老妇人的优点是沉静，这使她的臃肿变得完全可以被原谅，她并不试图说多少话，她只是听着小姑娘聊天，即使偶然答应一下，也很简短，这就极大增加了你对她的好感。小姑娘偶然也会像小鹿一样回一下头，仅限于让小辫子甩出一些弧度。

打铃。灭灯。电影开始。“保密局”糊里糊涂地演。你糊里糊涂地看。

片子不时出现怪异的音乐，英俊的男主角演得很自信，银幕里有女演员向梅，她饰演的女主角让有些套路老旧的电影变得有了吸引力，啰里啰嗦的节奏可以忍受，但主角的对话几乎全能猜出来，有趣很快沦为无聊。只有前排小姑娘维系着你观影的兴趣，她沉浸在电影的情境里，偶尔还凑到老妇人耳边说两句话，再笑着离开老妇人的耳朵。电影终于结束，灯光亮起，小姑娘站起身，老妇人牵起她的手开始退场。这时你才有机会看全姑娘的上身，她胳膊白净而浑圆，在影院刺眼的灯光下没有一点瑕疵，多少年之后你学会一句诗，可能叫“清辉玉臂寒”吧，这如玉般的臂，在粗糙的灯光之下，冷漠而热情，白皙而丰满，你的目光追随着小姑娘，周围的人瞬时变为她的陪衬。她被碎花布包裹的上身已经有了凹凸有致的迹象，但并未使她生长出一丝丝骄傲，她对自己的身体可能完全没有概念，她将自己混同于万种俗物。她鲜亮的红头绳，可爱的小辫子，今晚紧紧牵引着你，你放任自己被这个素不相识者的牵引，你挥霍对她的欣赏，不期待任何意义，你出了电影院，把自己扔在夜色里，任小姑娘被老妇人带着，消失在灰色的人流之中，你收回心思，将今天的一切在心里默默撕碎。

回家路上，你不停地懊悔：看这次电影是不是虚度时光，是不是只有看电影才能纾解烦闷情绪进而提高学习效率，是否由此次电影的观赏提高了观察能力，有助于写作能力的精进？总之，你心乱如麻，情绪不仅没有像预期的那样平静下来，反而涟漪骤起，心潮起伏。你浑浑噩噩地往回走，心里像有头小兽骚动不息，你感到前路漫长，熟悉的道路变得陌生了。

就在你踏入离县委大楼不远的那个小花园的时候，你与一群正在群殴的小混混不期而遇。这是你回家的必经之路，绕行费时费力，看得出来，眼前这次斗殴以砖头、砂石与棍棒参与为主，几个光着膀子的精壮小伙子，几个秃瓢制造出嘈杂的声响，他们扭打、高喊、奔跑，眼前灰尘飞扬，好在很快，在你还没有决定是否掉头而走的时候，斗殴的双方已经开始兽散，只是有个受伤者躺在地上大声叫嚷：“王八蛋，王八蛋，别跑啊，别跑啊！”你本能地循着声音向前走。走近后，你借着昏暗的灯光才看清楚，这是志明的弟弟，比你低一两个年级，他的姐姐比你高两个年级，妹妹低你两三个年级。他的腿伤了，走路困难，头上还有血，你的出现让他颇感意外，你不属于这个斗殴的圈子，你是个乖孩子。乖孩子不闲逛、不旁观、不聚众，但你傻乎乎地站在这里，让他意识到自己的狼狈。看得出，他并不想求你，但他别无选择，他向你投以求助的目光，从他那可怜巴巴的目光里，你一下子联想到他姐姐那双又大又圆的好看眼睛所发出的光亮，想起曾与这个高年级女孩在他们家里的谈话，想起她妹妹的直率，还有姐妹两个背着的图案相似的书包，所有这些如潮涌来，鼓动着你扶起他。在他还没有央求你的时候，你就采取行动，带他到医院。待急诊室包扎完毕，天已经很晚了，在充满来苏水味道的医院走廊里，你想起自己曾经多次往返这座医院的那些故事。那些被同情的扎心的经历，那些与医生、护士传奇般的交往，一时间纷纷涌上心头。就在距离大考三十多个小时的时候，你经历了一次因为不好意思才施以援手的善心救助，在这里，你接受如潮往事的袭击，你甚至享受着这些回忆，你不愿意想回家后怎么面对父亲的疑问。

2

高考季从来没有凉爽的时候。接下来几天的考试，你冒着酷暑按时去。骑着老爸的自行车。老爸不得不走路上班。也巧了，看那场电影的前几天，你自行车丢了，这种事情在当时的小县城里并不多见。不过是逛了趟新华书店，你那辆刚刚打过气，还有五成新的二八“飞鸽”，就像烈日下的一滴水那样，彻底消失。你站在书店前街道的炎热里，如同站在沙漠里，心绪茫然，感觉举目无亲，无所依傍。很长时间后你才意识到自己还得面对父亲的责难、面对走路上学的窘境。倒不是没有人愿意顺路捎你，只是你向来不愿坐自行车的后座，像是有自行车后座恐惧症。你怕摔下来，坐上去就心慌——从小如此。除非小时候坐前梁上。

考场就在自己的学校，只是换了一排房子，在校园最美的季节，考场风景不错，窗外枝叶繁茂的大槐树，树荫婆娑，鸟雀鸣叫。树荫下蝴蝶和蜻蜓翻飞于绿草之上。偶然有小猫小狗结伴出没。考场上你没有失误，亦未出现奇迹，解析几何考前不会，考时依然两眼一抹黑，物理原来似是而非的概念，现在仍然云里雾里。作文题目是让考生根据达·芬奇画蛋的故事写读后感，你胸有成竹，步步为营，有想法，有分寸，拿下了。其他科目本来就学得半生不熟，不可能考得好。

高考结束，一切抛在脑后，逐渐恢复原有的社交。你与同学们一样，在等待最后宣判的同时，开始结伴串门。你最爱去初中同班的友强家玩。友强大大咧咧，喜欢交往，喜欢热闹，因为是家里三个孩子里唯一的儿子，他自然是重心。他父母都在商业系统上班，手里有些权力，家境富裕，大件齐全，住房宽敞，窗明几净的屋子很阔气很整洁。他的父亲陕西口音，母亲本地口音，两个人烟抽得都很厉害。这对夫妻真正是矮丈夫和高女人，父亲不爱吱声，母亲说个不停。友强有两个皮肤细腻的姐姐，个头一矮一高，身材一瘦一胖，头发一长一短，大姐沉默，二姐活泼。两个姐姐的眼睛和友强的一样，都不大，单眼皮，给你印象最深。在晚饭后的夜风中，两个姐姐经常坐在院子里的葡萄架下嗑瓜子聊天，你总认为家境优裕应该无忧无虑，其实不然。大姐个子小、身体不好，正在为找对象发愁；二姐乐呵呵的，从没有因为身材胖而苦恼，她勇敢面对下乡的可能，敢作敢为，快人快语，惹人喜欢。有天晚饭后你去找友强，还记得吗？你锁好自行车推门就进，没有想到正好撞到友强的二姐和一个男生抱在一起，他们想必沉浸在巨大的欢乐之中，小伙子粗壮的手臂环绕着胖胖的姑娘，听到声响，抱着的两个人迅速分开，就像忽然断了电一样，愣在那里。这是你头一次看到两个年轻异性的亲密举止。

通常在友强家玩耍一会儿之后，友强会带你去找前一排平房里的初中女生武桦。小桦同样是你们以前经常走动的女生，她父母在红旗电影院当放映员，比其他同学的父母要大二十多岁。她的哥哥姐姐好几个，个头都高，年龄比她大不少。她在家里是最小的，却大方得体，丝毫没有骄娇之气，天生当班干部的料。这一家人彬彬有礼，干干净净，特别是她的三个姐姐身材曼妙，待人热情，都比同龄女性漂亮。她们要么长发飘逸，要么唇红齿白，身上散发着香气，举止优雅。姑娘中最漂亮的是三姐，一位因学习成绩好而备受瞩目的美丽少女。有次去串门的时候，恰巧这位三姐浴后归来，头发湿漉漉披在肩上，白白的胳膊泛着刺眼的光亮，一双玲珑剔透的双脚如美玉般裸露于一双当时很少见的人字拖里，让你怦然心动，心醉神迷，多年之后仍然难以忘怀。

串门儿的时候你长了不少见识。有一次去同学进东家，看到的则是一个汽修厂旁边破败无比的窝棚似的家。炕上常年躺着半瘫痪的姥爷，与头垂直的地方永远放着一个白色搪瓷痰盂。给你印象最深的还有进门右手边那台缝纫机，从来没有停止过运行，嘈杂的声响赋予家里些许生气，压倒了姥爷的咳嗽和哀叹。进东的妈妈总是在缝纫机旁做衣服，有时候是院子里的女邻居使用缝纫机。进东的哥哥是有名的二流子，寻衅斗殴，聚众闹事，小偷小摸，是小城里出名的人物。你从来没有遇到过进东的父亲，他们一家也从来不谈论缺席的父亲。进东心灵手巧，与他长得不起眼形成对比的是，他内心有个灵巧的小世界，他爱修理各种机械东西，收音机、自行车，甚至缝纫机，在他鼓捣这些东西的时候，他何尝不是在修补自己的家，在与自己眼前残破的世界对话呢？你曾经从他那里看到一本字迹模糊的手抄本《梅花党》，他并不感兴趣，不急着催你归还。

3

季节仍然停留在酷暑难耐之中。在这个不用去学校的时节，书店是你最想去的地方，为散心，为消耗时间，为一种从小形成的习惯，更为里面的人。你经常会丧失对时间的掌控感，漫无目的，沉没于时间的水坑里，双手拼命伸向天空，发现并没有人肯来搭救，到头来你只得自我搭救。自救的最好场所就是书店。这里宽敞、明亮，书发出来的好闻的味道令你沉醉。书店让你理性，思考，见贤思齐，意识到远处还有更远处的地方。书店也存放和安顿着一些不切实际的想法。这里是私密的，容纳着漫无目的和虚妄大胆。漫无目的和不切实际，难道不比浑浑噩噩好吗？你这样安慰自己。在岁数还小的时候，在你大姑所在的杭锦后旗新华书店里，你买过《矛盾论》《实践论》，买过《论十大关系》辅导材料和《小靳庄诗选》，从店员嘴角流露的不屑，不肯直视的目光里，你意识到了自己的不切实际，但当时可供选择的书太少了，如同在菜市场，在只有羊肉的情况下，你尽量挑偏肥一些的，不让肥羊肉剩下。书店里的书排列整齐，隔着长长的柜台，出众的视力使你能对书店新到货品一目了然，造成你挑选困难的，是你的犹豫不定、挑三拣四。

这天上午，当你把手搭在金属门把上，推开书店厚厚的大门的时候，其实并没有什么目标或目的，唯一好奇的是，小金还在吗？这一年集中精力迎接高考，久未逛书店，进入一层大厅，远远看去，就知道小金还在。站在小金柜台旁边的少女，是以前给你借过书的小霞。小霞最早戴眼镜，学习很用功，眼睛早早坏了，她曾给你借过《沸腾的群山》《铁道游击队》，手抄本《第二次握手》。她家庭条件好，为人慷慨，囫囵吞枣地读过好多书，是那种不容易引起人们注意的女孩。按说也是花季，但她头发枯黄而稀疏，扶风弱柳，并无婀娜顾盼之态，可她胆大直率，与男生交往落落大方。因为曾经晚还了几天《沸腾的群山》，你见到小霞很不自然。好在她旁边还有一个梳辫子的女孩。你一边迅速设想着如何同她说话，一边慢慢朝柜台移动，想着碰面就别扭就发怵。其实小霞早发现了你，像猎人稳操胜券地等你到来，这令你更加窘迫。你走上前，不三不四地说了句“吃了吗？”这声招呼让小霞无所适从，你别扭地将目光转向她身旁那位身量比她小一圈的姑娘。不熟，不像自己学校范围内的，又似乎在哪儿见过。就在拼命寻找女孩特征的时候，你猛然间想起来，她就是前一段看电影时坐在自己前排扎红头绳的女孩。红头绳现在依然扎着。但姑娘全然不认识你，她瞪着大眼睛空洞地张望着，像是要说话，又像是不知怎么办。小霞遮挡着身后的同伴，不给你介绍，三人就这样别扭地站着，讪讪的，很快散了。

已成了“老店员”的小金，数月不见，脸上岁月斧凿又清晰了几分。若干年前书店罗锅老汪与她之间的“风化”，并没有影响孩子们对小金的喜爱。大家不追究小金，原谅她的一切，只是不能原谅她不来书店上班。据说，近一年的时间，小金躲于暗处，默默修复痛苦，收拾好自己，积攒回到人间的勇气。

我端起那杯苦酒

对生活说：

不够

需要新的地方请放上一块石

高考若干年之后，你读到顾城这首《答宴》的时候，立即与书店里的小金关联起来。小金显然已经有了自己的家庭，是妇人了，她的手仍然细腻、白皙，但身形、面容，像是曾经成为拉扯、搏斗、争夺与扭曲的战场。不过，这不妨，你与小金的目光永远能够交会，交会的愉快埋在心底，让双方都可以接受并持续下去。小金从你的眼神里看得出来，你没有疏远她。她凭自己女性的敏感，确认你是自己人，能让她拂去脸上的职业伪装，从容面对。与小金独处的时候你才承认，自己来这里的全部理由，就是想看看小金是否还在。书店是最能让人记得住店员的地方。

“红鹰，红鹰！”刚从书店出来，你就听见有人高声叫喊。你的名字发音像是属于女人，你最怕别人在大庭广众下叫你名字，男孩一般也不在公共场合这样喊，除非关系特别好的几个朋友。这叫声你熟悉，是志明，一个军人家的孩子，皮肤白得与男孩不相称，外号“白大豆”。你们两个是小学同学，初中高中始终没分到一个班过，但交往密切。志明的父亲山西口音，短发稀疏，身材臃肿，脾气暴躁，对外人很好，对自己的孩子却动辄呵斥。有次你去他家玩，遇上志明正帮父亲给兔子盖窝，砖没递准，他爸爸一个巴掌重重打在志明后脖颈上，留下很清晰的掌印，让站在一旁的你很尴尬。志明感谢你那天夜里帮他弟弟看病、送回家，于是叫你去他家玩，吃冰棍、吃饭、看兔子。你支支吾吾地答应了，跟着志明去串门。

志明家所在的县水泵厂家属院，上风上水，建得很漂亮。他家比你家宽敞、明亮许多，有四五间房，这么阔气的住房得益于志明的父亲——刚从部队转业就当了新建水泵厂的厂长。但据说志明父亲部队情结重，很不愿转业，经常发火与这个有关。志明的母亲见你来了站起来打招呼，她是个和蔼的家庭妇女，剪发头，很利索，但面色苍白，有气无力，穿着白色短袖，扣子系得整整齐齐，蓝裤子和男人们的没什么不一样。家里的墙上挂着不少照片，其中志明父亲早年佩戴军徽章的照片英姿勃发，志明姐姐站在后排正中间，一双眼睛又大又圆。志明的妹妹扎着一对小刷子，天真地笑着。大人小孩胸前都戴着毛主席像章。

你看照片的时候，从另外一个房间走出了志明的妹妹，女孩比你小三四岁，刚要上高中的样子，尖下巴，小鼻子，快人快语，胸脯已经开始鼓起来了，梳着的那两个“小刷子”此时散开，用头绳扎着。她活泼可爱，毫无扭捏之态。见到你就递过来作文本。此时你才明白，志明邀你来，也许还有给他妹妹“辅导”作文的意思吧。看着女孩娟秀的字迹，你顿时有了好感。心想，但凡能够写一笔好字的人，作文会糟吗？可这个女孩太爱形容词，爱“啦”“嗯”“呢”“吗”等感叹语。不过作文小溪般流畅，像她眸子里的波光那样清澈见底。

志明家有专门的兔子窝，就在凉房旁边靠墙一块地方，外墙镶有铁丝网小窗，以便能递进去菜叶和青草，观察到兔子们的活动。兔子大大小小十好几只，白的、灰的、黑的、黄的、杂色的，它们没有停嘴的时候，永远处于咀嚼状态。兔子归志明的弟弟志亮管，他说话少，心里有数。这天不知道为何不在家。

到吃午饭时间了。志明的姐姐从厨房里走出来，她的面容像黑塞在《荒原狼》里形容的那样，“像花朵一样”，真算得上明眸皓齿，光彩照人，学校里的好学生，家里的好帮手，围着围裙，人利利落落，大而圆的眼睛里散发着热情的光亮，她反复挽留你吃饭，你却不管不肯，执意要回家。志明陪你走出来，送得远得离谱，你这才看出来，志明有心事，吞吞吐吐，欲说还休。走到僻静处，志明终于压低声音问：“红鹰，你觉得小霞怎么样？”你先是一愣，接下来明白了，一出书店就碰到志明，敢情他上午在书店门口守株待兔，显然和小霞交谈了好一会儿。你更没想到，志明这种出身军人家庭的孩子，会喜欢小霞那么“小资”的人。你说：“她个子有些太高，不知道会不会还长，挺爱看书的，但嘴太厉害，恐怕你不是她对手啊。”志明对你的回答不满意，他被这个落落大方、家境优渥的女孩完全征服了，根本不考虑小霞的养尊处优和居高临下。你认为小霞时常目光迷离，挺着高胸脯，说话就带三分刺，过于早熟。没想到志明的心里却藏着个她。萝卜白菜各有所爱，她常给你借书，你却从未觉得她有什么吸引人的。你问志明小霞是否给他借过书，志明说从来没有，你又问，这个单相思有多久了，他说一年多了，感觉家里的人越来越没意思，就想找小霞聊聊，但小霞总是不冷不热。少年时代很少有人觉得自己家满意，但外面的精彩不一定是唾手可得的。

4

在这提前到来的暑热中，你对自己的家更不满意，对嘈杂的家似乎更难以忍受。你对自己不满意，对烟不离手、性喜呼朋唤友的父亲不满意，对住的房子不满意，对家里的陈设不满意。总之，对每天都必须回的家，你亲切不起来，没一点好的感觉，到处不顺眼。回到家，你不愿同任何人说话，甚至不愿上饭桌吃饭，只想在一个角落躲起来。聊天也懒得插嘴，别人问话不想搭理。哪个父亲不望子成龙？你父亲同样希望你能考好，给大家争光，但你的情绪分明告诉他，这次高考失利了。你冷淡、寡言、漠然，父子之间无交流，同处一个屋檐下却形同路人。你父亲不是不想解决，是缺乏动力，更不好意思。从志明家回来，你提出要去大姑家，你父亲马上同意了。

你大姑在杭后医院妇产科当护士，大姑父也在这家医院的放射科当主任。懂事时候起，你就记得大姑大姑夫四五十岁的样子，十多年过去了，他们一点不见老。大哥已经有了上幼儿园的女儿。大姐刚刚回城，二姐高中毕业，现在郊区下乡。大姑家同样是平房，并不宽敞，也一进一开，里外间都有炕，外间以前有灶台，后来移到了凉房里，里屋有两个沙发，茶几上放着收音机，有个写字台，旁边是电视柜和电视机，缝纫机放在一个墙角，但家里的一切陈设都很和谐自然。大姑家的饭最好吃，大姑大姑父亲自掌勺，都是好厨师，一家人有说有笑、其乐融融，富足，快乐，自信，友好，善意，这都很吸引你。

大姑和两个姐姐是与你最亲的人。在你母亲去世不久的那个冬季，两个姐姐随大姑来家，让不到十二岁的你看到她们的美。两个姐姐快快乐乐的，都很白净，大花眼睛明明亮亮，穿着一般人家孩子很少有的棉猴，花格子布料，棉帽带一圈毛，围着花围巾，毛手套很好看，鞋也时髦。正值假期，她们背着好看的书包，装着铁凝笔下香雪羡慕过的带吸铁石的铅笔盒。家里就两间屋子。你抽烟极多的爸爸一间，他在烟熏火燎中咳嗽不停，你怎么也不肯与他一屋过夜，就愿意同妹妹、大姑与两个姐姐挤在一张炕上。你靠着西墙，另一边是大姑。这天你睡得特别实，梦到一列火车开往大雪纷飞的北方，你在轰隆轰隆轰隆轰隆声中昏昏欲睡，后来被一种更巨大的炸裂声惊醒，乘坐的火车离开了铁轨，朝空中疾驰不止，再从白雪覆盖的高山上摔落摔落摔落摔落摔落下来，最后落入一个被无边无际冰雪覆盖的大湖里，火车头扎进去了，车厢扎进去了。车厢里的人从梦中惊醒，你与大家在湖水里扑腾着，拼命想抓住任何能抓的东西，结果抓到的是一束头发。火车在继续沉底继续沉底，你张大嘴拼命呼喊，喊啊喊啊喊啊，就是发不出一点声音来，难道哑了吗？难道聋了吗？难道死了吗？你一下惊醒过来，发现屁股底下是湿的，被子是湿的，尿床了尿床了又尿床了。你一面羞愧难当，一面怕得要命。四周漆黑，万籁俱寂，呼天不应，喊地不灵。这可怎么办？天一亮就得露馅儿。到起床的时候，尿湿的被褥就会被亮出来，你会被指认、蔑视、议论。怎么办？第二天早上，你就赖在湿褥子上装睡装死装聋作哑装不醒，装作玩得太累了，就是赖着不起不肯穿衣服。你的心思早被大姑看穿了。大姑让你等两个姐姐洗漱的时候再起床，悄悄把你的被褥拆洗了。这次到大姑家你已经是大小伙子了，早没有这种毛病了。

你和姐姐们爱看书、爱听收音机。每次你都带一两本书和她们分享。记得美国作家斯坦贝克的《珍珠》第三章开头给你们留下深刻印象：

> 一个城市就好像一群群栖的动物。一个城市有神经系统，也有头，也有肩，也有脚。一个城市也有一种整体的感情。消息怎样在一个城市传开是一件不容易解释的神秘事情。消息传开，似乎比小男孩们争先恐后跑去告诉人家还要快，比女人们隔着篱笆喊着告诉邻居那样还要快。

你的到来，作为一种消息，也很快被医院家属院里的大人小孩知晓了，你同样不知道是什么原因，大家为什么要传播这个消息。

好吧，不管怎么说吧，读书是你们的话题，书店是你必定要去的地方，只不过，书店你从来都独自前往。杭后书店比你所在县城的书店小多了，只有一层，却是个五脏俱全的好书店。店员年龄偏大，你去过两次，居然有一次撞上了一个女店员在喂孩子吃奶，用的可不是流水线上下来的奶瓶。时值夏季花香鸟鸣乾坤朗朗风和日丽，长相平平的女店员以自己的哺育姿势惊艳了你，那被打开伸进去婴儿脑袋的白布衬衫，那长长的花裙，那双露着小脚的白色塑料凉鞋，那张幸福恬静从容满足旁若无人的脸庞，让你的双眼不免多流连了一会儿，忘掉自己此行的目的。书店里还飘着烤白薯、烤玉米、烤馒头的气味，你在卖年画的柜台上还见到过瓜子、沙枣、很硬的白糖，见到糖纸、瓜子皮和一些枣核，在这个烟火气十足的书店里，你没有克制住自己，经过一番犹豫，你买了一套雨果的《笑面人》。

你没把书拿给两个姐姐看，因为你发现了不适合她们读的句子和段落，而且，这种段落未免有些太多。你盯着雨果的画像，想象着当年他写下那些文字的心思。文学依然是你的最爱。每天必看，有时做些摘抄，从《笑面人》上册，你摘抄了如下长长的一段：

> 一个美丽的肉体和一个女人是两回事。女人有弱点，例如女人有怜悯心，这是很容易变成爱情的，约瑟安娜却没有这个弱点。那倒不是她毫无感觉的缘故。古代把肉体比喻为大理石是完全错误的。肉体的美就在于肉体不是大理石；人体的美在于肉体能悸动，能战栗，会泛红，会流血，肉体是结实的，却不是坚硬的，肉体是白的，却不是冷的；肉体有感觉和柔弱的地方；肉体是有生命的，大理石是无生命的。肉体的美达到一定程度的时候，是差不多有裸露的权利的；它的全身发出耀眼的光辉，仿佛披着一层纱幕；看见过约瑟安娜裸体的人，只能透过夺目的光辉看到她的肉体。她会毫不犹豫地把肉体暴露给一个色鬼看或者给一个阉人看。她有女神那样的沉着和坚定。

约瑟安娜是个处女，她居然有那样淫荡的内心，“上身是漂亮的女性，下身却是一条水蛇”，你读着雨果对历代女贵族淫荡行为的描写，惊叹于其博学多闻，你避着人，心惊胆战地抄着，故意把字写得很小，很难辨认。你为雨果的陈述所诱惑，遐想着一具具鲜活肉体的内心，想象着这些高贵女性如何轻佻地打开自己。“她以出身高贵者的傲慢专横使自己成为一个富有诱惑性而无法接近的女人。不过，她也可能认为好玩而为自己安排一次堕落行为。”这些句子深深吸引着你往下读。你拒绝给两个姐姐看这样的书，怕污染了她俩的眼睛。

大姑家有一书柜的医学书和杂志，隔着玻璃，你看到一本本封面单调，体积庞大的教科书，想象着其中的学问与堂奥。家里没人的时候，你会抓紧一切时间仔细地翻看。原来，医学就是手术刀，就是放大镜，就是显微镜，剥去人的外衣，将鲜活的生命还原为标本、符号、分子式，让你意识到人的千疮百孔、脆弱不堪和难以救药。人一出生便展开了和疾病的生死搏斗，人在对付疾病和缺陷的道路上长途跋涉、呕心沥血、鞠躬尽瘁。健康的人不具备医学教科书言说的价值，他们太简单、划一、平庸，没资格进教材。患有疾病的人才身手不凡，本领万千。一个女人脖子上长着五十多斤重的瘤子，两个孩子共用一个身子，有人天生没有肛门，千奇百怪，匪夷所思。

所有医学书里最吸引你的是解剖学。那些巧夺天工的插图里，人被切割、划分为无数细致的段落，再化为书本里的线条、圆圈和不规则图案，让你不寒而栗。自己身上的器官，原来这么复杂，这么烦琐，这么累赘，这么丑陋，真让人沮丧。还有一个学科的书你看过却羞于告诉他人，这个学科关乎人所有的起点。那些双方器官的图案，隐秘，罕见，严肃而端庄，被你反反复复看过。看到青春期、排卵、月经、怀孕、分娩的描述，你心惊肉跳，呼吸急促。

你最不爱看骨科、放射科书，它们对人体的呈现，让那些失去了血肉、皮肤和经过了数万年美学磨砺护佑的人体、骨骼，让贵为宇宙灵长的人类，变为一堆平面化的病理标本。人不管多漂亮，在医学衡量、分析和诊疗或图画、照片面前，统统失去了诗意。有一天，你拿着一本骨科书，试图去描画人的骨骼、手脚和头骨，玩味这些图案与自己的关系，正在兴头上的时候，一位姐姐仿佛从天而降，立于你身后。看着姐姐漂亮的面庞，你顾左右而言他，脸仍然红得半天恢复不了正常。

医院放射科是你再熟悉不过的地方，母亲因肺结核早逝，你和妹妹定期会到放射科透视。姑父所在的放射科屋顶很高，房间很大，里外间都被窗帘挡得严严实实，屋里备有洗冲照片设备，几个水池泡着一些片子。外间立着一台带屏幕的大机器。如果在别的医院你得脱了上衣站在屏幕外边，大夫穿着厚厚的铅板站在对面，不停地说：呼气、吸气、憋气，呼气、吸气、憋气。而在大姑父这里，你从不用脱衣服，大姑父也不用下什么指令，很快就检查完了。放射科没有女大夫和护士，这里是男人们工作的场所。

有天上午做完检查，离开放射科，走过长长的过道，你看到靠墙的长椅上坐满了看病的和陪着看病的。那些老人，躺在担架上的，打着吊瓶的，统统由女性陪护着。行进中，你看见迎面一帮人急匆匆地护送一个浑身是血的人就诊，这是个小伙子，满脸通红，醉醺醺，左胳膊上胡乱包着些布，由两个胖子架着，头上有个大口子，血顺脸流着。血，在任何场合下都意味着危急、警示、唤醒。再往前走，一辆担架车推来一个大呼小叫的女人，高高的肚子，苍白的面孔，“啊啊，不行了，实在不行了”，尖声的叫嚷，使本来喧闹的医院更不安生。你想，这样，世界又将多一个生命，他或她会健康吗？会沿着性别获得的意义、规定的道路前进吗？会在高考中失利吗？会在家庭之外寻找温暖吗？会得到庇护吗？会永远向世界询问存在的价值吗？

夏季的爱与欲

我可以告诉你：你在那一瞬间应该具备什么样的感情；任何一个健全的人在那一瞬间都会感受到那样的感情。你也可以反驳我说：对不起，这并不是真的。

——［法］司汤达《拉辛与莎士比亚》，王道乾译，
上海译文出版社1979年，第13页

是因有爱而生欲，还是欲望巩固、泛滥了爱？他曾经多次问自己。

1

爱与欲会与每个人终生纠缠，谁没有过爱与欲的冲动，或未曾经历过欲望勃发时那些刻骨铭心的洗礼呢？爱让人冷静、优雅、智性，变得自信、向上、柔软，欲望使人敏感、勇敢和有力。但爱与欲具有相当的盲目性，导致错误或引向极端，爱情之火一旦在身上燃烧，人就会坐立不安，无所适从，或做出匪夷所思的举动，陷入慌乱无序，

令优雅蒙尘，让知性遁形，这与人之聪敏、愚钝，以及处于哪个时代、什么地域、何种文化，并无多大关系。

我们的主人公与每个人一样，同样经历过梦幻般的爱情，随着岁月的流逝，当初的甜蜜、躁动、无常蛰伏于潜意识之中，不管是爱还是欲，好似已被雪藏般封存，在记忆的深处，成为永久的库存。直到有一天，当他重新阅读法国作家都德《磨坊书简》的时候，记忆渐渐如潮水般回到眼前。书中两个年轻生命冰雪般晶莹的感情，瞬间点燃记忆，让他迅速与自己人生旅程中种种爱与欲的细节接通——栩栩如生，纤毫毕现如在眼前，鲜活、柔软、直接，令他脸颊发烫。

正当其年的男女一旦走到一起，必将发生性与智的纠缠，让双方变得异乎寻常的卓越。“爱”到了一定阶段，欲望迟早会出来作祟，如影随形地牵引双方，让前一阶段单纯的谈情说爱升华为肉身的触碰、探索。此时，正行进于通往欲望路途上的爱，一如温良而慢慢变身为大兽的幼犬，开始骨骼坚硬、肌肉饱满、器官膨胀、呼吸粗重、步履张狂起来，大脑里那些愈益复杂的回路与枝杈令其双眼放纵、嗅觉灵敏、耳朵竖起，全身感官吐出咝咝作响的危险“蛇芯”，意欲捕捉什么、宣泄什么、得到什么。而此时，处于由爱变欲，爱与欲行将结合阶段的人最易于焦躁，向往一次欲望的喷涌而出，渴求一次肉体负担的彻底释放。难怪莎士比亚会说：“情欲犹如炭火，必须使它冷却，否则，那烈火会把心儿烧焦。”一旦欲望喷涌而出，渴望已久的平静才会到来，令一切重新归于旧。

但诚如塞缪尔·约翰逊所说：“人最重要的价值在于克制自己的本能的冲动。”就在达到“情欲犹如炭火”之前，人仍会保有必要的理智，以澄明之心牵住自己的欲望。爱本身是冲动与克制的矛盾复合体，爱的过程不断暴露着人的成熟与幼稚，其间伴随着人的主动与踟蹰、放纵与克制等诸种能力不断搏斗。爱情之高贵与深邃，正在于形成约束的合力，唤起适当的审慎与克制，让人之为人的自我净化机制牵引一切。爱情本身提纯着一个人的情感，令掺杂其中的杂质，不至于扭转爱情中的正向，爱情所具有的自我完善本能，会站出来及时“悬崖勒马”，让爱情中冉冉升起的自我欲望与甜蜜的纯粹忘我合一。

夏季是爱与欲风光无限、旗帜招展的季节。无论是燠热的午后，还是静谧的夜晚，两个年轻异性的独处，是专属于情侣的最美好秘密时刻，是两个年轻生命独有的珍贵至高权利，是上天搅动荷尔蒙，把他们更加紧密地联系起来的契机。欲望萌芽于两个人之间更多独处一室的时候，这独处的时机，令一切虚妄变为永恒，让飞驰的时光值得再三回味。即使不在夜晚，双方声息的回应，同样会令情侣间的感情自然而然地升温。

我们的主人公易于内心充满矛盾，他与女友所经历的爱情，曾经跨过漫长的“考验”，有过无数次的反悔，无数次的纠正，一轮轮的反拨、犹疑，一次次拉练式的踌躇、折腾，充满翻云覆雨的往返，言行不一的拒斥。当终于迎来爱与欲不可思议的统一，矛盾出人意表地妥协之后，漫长的爱的篇章便化为曲折的传奇。当那位身材纤细的姑娘成为他的唯一所爱，他的犹豫终止了，他的反悔刹车了，爱的陶醉，使他变得异常坚定，立誓做一个不移的守护者、服务者，他内心经常泛起的，是容纳、接受、呵护，志愿事必躬亲，实行义无反顾的精神呵护、观念教导。

但，当真能够管得住自己的荷尔蒙，或不必费力约束即可以令自己的爱大于欲吗？当时的他，并没有十足把握——尽管躺在两个并列的枕头上的时候，他们两个人从未想到要“兴风作浪”，他们单纯、无邪，所有内心的涟漪只为完美眼下的时光。

此前，他与同龄异性本并没有多少独自相处的机会。即使年龄不相当的异性，成年后与之独处的机会也不算多。除了这个伴侣，在他记忆里，其他女性的睡态，没有几个是近距离目睹过的。外祖母、姑姑、表姐、妹妹，她们的睡态与同性的睡态一样乏善可陈。他曾在地铁、火车、飞机等公共场所见过不少美貌女性忘我的睡态，捕捉到她们此刻将明显的疏漏和盘托出的样子。那些美好的美丽的人，原来是那样的粗枝大叶，她们在意识的异乡里居然轻而易举地就被缴了械，抛掉一切伪装，将自己的率直、鲁莽、大胆亮在人前。女性的睡态，有着婴儿般的天真，暴露着她们的单纯，她们的不设防，以及内心的无邪。

但女性到底是无邪的，还是复杂的？到底是矜持的，还是大胆的？怕是宇宙间任何人都难以破解的课题。荷兰人高罗佩在其《中国古代房内考》中讲过司马相如的一个故事，把司马相如描写为一个“喜爱书籍、剑术和女人的浪漫青年”，司马相如那首《美人赋》，透露了男女达到声气相接边缘的情形：“有女独处，婉然在床。奇葩逸丽，淑质艳光。”司马相如无意与之有肌肤之亲，无奈此姑娘性情“开放”，屡次“玉钗挂臣冠，罗袖拂臣衣”，终于达到“乃弛其上服，表其亵衣”的地步，只见“皓体呈露，弱骨丰肌。时来亲臣，柔滑如脂”。但司马相如最后却是“臣乃气服于内，心正于怀”。有学者认为，司马相如拒绝对方，似乎只是表明自己定力之大，意志之强，只是为拒色而拒色。但在东晋葛洪所辑《西京杂记》卷二里，对司马相如为何写《美人赋》做了一番猜测，文中说，卓文君“眉色如望远山，脸际常若芙蓉，肌肤柔滑如脂；十七而寡，为人放诞风流”，为司马相如才气所“悦”，欲“越礼”，无奈“长卿素有消渴疾，及还成都，悦文君之色，遂以发痼疾；乃作《美人赋》，欲以自刺，而终不能改”，原来是糖尿病成功阻止了肉体的交接。

东汉张衡是科学家，更是一位文学家。其《同声歌》假托的是女性自诉花烛之夜经历与感受而“言他”的篇章，其中有“衣解巾粉御，列图陈枕张。素女为我师，仪态盈万方”。所说的“列图”，就是看春宫图，譬如《素女经》所载之图。在汉代之时，这些图其实叫“女儿图”，枕席之间“列图”而引导未来夫婿的，有时是大户人家的女仆。有一种说法，大家闺秀出嫁之前，为避免在房事上的无知与尴尬，会派女仆前去持“图”探路、引导一二。在探路的过程中，想必发生了许多极有意思的事情。

2

塞外同样有苦夏，苦夏无辜。

1985年，呼和浩特的盛夏来得似乎特别早，莘莘学子的毕业季一过，谁欢乐谁愁便水落石出。他俩大学毕业了，二十三四岁，处于沈从文说过的“最好的年纪”。即将劳燕分飞，即将前往一段新的路途，有人前往更好的前程，有人却要忍受放逐之痛。分离的苦涩，淹没了看一路新景色的兴致，在分离即将到来之时，我们的主人公与他的女友曾有过一次彻夜独处，他们视夜为昼，长谈又复长叹。只记得，日光灯的光亮，寂静的楼道，伴着他们终夜未眠。人去楼空的宿舍，万籁俱寂的校园，见证着两个年轻毕业生曾经的不眠之夜。

有一天，阴差阳错的机缘让他们来到一间校外的居室里，一间曾经的婚房。事情说来也巧，此地离校园很近，房子的主人是他的婶婶。因两地分居，她平时带年幼的孩子住父母家，房子只在丈夫探亲时才用。我们的主人公大学毕业留校后有一段等待分配教工宿舍的时间，在需要寄存书箱的时候，曾经向这位女亲戚求助，女主人很爽快答应并给了他钥匙。

婶婶个头不高，齿白唇红，毫无造作之气，有主见，风度好，是人们眼中的美人。她的干练、友好让他松弛，是他愿意与之相处的女性。很长一段时间内，她都让他感到别样的温馨美好。她也乐于成为他倾诉衷肠的聆听者。毛头小伙子似乎受到了鼓励，便将恋爱中的“小破事”慷慨地倾诉给慷慨的接纳者。他不停地讲，不停地向对方分享爱情之中的波澜、苦恼、犹豫。真诚的讲述，不留秘密的倾诉，以及不停地征求意见、要求保密的诉求，越发让她兴致盎然。这位与丈夫两地分居多年而无怨无悔者，这位时时等待团聚的倾听者，做了他的忠实盟友，安妥了他躁动的内心。

北大有位教授曾经说，女性的进化要比男性早五万年，因此女性的智力比男性高得多，她们更富于应对世间事务的能力，她们更懂得如何处理男性给自己造成的复杂局面。

女性之为宇宙间了不起的存在，在于她们的身上体现着人性最美好的一些方面。曹雪芹之伟大，其中原因之一就是以《红楼梦》肯定了年轻女性的美好。作家孙犁说，在年轻姑娘的身上，凝聚着人类最美好的一些品质。在我们主人公的整个生命历程中，能够让他充分信赖的人，总是一些女性，她们的善解人意、慷慨相助，表现出的果敢聪慧令他自愧弗如。她们的美好，不在于善良，而在于无邪；她们的慷慨，不在于有能力，而在于无私；她们的坚守，不在于相信自己，而在于相信求助于自己的人。

一个诚实的举动、一种善意的姿态或一个无意的微笑，都足以叩开女性的心扉，让她们报以纯真的注视，唤醒善意的付出。她们会凝视你的目光，倾听你的诉说，响应你的召唤，她们身上具有最伟大的力量，在于她们能够把他人想象成一个可信赖、有善意、没有杂念的人。她们此时已不设防，她们不会认为你此刻心里会有任何肮脏的念头。哪怕作为一个男性，此时脑子里转着坏念头，正死盯着她们的胸，她们也会浑然不觉，依然与人为善、慷慨付出。

女性会以比男性更纯洁、更感性、更单纯的愿望去面对他人。自然，她们同样也最能嗅出自己身边不期而至的危机，从而迅速、激烈地加以躲闪与规避。

钥匙从婶婶那里拿到后，他除了运来那些早已经成为负担的书，还将自己的女友邀到这里。事情该发生的还是终于要发生的。忘记经过了怎样一些复杂或者是顺水推舟的简单过程，肉体的袒露与接触，一下子变得那样的自然，那样水到渠成。

可能由于是饭后，也可能由于是午后，气氛骤然有些变化。北方的午后总是伴随着燥热、晴朗与巨大的蝉声。他们两个都感到困乏，几乎不约而同地决定到床上躺一躺，歇那么一小会儿，又几乎不约而同地冷静地把头落在枕头上。这是一对儿荞麦皮枕头，高低相同，覆盖着完全相同的、当时很时尚的提花有机纤维枕巾。枕巾上面散发着女性特有的淡淡的香味，或许还不可避免地留有奶香味，是那个尚在襁褓中的孩子留下来的痕迹。就在这个时候，他发现位于他那侧的枕头上有一根细细的长发。长发的颜色是那种带有金色底子的淡黑，对，是淡黑，微呈金黄的淡黑，属于他那位刚做母亲的女亲戚。她皮色极白，发色偏淡。

这根头发激起了他体内的一丝涟漪，但随后也就迅即平复了、淡然了。他躺在枕头上，也依然几乎能够平静地与亲密的伴侣开始不间断的交谈，问了对方自上次见面之后都干了些什么，读了什么书，食堂的饭菜好不好，买过什么东西，也没有忘记询问对方想不想他，等等，等等。到底是吃了饭，又值酷热的午后，他们很快发现有些头重脚轻、昏昏欲睡，有些燥热难耐，当然这种热并没有导致他们迅速解除身上的覆盖物——直到不知是谁先提出要脱掉些什么，也不知是谁先开始行动的。

说到底还是因为那根长发，让他感觉异性、青春、肉体实实在在的存在，使得他们最终要冲破衣物的限制。衣物，往往会与人的恋爱史紧密相连。据苏联作家帕斯捷尔纳克情人伊文斯卡娅回忆，当年与帕斯捷尔纳克幽会的时候，她曾穿过的一件蓝色的绸衫，在《日瓦戈医生》一书里被写进了诗里："像小树林褪去树叶/你脱了衣裙/只穿着带流苏的绸衫/投入拥抱的臂膀。"

而我们的主人公与他的女友，究竟是经过怎样的努力，才最终让彼此的衣衫像“树叶般”褪去的呢?

他的回忆极为困难，只记得当时外面穿的那条带拉锁的卡其布灰色“东风”牌制服短裤，1980年盛夏购自北京王府井。他长期保持单一体重，五年前五年后几乎没有任何变化，买的时候腰身肥瘦正好，此时依然可丁可卯，并不需要腰带的束缚。既然没有腰带的束缚，“树叶般”褪去，就未费任何功夫，只是褪去的过程绝非急切，更非迫不及待，恰恰属于自然而然、顺理成章的那种。

接下来就剩下了那条规规矩矩、忠实地贴在他身上的白粗布手工内裤了。内裤由大眼睛的表姐亲自剪裁、缝制，大姐手执大剪时的精裁细剪，脚踏缝纫机时的从容自信，就像发生在昨天般历历在目。这白粗布三角短裤何以剪裁得天衣无缝，至今仍是个谜。他不记得大表姐曾经丈量过自己的双腿、臀部和腰身，但三角内裤居然严丝合缝，不肥不窄，刚刚舒适。大表姐对自己的制作向来极有把握，从未有过差池，每逢假期就为他做几条，便于换洗，在整个大学阶段，这些粗布内裤始终与他相伴。

身边女友穿的是他最喜爱的一条裙子：洁白、合身，雅致、洋气，典型的上海款式、上海制造，适宜于南方女子细瘦的体型。这件白色无袖的连衣裙，以化纤成分为主，圆领，领口左侧有朵缝上去的带蓝边的小花儿，腰身掐得狠，袖口也极紧凑，适合南方女子的娇小玲珑，北方姑娘穿着一般会感到别扭。只说这收腰狠，一般都会让有自知之明的北方姑娘退缩，但女友的消瘦、纤细，使裙子上身后并不显得过于局促，而她的个头也能保证这件裙装的飘逸。裙子与她白皙的肤色是吻合的，既学生气，又清丽活泼，凸显细瘦的腰肢，柔软的体态，衣与人相得益彰。裙子的拉锁在左侧，靠近他的右手，这条不长的拉锁，他探索得理直气壮。

到底是头一次，生疏、紧张，麻烦不断。经过一番拉、拽、解、扯，耗时不少，效果并不理想。事实证明，越简单的事情，越难对付，越想当然能成，越无法奏效。姑娘倒是沉着，谨慎中富于慷慨和理解的义气，姑娘看出了对方慌乱的磊落，看出他经验缺乏，过于稚嫩，过于拘谨。面对他的窘迫，姑娘也红了脸，但她依然半推半就地自己动手解除了这件白色化纤连衣裙。之后他看到了姑娘胸前的另一道白色狭窄屏障。记得徐星在《无主题变奏》中写到，男主人公多次对女友老Q胸衣上复杂的带子极为恼怒，怎么也解不开，怎么也理不出头绪。我们的男主人公不可避免地有过同样的困惑。

最终，双方卸掉了身上的所有盔甲。在蝉声的嘈杂中，两人天体裸袒，原形毕露，他们像是上了刑场的情侣，激情澎湃，又心如止水。他头一次完完全全地看到一个恰处最好年龄的姑娘的身体——那样的白皙、匀称、光滑，完美得让人只能惊叹，这具身体大胆地赤裸着，色泽夺目，自信而羞怯，是天真、是高傲、是宣告，如春光、小溪、花海，旗帜飘扬、誓言无声。在这正当其龄的胴体面前，他用自己的目光吮吸着，心无杂念，波澜不惊。彼此的裸袒，是任各自的眸子经受洗礼的过程，既未被激情困扰，亦不被欲望牵引。情欲，与此时这两个年轻的生命完全不相干，在克服了最初的慌乱之后，他们庄重而平静，那好奇的相互查看，那亲密而默契的拥抱，那不间断的甜蜜情话，令欲望退隐，未能主宰大脑。

他们彼此的探查、欣赏、互嘲，如同一道道甜点在眼前不断花样翻新，引人入胜，甜蜜无穷。女孩的温婉柔弱与男孩的阳刚坚定是匹配的，她未施任何粉黛，身上同样会散发出宜人的味道，淡淡的清幽气息令人放松和沉迷。女孩的双脚细细的小小的，无论什么情况下都很干爽，双手修长白皙，熠熠生辉，两个人都没有龋齿，没有头皮屑，指甲得到及时修剪，举手投足间透露着那种属于爱读书的好孩子的端庄甚至拘束。

他们也不知道自己怎么有那么多话可聊，天南海北，无拘无束，没有止境。聊累了，他们会躲进梦乡，醒了再继续聊，一些有意思的话，说完了似乎又想起什么可以补充的，笑完了又很难为情，嘴里谈的都是好事情，倾诉的都是彼此感兴趣的，眼神里永远是对方的美好，双方似乎永远可以达成一致，眼前的这一切令人沉醉，使他们忘记时间，忘记对方之外的一切。

到底还是要吃饭，要排泄，要购物，要看一会儿书的，但他们始终未曾分开，不得不吃饭的时候，他们便将就一下子，不得不买些必需品的时候，就以最快的速度完成。他们的福地是这张大床，是这个令他们流连再三的单一所在。在床上，他们执手相伴，躺在一起如同走在一起一样，只顾享受这无扰的夏日，转瞬迎接着暑夜的到来，蝉鸣不停地聒噪，屋外偶然会听到有人来往、谈笑，有自行车推出推进，有邻居炒菜的声音，孩子的奔跑与喧闹，但他们只管躺着，时不时会意地降低一下交谈的分贝，躺在那里聊，睡过去，醒来，再聊，再睡过去。

“没有和他的所爱在早晨醒来看从窗户里透过来的阳光，听松树间鸟儿的歌唱，谁就不知道恋人之间亲密的痛苦与甜蜜。”爱尔兰小说家、诗人乔治·莫尔在《我的死了的生活的回忆》里曾经这样说。这两个远离尘嚣的恋人，在这间屋子里，在那张床上，送走午热，度过黄昏，忘记黑夜，不知不觉中朝阳到来了。当听到现在已不复可闻的公鸡的鸣叫，当晨间的阳光穿透窗帘，当新的一天实实在在到来的时候，他唤醒她，碰到对方好看的眼睛里的那一缕羞涩与甜蜜，方感到刻骨铭心的依恋。亲密是会成瘾的，甜蜜一旦拥有，就绝不想再失去。但，他们未被欲望主宰，他们纯洁如处子。

3

于他，这一切是慢慢进化而来的。

在此若干年前的高中时期，他曾有一度是“欲望”卑微的奴隶。那时还不知道欲望是什么，但有“鬼”牵引着他，夏秋时节，只要天色暗下来，吃完晚饭，他就无法管住自己的双腿，必须去见那些相貌卓异得足使自己心仪的女同学。他目标中的女同学有好几个，都有不同风格的吸引人的美，在他眼里，她们没有远近亲疏，不管芳芳，还是梅梅、丽丽，每个姑娘都以自己的方式占有他，她们美得有同样的吸引力。她们把他诱惑得如同魔鬼上身一样，每当夜色来临，他就燥热莫名、坐卧不安、辗转反侧，他必须要见到她们，才能把身体里的热散发掉，使躁动归于平息。

于是，他像只发情的小狗，骑上自行车，穿越小城的夏季，踏过方才消停的暑热，在黄昏的暮色的掩护下脑袋空空地奔波于不同的女生家。当他风尘仆仆，胆怯而羞涩地敲开她们的家门时，女生们几乎十有八九没想到他会在此时出现，她们与自己的父母一样吃惊地把他迎进来、接纳他。她们与他演算习题、议论作文、背诵公式，很两小无猜，很坦然自在。面对这些娇嫩欲滴、散发醉人气息的女生，他目光清澈、静若处子，像绵羊一样温顺，如小猫般善解人意。话不多，耐心强，一旦坐下，屁股便很难挪动。

女同学家去多了，难免会遇到一些尴尬的事情。一次他到一个有段时间特别倾心的女同学家，遇到了这位女孩在洗脚，眼前一个搪瓷脚盆，裤腿挽在小腿上。这个女生酷爱运动，梳着一成不变的马尾辫，打扮得像男孩，没穿过裙子，夏天也很少穿半袖，从未穿过凉鞋、无袖衫等。她说话干脆利落，走路、做事就像男孩，但大大的双眼，肉感而圆润的嘴唇，让他倾倒，她白嫩的皮肤始终被严严实实地覆盖着，越是不露越是诱人，越是具有不可思议的吸引力，偶然露出一段胳膊或脚踝，泛着象牙的色泽，那白与细腻，令他迷醉许久。有天晚饭后，他突然造访姑娘家，推开她家院门，正撞上姑娘在院子里洗脚，看到她粉嫩、纤细的双脚，沾着水，或许经过清洗和揉搓之后，正踩在脚盆边沿上，她手拿毛巾，恰要擦拭，双脚突然间赤裸暴露于异性面前，令姑娘满脸绯红。他的羞怯自然与她不相上下，但他并没有退缩，而是赶忙走进屋子，静等她整理完毕。随后一起学习的过程变成了对俩人的折磨。对这个天降的不速之客，平时被严严实实地包裹起来的女孩显然没有任何心理准备。虽说双脚早就穿上了袜子，妥帖地藏在了方口布鞋里，但窘迫依然，连头都未曾抬起来过。他的大脑则被那双美丽的小脚占据着，不断放大、闪回，他心头鹿撞，神思恍惚，手足无措。女孩脸长得好的不少，但脚美丽的就少了，她除了肉感圆润的嘴唇，被睫毛密密覆盖的大眼睛，双脚更以其白皙、柔嫩、纤细，深深地打动了他。

高中时从湖南转来一个说普通话的女孩，与他住的几乎就是隔一条小路的距离，她的落落大方和异地带来的陌生做派，使这个本来五官不太出色的女孩具有不同寻常的魅力。他愿伴在她身旁享受无拘无束的时光，她身上、头发上淡淡的香味，令他难以自拔，一段时间，一天不与她相伴他都无法忍受。某天晚上，本来已经与她度过了一段温习功课的时光，回家不久想起一件事，抬脚返回到她家。进了院子，只见光着膀子、蹲在墙边吸烟的女孩父亲看到他神色非常讶异，他却视而不见，见到她的欲望主宰着他的双脚，令他无法停步，或想想女孩父亲神色的含义。他推门而入，迎面看到女孩上身穿着吊带背心儿，下身穿条宽松的短内裤从浴室大大咧咧地晃出来，这个正值豆蔻年华的女孩稍高稍胖，红扑扑的脸庞，湿淋淋的头发，浑身洋溢着轻松、自信、喜悦，长发散披在肩上，面若桃花般红润，薄衫下的前胸微微凸起，白嫩、光滑和偏胖的双腿散发着迷人的光晕，一双大脚踩在拖鞋里噼噼啪啪作响，边走边双手捋着碎花布料大裤衩松紧带儿，试图调整到最适宜的状态。见到对面的男同学，她像撞到鬼一样“啊”的一声返回浴室，长久没有露面。他不识时务，仍然不肯逃离，而是迅速钻进与她一起学习的那间闺房，大红着脸等她回来。这个“晚自习”的后半程犹如酷刑，俩人在尴尬中装聋作哑了很久，表面气息平稳，实则心乱如麻，在难耐的燥热中，在已无任何意义的时间消耗中，他们既希望赶快分开，又无力道出这个愿望，听天由命地静听蝉声此起彼伏。

4

夏季还是让他不停接受生活启蒙的季节，令他从猝不及防的现实中学到该学和不该学的东西。初中曾是学工、学农劳动最多的时期，一年夏季他随学校来到村子里收割小麦，听说这里有个姑娘精神有毛病，一直想见识一下。有天中午刚端着碗稀面条走出队部，他就发现一个头发散乱的姑娘叉着腿蹲坐在墙根，她穿开裆裤，两腿间的那道沟壑被黑色草丛所围绕和覆盖，夸张、唐突而天真无邪地完全裸露，无任何屏障。这是他第一次完整看到异性的隐秘之地，惊鸿一瞥，如闪电划过脑际，印象难以磨灭。

也是在初中时候的一个夏季，他曾到同学乡下的家里去住过几天。同学个子高高的姐姐曾经是与父亲来往较多的学生，她白净而开朗，带着大学同班的两个男生回乡游玩，看到有时她与男生们在土台子上打乒乓球，两个小伙子都很卖力，脸红红的，汗津津的，争先恐后地表现自己。这就是争风吃醋吗？长大了以后，他曾不断地问自己。农村上厕所是凑合的，有次他与同学一起蹲在草丛里大便，很快发现同学的姐姐也蹲在不远处的草丛后。也许听到弟弟在说话，她赶忙起身，但并没有显出尴尬之态，反而问晚上睡得好不好之类。就这样，又一个惊鸿一瞥，又一次终生难忘的记忆打在脑海里。这位姐姐总是磊落优雅的，很自信很甜美，她个性强，从不听人摆布，她的机智、温馨、理性，使她卓然不群。

在他的人生历程中，异性从来都是呵护者、陪伴者，而非诱惑者、启蒙者或胁迫者。只有十八岁那年到北京住在姑姑家，也是燠热的中午，他在姑姑的屋子里睡着了，醒来的时候，发现隔壁一位阿姨坐在狭窄的小床边上盯着他看，眼睛里有一种他陌生的异样的东西。而在文艺史上，被迫受到女性沾染的男性并不罕见。美国电影《毕业生》里达斯汀·霍夫曼饰演的本恩受到罗宾森太太的染指。库切小说《青春》里的男主人公十九岁即为朋友女友的孪生妹妹——一位性欲极强的护士所侵扰，对方胃口很大，性要求没有餍足的时候，令男孩苦不堪言。日本作家三岛由纪夫在其《我青春漫游的时代》第一章“我的思春时代”里说，他的一个远房表姐之类的姑娘有一次于三岛父母在外留宿时“突然来访”，她倒也并非刻意乘虚而入，却是挑头聊起色情话题，并极尽搔首弄姿，诱惑男孩接吻，反复教他如何把嘴唇弄湿再吻，好在，最终他们并未睡在一起，彼此并未失去“童贞”。

恋爱之后的人身上注定要有变化吧。恋爱教给人们太多的东西，其中之一自然是双方身体接触的化学反应。但在他们谈情说爱的上世纪80年代，虽然各种思潮已经泛滥，人们对外来文化如饥似渴，当代文学中的爱与欲，大学校园里的恋爱潮，却在相当一段时间里与他无干，并没有受到多大的熏染，他沉浸在知识的海洋里，对于本来应该有的爱，以及正常成长的“欲”，他显然是迟钝了。即使当他与女友裸袒于枕边时，依然能够心如止水，他们睡在一起，也未想起要突破防线更进一步，在群星发白、晨光再现的时候，他为双方的克制而感到骄傲，令他想起都德笔下的文字：

看着她原来是她的头因为瞌睡而垂了下来，那头上的丝带、花边和波浪似的头发还轻柔可爱地紧挨着我。她就这样一动也不动，直到天上的群星发白、在初升的阳光中消失的时候。而我，我瞧着她睡着了，心里的确有点激动，但是，这个皎洁的夜晚只使我产生一些美好的念头，我得到了它圣洁的守护。在我们周围，群星静静地继续它们的行程，柔顺得像羊群一样；我时而这样想象：星星中那最秀丽、最灿烂的一颗，因为迷了路，而停落在我的肩上睡着了……

在那间偶然造访的小屋里，在他与女友赤裸相对的时候，他心中执守的念头，是守护女友的一切，女友允诺的“迟早是你的”，激起他作为男子汉的崇高责任，同样与都德描写的相仿：

我俩就这样靠在一起坐着，什么话也不讲。如果你曾经在迷人的星空之下过过夜，你当然知道，正当人们熟睡的时候，在夜的一片寂静之中，一个神秘的世界就开始活动了。这时，溪流歌唱得更清脆，池塘也闪闪发出微光。山间的精灵来来往往，自由自在，微风轻轻，传来种种难以察觉的声音。似乎可以听见枝叶在吐芽，小草在生长。白天，是生物的天地，夜晚，就是无生物的天地了。要是一个人不经常在星空下过夜，夜会使他感到害怕……

曾有很长一段时间，他怕与漂亮女性打交道，不敢直视她们的眼睛，不敢与她们说话，不敢与她们进一步来往，与他不敢选择学医，是怕在解剖课上见到女性的身体，好像原因大致相仿。

毕竟爱、欲、性从来就是无师自通的。虽在爱与欲的道路上，他走得迟缓而艰难，但最终，与女友漫长厮磨、相处一段时间之后，他们回到家乡的某个晚上，在一次偶然的独处中，还是水到渠成地踏过了最后那道坎，在幸福的沉醉中流连忘返。

声音考

一切坚固的东西都烟消云散了。

——［美］马歇尔·伯曼

相逢应觉声容似，欲话先惊岁月奔。

——［宋］苏轼：《次韵答顿起诗二首》之一

声无小而不闻，行无隐而不形。

——［先秦］荀况

声音不属于坚固的东西，能无时不在无所不在。

一天夜里，不知不觉中，周遭的声音越来越微弱，我对自己说，终于众声消隐了，今天太晚了，不要再在电脑前面耗下去了。恰在此时，耳边“浮现出”一些另外声响，似鸟飞蝉鸣，树木摇曳，马达微响，或隐或显，于无边无际的夜色中提醒着我，世界是存在的，他人是存在的。

无论夜黑风高还是阳光灿烂，有声响的人们隐在你不知道的地方，思想着自己的思想，忧伤着自己的忧伤，或许也在记录着自己的记录，即使万籁俱寂中，人们也始终会与声音在一起，声音是生命的必然，是运动的表征。哪怕你不再思考，或者已经进入梦乡，声音仍不会消遁。

你即使自以为知道声音从哪里来，但肯定难以知道它消失在哪里。声音来无影去无踪，无始无终，归途是人的知觉，痕迹留存于人的大脑，无影无形却魔力无边。别以为声音是身外之物，很容易被抛开，此时的声音，在彼时会消失殆尽、了无踪迹，可以断然与之分离，其实根本不可能。人类无法如此简单地甩开声音，就像无法与自己的思想和行为轨迹一刀两断。声音可顽固渗入耳膜，植入脑海，长期占据听觉，随时重启动静，在人的耳畔不断复制出节奏的缓急、振动的频次。声音给记忆打下的烙印，或许会比痛感、耻感、苦感更为持久，这来自童年，这份馈赠只能接受。

一些声响被有规则地组织起来，制造出音乐这样让人愉悦的声音，另一些属于物体无规则振动发出的声响，产生出的是恼人的噪音。人们通过科学技术的干预，按照自己的愿望，努力造出耳朵从未领略过的“美好声音”。人们也在各种社会意识的支配之下，试图努力去消除工业时代的所谓“噪音”。千方百计策划、排演和制造的音乐会、广播和有声电影，无非为了更妥善地讨好大众听觉，让声音变为人人接受的消费品。而人们一旦处于一个个声响过多，喧嚣无边的都市里，则更向往寂静。

1

钟表作为居家日夜相伴的声音源，曾使我产生刻骨铭心的严重幻听。不论岁月如何推移，闹钟那种嚓嚓、嚓嚓、嚓嚓的声响，那种一下一下再一下的重复，执着、坚定到不走形，充斥在耳边，回荡在狭小的空间里，不舍昼夜，让我无法摆脱。随着年岁增长，家搬了多次，即使连钟表这种物件都没有了，钟表走动的声音依然还会在耳边回荡，在深夜的寂静中与我陪伴，挥之难去。

生活节奏再缓慢，家境再贫寒，所处位置再偏远，人们也不会主动放弃使用钟表确认时间。在半个世纪之前，钟表作为家家户户装点家居的必备物件，地位重要，备受呵护，是对按部就班的认同和屈服，更是习惯、嗜好。家境富裕一些的人家买得起座钟，或买得起能挂在墙上的时钟，其规模、形制和响动等均让人羡慕。童年时我家的表始终不大，是摆在桌子上的，相貌普通，声音不够响，外壳一般都是搪瓷的，掉在地上会磕出斑斑黑点，我从没奢望过家里会拥有比这种小闹钟更引人注目的钟表。

闹钟聚集与遣散一家人。大人按钟表要求上班下班，孩子根据闹钟提醒上学放学，没有堵车，很少社交，日子天天相同，钟表户户相似。我看到别人家的钟表也大多圆形或方形外壳，顶上缀着一双对称的不锈钢铃铛。金属零件的摩擦制造出钟表的声响，低沉、纯净、单调、执着，一丝不苟，日复一日，提醒人、规范人，地老天荒，永不退场。

当时的闹钟均为“手动”，无法一直走下去，为保证正常运行，它需要人每天至少上一两次弦，才不至于沦为摆设。我的姥姥是钟表走动的忠实捍卫者，她日复一日地维护钟表，以此体现对家里大事小情的掌管。从每天擦拭闹钟，为之上弦开始，她对时间提醒过的事项从不含糊，扫地，洗衣，进厨房，端上饭食，或出门买菜，从未摆脱钟表的提示。她也从不忘记每晚临睡前给钟表上弦，以保证全家人夜里在钟表嘀嗒声中入睡，早上在嘀嗒声中苏醒，人回家便受到钟表声音的迎接。钟表声响的日夜兼程、从不停歇，标志着家里的秩序是正常的。

钟表标志作息，也供秘密拆卸。“嚓嚓、嚓嚓、嚓嚓”这样有节奏的声响，上海、天津、烟台或北京制造的郑重标注，令我肃然起敬，也让我其他所有的玩具相形见绌。玩具的吸引力与玩具的价值成正比，拆卸风险与所拆卸对象的价值成正比。拆卸风险与拆卸诱惑成正比，风险大，诱惑和刺激自然不会小。

拆卸钟表是件熟能生巧的事情。我发现，只消拧开几个大螺丝，平日凛然人前的钟表顿时威严全失。冷峻堂皇的计时工具此时无奈地裸身示人，将所有内脏袒露无遗。机器依然不管不顾地发出“嚓嚓、嚓嚓、嚓嚓”的声响，但毕竟衣着呵护失去，发声方位暴露，终归尊严不复护佑。而在我这里，拆卸则慢慢演变为一种难以停止和戒除的劣习，有时甚至纯属为拆卸而拆卸，打开、装回去，再打开、再装回去，越拆，越想拆，越有风险，越欲罢不能。

如此，时间一长手就练顺了，对熟能生巧的“执念”，导致我马虎大意，警惕渐渐失却。我后来才发现，钟表并没有想象的那么听话，有的时候，因一两个零件安不到家，或歪斜，或错位，钟表竟难以复原。这种拆卸与组装的非专业化、经常化，有效缩短着钟表的寿命，越拆毛病越多，终于导致停摆。况且，一次惊扰的后果会超过数次拆卸。有次，父亲在我全神贯注拆表的时候仿佛突然从天而降，我慌忙将桌面上的钟表零件扒拉到抽屉里，结果，事后让表上的零件就范便花费了更多时间。我的这种拆卸成功地引起了姥姥和妈妈对钟表质量

的埋怨，她们实在不明白钟表何以无故罢工，只能归咎于质量，并不会疑心别人做手脚，我是背着她们的，她们并没深究。等到闹钟终于有一天罢工了，爸爸便找自己手巧的学生前来修理。

不管怎么小心，经过多次摆弄，家里的钟表总会出现这样那样的毛病；而且，不管我怎么提高警惕、竖起耳朵，拆表还是能与大人的监督意外相遇。就是在这种百般的提心吊胆之中，我克服种种“险阻”，拆卸了家里的每一只闹钟。

2

家里的另一个物质声音源是收音机，它同样伴随了我童年的成长，给我带来更为严重的“依赖症”。收音机高科技、高效率、高颜值，是美好声音的专业制造者，源源不断提供着新闻、音乐、电影、戏剧和曲艺等所有娱乐。我父母都是收音机的超级爱好者。除自行车、手表和缝纫机，家里最珍贵、最重要的物品就是收音机。从声音低沉、厚重、圆润，体积庞大的电子管交流电收音机，到声音尖厉、不复有交流电杂音的半导体，再到体积更小的集成电路收音机，童年到青少年时期，我们家里从未缺少收音机的陪伴。

收音机的音量、节目是听人话的，均可调节，只要出现在写字台上，它就最威风、最抢眼、最受人青睐。收音机与影院和操场上的电影，舞台上的红色节目一样，给我带来欢乐，滋润我的心灵。收音机堪称人生观最便捷的灌输器，世界观最直截了当的培养源，人世、社会、生活的许多观念，我都是从收音机中得到的。在不正常的年代里，收音机里经常讲阶级、讲斗争、讲革命，走马灯似的斥责、呼吁，批判完这个，再批判那个，长社论，大音量，高调门不绝于耳。改革开放之后，收音机里的声音才逐渐多样、人文、温暖起来。小时候很容易收到苏联台（小伙伴们称之为“苏修台”），且任何时候都清晰异常，毫无杂音，每逢整点时分，报时钟声间隔大，一声一声缓慢而沉重，讲汉语的不论男女，一律怪声怪气，鼻音格外浓重，让人怀疑广播者是伤风的大鼻子。

收音机传出最震撼人心的声音是噩耗与哀乐，小孩不愿听，但又忍不住想听。哀乐几乎每次都能引起父母的议论。记得父母交谈最亲密的一次，是在陈毅元帅逝世之后，回忆了一下，那是1972年1月初的事情，我还不到十岁。当收音机伴随着哀乐，播送毛主席出席陈毅追悼会的消息之后，父母二人都被深深地感动了。我清晰地记得，爸爸妈妈不止一次热烈地议论过这件事，从他们的言谈看得出，爸爸妈妈很关心国家发生的事情，他们感慨道：没有主席消息已经有很长一段时间了，主席能亲自参加陈毅元帅追悼会，真的太伟大了。等到看了报道这个消息的报纸之后，他们又感叹，主席穿着睡衣主席变老了主席还是那么魁梧主席还是那么威严。他们对毛主席的崇拜是发自内心的。但等到收音机传来董必武、周恩来、朱德、毛主席逝世的消息时，妈妈已经不在了。

在收音机尚未播送粉碎“四人帮”消息的时候，爸爸就告诉了我和妹妹。记得那是午饭时分，他一字一句地给我和妹妹讲，中央对“四人帮”采取了措施。“四人帮”是哪四个人？妹妹目光空洞，完全没有感觉。我当时十四岁，心里异常震惊，这四个人的名字收音机里经常听到。粉碎“四人帮”后一段时间，家里收音机的利用率达到了顶点。我和妹妹急切而贪婪地听着老歌、老戏、老相声、老电影剪辑，一遍一遍又一遍，不厌其烦，忘我而沉迷。

广播是小县城的重要文化设施，是连接外部世界最便捷的先进工具。从我记事起，小镇就有高音喇叭每天早、中、晚三个时段按时广播。“五星红旗迎风飘扬／胜利歌声多么响亮／歌唱我们亲爱的祖国／从今走向繁荣富强／越过高山越过平原／跨过奔腾的黄河长江／宽广美丽的土地／是我们可爱的家乡……”这高亢嘹亮的歌声，每天伴随着“新闻和报纸摘要”如约回荡在小县城上空，从未有过差池。而且，这种高音喇叭的设置，一直保留到20世纪90年代中末期。在电视进入千家万户之后，高音喇叭广播才不得不黯然退出。

家里收音机也曾被我拆卸。当然，我只限于拆开后盖，满足好奇心，顺便清除灰尘。对那些体积庞大、使用交流电的电子管收音机，我满怀敬畏。有次打开后盖我才发现，通电和不通电的收音机大不一样。如果没有通电，收音机也就只是一些纵横交错的线路，没有任何用处。一旦通电，机身内部温度骤升，灯光闪烁，电流声、噪声轰然响起，震慑我、阻止我，令我收起好奇心，停止往下拆。收音机最常见的毛病是音量失控、杂音多发、选台困难，收音机的开关旋钮、整流器、电子管，都很容易坏，也是我拆卸造成的。

知识荒芜的时代曾经流行过组装收音机的风潮，而且在小朋友中很风行，在兵团师部“4927”大院住的小伙伴张嘉林就是能手。从矿石收音机到晶体管收音机，这位同伴照着《无线电》等销量极大的科普杂志，组装出一部部简陋收音机，最多的能收听十几个台。在他唆使下，我一时心血来潮，花自己可怜的零花钱买零件，也曾起哄尝试按图索骥地组装，但手忙脚乱，缺乏耐心，照猫画虎在小三合板上焊接起几个元件，除了长时间的杂音，没收到过一个正经节目。

随着年龄的增长，我淡漠了许多东西，唯独收音机每日相伴。历经求学、工作、居住地变动，收音机的陪伴从未缺少。从红灯、梅花、熊猫、红星，到飞利浦、索尼、三洋、德生、德劲，这些牌子的收音机我都有过。多少年来，我走马灯般换收音机，每到电器店，必看收音机的毛病近些年才改掉。电影录音剪辑和“星期日英语”是我80年代在中央电台听得最多的节目。大学后半段开始的很长一段时间，每到星期天下午两点，我就坐得端端正正地听“星期日英语”，节目前一段音乐是舒伯特作曲的音乐《瞬间第三首（F小调）》，乐曲带有轻快活泼的民间舞曲风格，天真纯洁、令人欣喜，随后传来申葆青教授从从容容的声音，“Hello,everyone, welcome to Radio English On Sunday. I am your hostess Baoqing, wishing you a very pleasant weekend.”（“大家好，欢迎收听《星期日广播英语节目》，我是主持人葆青，在这里祝大家周末愉快。”）普通话则稍带一点南方口音。听节目之前我还经常买来《中国广播报》把申教授讲的内容剪下来，贴在本子上。申教授祖上是很有故事的。有一出京剧叫《庵堂认母》，讲一个相公爱上一尼姑，住进寺院与尼姑生了私生子，送至别人家养育。孩子长大后考中状元，做宰相后回来去庵堂认母。申葆青祖辈中的申时行就是庵堂认母的那个人，担任过明万历皇帝首辅即蒙师。申教授早年毕业于圣约翰大学，中、英文文学功底深厚，在解放战争后期，申教授虽也有赴台赴美之机，却毅然选择留在祖国，长年耕耘英语教学，电影《罗马假日》的中文对白，就是她的译作之一。学界认为她英语发音方式独具特色，既不是标准的英国音，也不是标准的美国音，大多数音素的音位采用英式，但在某些音素发音上，吸收美式发音方法，语调上采用的主要是英式，调头重音突起、调身重音递降，语速相对较平缓，不像英式语调那样有太强的突兀感，也不像美式语调那样平淡单调。

实体收音机渐渐从生活中退出，我在手机里下载了“虚拟收音机”蜻蜓FM和喜马拉雅，没有一天不打开使用的。写作、阅读和睡觉，我都有收音机声音伴随。虚拟收音机里有各种各样的声音样态，配音的不配音的，年轻的中年的老年的，配乐的不配乐的。听黑塞《荒原狼》时发现，温婉的女声背后常有小猫轻柔叫声相伴,《巴黎访谈》文本则完全由机器人朗读，一个调门。没有停顿，忘记是听哪部小说，在背景声里有时还会传出“请注意倒车请注意倒车”的声音。喜马拉雅音频节目的配乐五花八门，不是驴唇不对马嘴，就是图省事，用“班得瑞”或“克莱德曼”凑合，根本不考虑与内容的匹配。我发现，在这两个App里，多数长篇节目收听人数是递减的，前三集听的人最多，之后会断崖式下滑，最后几集甚至没一个人“订阅”，很少有人能自始至终听到底。我不太爱听过于专业的播音腔，业余稚嫩的声音更自然更亲切。

录音机是改革开放带来的最早福利。从台湾地区流入的砖头似的单卡录音机，到收录机，再到收录一体可翻录磁带的双卡机，父母家和我自己家频繁更换，但未曾购置“山水”“健伍”等组合音响。80年代中期父亲曾请人自制唱片机收音机录音机一体组合音响，但很快因电视机出现，音响根本没人听，上大学不久我就看到它扔到凉房里。

录音机刚时兴的时候，妹妹曾通过自己的闺密，给我买过一个配整套英国“灵格风”英语读本和磁带的台湾“砖头”录音机，“灵格风”浑厚嘹亮的英伦男女声，树立了英式英语标杆。等家里有了松下12英寸黑白电视机，我天天看《跟我学》，主讲弗兰西斯·马修斯的英俊、幽默、潇洒，其发音与“灵格风”互为参照，讲解者胡文仲的拘谨可亲，凯西·福劳尔的灿烂笑容，令我们这些学子终生难忘。

3

咳嗽是我童年时期家里另外一种最熟悉的声音，这来自患有严重肺结核的母亲。妈妈是咳嗽的密友，终身未曾摆脱，咳嗽标示着疾病的存在，同样是她生命的重要表征。不停咳嗽，不停吐痰，痰的稀稠、颜色的浓淡则诉说着症状的深浅，反映着病痛的进程。不停制造阻塞喉咙的物质，再努力清除这种阻塞，是妈妈日常的主要工作，她不得不一次次不停地发动各种喉部运动。咳嗽，吐痰，再咳嗽，再吐痰，如此循环，以至无穷，我们不敢也不能设想这种声音的停歇。

妈妈是个巧手，每天起床吃完早饭，就找来废纸，动手叠那些收纳浓痰的纸三角，一个又一个，一遍又一遍，从未有所停歇。我和妹妹不上学的时候，也会帮妈妈叠纸三角。这个时候，三个人都不交谈，目光不交集。叠成一个，放在一边，妈妈只是微笑一下，看不出是否鼓励。

母亲去世后，家里依然有咳嗽声，父亲是声源。父亲上中学就开始抽烟，是香烟的超级拥趸。即使吃饭也手不离烟。每晚上床抽完两支烟才肯入睡，早上在被窝里吸完一两支烟方能起床。他抽烟无须理由，或永远有理由。吃饭要抽烟，谈事情要抽烟，出门前抽烟，进家第一件事同样是抽烟。他制造咳嗽，吐出烟雾，让家里每个角落都留下他的痕迹。父亲的咳嗽极为深沉、厚重，持续时间长，穿透力震撼力强，谁也没有资格阻止。他对自己的身体向来极为自信，从不听人劝告，绝不节制吸烟。但，检查出肺癌后，不用任何人劝阻，几十年的恶习立即戒除。

4

亚里士多德认为言语为人类独擅。人说话由娇嘤婉转到粗重沙哑，是年龄增长的重要标志。岁月对人的修改，表现在各个方面，人的变化不仅在容貌，在肌肉，在腿脚，更在声音。岁月塑造人的声音，偷换人的声音。某一天早上一觉醒来，我忽然发现自己说话变得瓮声瓮气，这就是所谓的变声，我并不知道自己进入了青春期。此时我喉结变大，胡子出现，肌肉饱满，世界在眼中变得越来越驳杂、庞大。

我向来认为来自乡村的人讲话声音高，盖因田野广袤，抬高声音才能让人听清楚，给人为人粗犷，说话自然豪放的印象。但访美后我才发现，美国市民讲话同样声音高亢，很少窃窃私语者。在机场、邮局、书店和商场，凡与老美交谈，你会发现对方的声音一律爽朗、高昂且直率，音量之大，需退后一两步方觉恰当，盖美利坚国土大，讲话自然音量大？

声音的性别属性异常鲜明，人们对男声还是女声有着天才般的辨别力，这种直觉是天生的。无论是梅兰芳，还是程砚秋，不管唱腔如何婉转娇媚，人们还是能辨别出来，裴艳玲的唱腔无论如何英武高亢，真相同样不难分辨。大灰狼的故事告诉我们，声音伪装有限度，很难瞒天过海。

声音历来是人与人交往的关键媒介，据说声音厚重的男性能更有效地俘获女性芳心。或许，人类择偶时，男性比女性更看重对方年龄、外表及生育能力，而女性比男性更看重的是对方的社会资源、健康和基因指标，低音调男性往往会被认为更有可能身居高位，拥有更优质的社会资源，“大叔控”盖源于此吧。但声音是年龄的试金石，岁月无情，会修改声音，声音最不能装嫩。

一个人说话的声调、流畅程度和音色，是衡量其自卑或自信的重要指标。当人自信的时候，说话就流利自然，铿锵有力，容易让听者信赖；自卑时，说话就踌躇、气息不足，容易结结巴巴。

人对自己的声音可能是陌生的，自己说话的声音，与录制出来再播放出来的声音反差巨大。头一次从录音机里传出自己的声音时，我被惊到了——不相信，不情愿，又不得不认领。我听到，被复制的我的声音，将我出生成长所在地域的话语方式、吐字习惯、语音痼疾丝毫不差地记录在案，让我无躲无藏。为表示自己是个大城市人，我一直想刻意掩藏出生成长地的发音习惯，终被录音机戳穿。像我这样想掩盖自己出生地域或意欲标示自己已融入普通话圈的，想可能大有人在。

不知从什么时候起，我发现自己很爱琢磨口音地域，养成了由口音分辨人出生地域的习惯，久而久之，熟能生巧，居然有相当的准确度。一次会议间歇闲聊的时候，我问一位只和对方说过一两句话的年轻女性：你是山西人吧？对方听到我的话惊异得几乎跳了起来，反复问：你怎么知道的你怎么知道的？就像我踩了她的脚或揭了她的短、翻了她的包一样。

5

我们为世界上的各种声响所包围，有些声音难以容忍，有些声音倍感亲切。有研究者使用功能性磁共振成像技术（fMRI），同时让十三位健康志愿者听七十四种不同声音，观察他们的脑部反应。从“非常讨厌”到“不悦”到“悦耳”，十三位参与者为每个声音打分，结果发表在《神经科学期刊》。该论文一共列出了十种最讨厌的声音，分别是：小刀划杯子、叉子划玻璃、粉笔蹭黑板、尺子磨杯子、钉子划黑板、女性的尖叫、圆盘抛光器、自行车刹车声、婴儿哭声、电钻。其实，令人不悦的声音应该还包括鞭炮声。过年时能够听到自己放的鞭炮声，曾经是我小时候最渴望的，但鞭炮迷恋只限于幼学阶段，年岁日长，长大成人之后，鞭炮声成为我最讨厌的声音之一。

研究表明，最不会惹人讨厌的声音是：掌声、婴儿笑声、雷声和流水声。作为黄河岸边出生的人，我自幼对水不陌生，虽有“黄河在咆哮，黄河在咆哮”这样感奋人心的诗句，但水的声响总是让人安静，使耳朵舒适，提醒你一种浩大生命体的存在，同样是刻印于脑子里挥之难去、值得怀想的声音。

大自然日夜不停地制造着声响，从来未曾停歇，“秋风萧瑟天气凉，草木摇落露为霜”，植物是大自然声响的合谋者，它们以自己的勃勃生机为四季制造着声响。小麦拔节的声音，玉米抽穗的声音，向日葵转向的声音，这是经常在美好的文字里见到的描述。我们有理由相信植物的生命力在于有蓬勃的声音能力。

动物是被人们严重忽略的伟大诉说者、歌唱家、交谈者。据亚里士多德研究，发出声音的动物均有咽喉，而无肺动物则无法发声。声音和言语不同，言语须以舌头为工具才能完成。动物无舌或有舌不能自如舒展者，既不能发声，也不能制造言语，只能发出声响或杂音。动物接收声音也各有本领，据说蛇通过骨传导听到声音，蛇没有耳朵并不意味着听不到声音，只不过不能接收空气中传递的声音而已。蛇的头部有一块骨头能接收声音，蛇头紧贴地面即可听到外界声音，感知附近猎物之风吹草动，“打草惊蛇”盖由此而来吧。

昆虫能在体内鼓气发出声响，蜜蜂与苍蝇等其他有翅虫类一样，振动翅膀激荡空气，发出不息的声音。蝉鸣声特别能够惹人注意。蝉类是由躯体中段下面的薄膜与空气震荡发出声响，蚱蜢用它们的长后腿摩擦作声。声音和频率关系最大，蝴蝶飞行时翅膀振动得慢，发声频率小，人耳听不见；而蚊子飞行时翅膀振动得快，频率较大，在人耳听觉范围内，所以，我们听不到蝴蝶飞行声而能听到蚊子飞行声。

鸟类能发喉音，鸟在交配期大多变为鸣禽，小鸟的喉音比大鸟更为畅顺，啁啾声不息。鸟与家禽发出的声音给人一种特别家常的亲切意味。鸭子的声音嘹亮而高昂，发出软体动物或软甲动物都不能发出声响的声音。小鸡的声音是微弱、稚嫩、喧闹的，而长大的公鸡母鸡发出的声响则稳健、粗重。早晨公鸡的打鸣声，是童年时期除了钟表，在我耳边不停回荡的另外一种声音。“咕咕明儿，咕咕明儿”，这种声音似乎比闹钟还要准确，每天早上如约而至。

鱼类无肺，又无气管与咽，有些鱼类的声音是由于鳃的摩擦动作所致，或起于腹内。鲸鱼也依靠骨传导获取其他动物发出的声波。蛙舌前端固定，后端舒卷自如，借此发出特殊声响，水边的蛙声，恰是万物造化的神秀之音。

胎生四脚类动物能发出喉音，但没有讲话能力。大型动物的声音极为神奇，那些高大、有力和带有深重皮毛的动物，发出的声音最震撼人心。比如马，我曾在自己家乡的兽医站目睹兽医治疗病马的过程，有一匹棕色的病马，据说已经数日未曾排泄，兽医站文质彬彬的老王大夫先是给马灌了一大管子药，随后将戴着胶皮手套的手伸入病马的肛门，刚才还十分温驯的病马此时骚动起来，它愤怒地跑着前蹄，发出巨大的声响，痛苦、哀伤而无奈，传得很远很远。

骆驼发出的鸣叫始终与嘴里的白沫相伴，给人带来恐惧。小伙伴们最怕骆驼喷出白沫，传说可以导致毁容，或者让脸生出麻点。幼时小镇上的马路上常有驼队通过，骆驼的大嘴专注地咀嚼着，步伐沉稳，慢条斯理，打头的骆驼背上坐着个驼倌儿，最后一个骆驼背上也坐着人。每个骆驼背上都有大大的麻包、行李和精心捆扎的粮草。记得一个晴朗秋日的下午，一只由北向南进发的驼队进入小镇，驼队格外逶迤，漫长得像是望不到头，最惹我们小伙伴注意的是，有只骆驼的背上出现了一位身着蒙古袍的姑娘，她身佩小刀，足蹬红色皮靴，深重的高原红挂在两腮，伴着一声声如天籁般吸引小伙伴们的驼铃，在驼背上显得格外袅袅婷婷。

驴极有智慧，更善于用鸣叫表达情绪。据李时珍说，驴夜间鸣叫的次数与更次相同，这足令我们感到神奇。我从一位东北作家的小说里看到，驴叫的节奏和间隔，能够反映愤怒、喜悦或感恩的情绪。

新疆作家刘亮程素来善于写驴，他甚至以当一个通驴性的人自命，他在《一个人的村庄》里这样写自己对爆炸似驴鸣的赞叹：

> 驴沉默寡言，偶尔一叫却惊天地泣鬼神。我的声音中偏偏缺少亢奋的驴鸣，这使我多年来一直默默无闻。常想驴若识字，我的诗歌呀散文呀就用不着往报刊社寄了。写好后交给驴，让它用激昂的大过任何一架高音喇叭的鸣叫向世界宣读，那该有多轰动。我一生都在做一件无声的事，无声地写作，无声地发表。我从不读出我的语言，读者也不会，那是一种更加无声的哑语。我的写作生涯因此变得异常寂静和不真实，仿佛一段黑白梦境。我渴望我的声音中有朝一日爆炸出驴鸣，哪怕以沉默十年为代价换得一两句高亢鸣叫我也乐意。

猪的声音没有给过人们好感。它的哀嚎简直就是恐惧的代名词。小时候我曾多次围观杀猪。每次杀猪都会上演人与猪的激烈搏斗。人捕捉、捆绑、控制猪的过程，始终伴随着猪绝望，而让人恐惧的哀鸣。猪面对自己即将来到的最后时光绝望至极，它能做的，也只有拼命挣扎与哀告，让旁观者不禁心生怜悯、畏惧。但猪的绝望和哀痛，却令手握屠刀的屠夫气定神闲、趾高气扬。而且，猪的哀嚎无异于围观的号召，像是吹响了集结号，聚集起越来越多的围观者，越嚎围观者越多，越多对屠夫的认可与鼓励就越大吧，所以，猪嚎得越响亮越令屠夫受用，他宁愿这嚎叫持续得再长一些。但，嚎叫毕竟得有个了断，待这哀嚎达到最高潮时，屠夫走上前去，一下子将手中利刃捅入猪脖子，直捣致命处，一般来说，利索的屠夫能“刀进血出”，而经验不足的屠夫则需再补一刀，才能令鲜血喷涌到大盆里，此时，猪依然能发出一两声嚎叫，但气数已尽，蹬几下腿就偃旗息鼓了。

狗之叫曰“吠”，最有警示意味。“犬吠”一词中的“吠”似有一种莫名的贴切，令人联想起狗叫起来的灵敏、专注、自主、坚定、敌意及情绪化。有次与朋友看望京城一位作家，刚一进门，只见厅里一只大狗不停狂叫，主人把狗当孩子一样半宠半怒地呵斥着，这狗一点都不收敛，倒像被宠坏的孩子，好半天才安生下来，令宾主极为尴尬。我从未养过狗，但对狗的叫声向来缺乏好感，因其声过于高亢、情绪过于执着、持续时间过长。就冲这一点，就很难理解那么多人何以对狗宠爱有加。

就发声这一点而言，猫的亲和力优势则很明显。2012年夏天，我在北京八大处公园与一只乖巧的小花狸猫邂逅。往山上走的时候，我只是敷衍地招呼了一下，它便热情响应，小跑过来，用头和身体蹭我的裤脚，待下山时，它又欢快地迎接我，凝视我，嘴里发出哀怨的叫声，这叫声里似有倾诉、留恋和恳求，深深打动了我。在结伴爬山者的鼓动下，我将小猫抱回去，洗了澡，带回家，一路上它都不怎么出声。猫的细声细气是其情绪主要表达方式，吃食殆尽时的急切，迎接主人的欣喜，卧在人身边时的缠绵，淡淡的讨好，持续的吁求，温婉的委屈，均令人喜爱。

毛发的力量

博加从我的身上剪去了灵魂，剪出了约瑟芬娜·贝克的发型。那就是以前的我呀，是我的肖像呀。我的发型曾经触动着每个人，而博加将我剪下的头发扔掉了。他好心地让我找到自己的平衡，让我习惯自己。

——［捷克］博胡米尔·赫拉巴尔《一缕秀发》，万世荣译，北京十月文艺出版社，2014年，103页

对人来说，毛发永远是外在的，与人身上的天然拥有物一样，有生命、有呼吸。但毛发所具有的神奇，并不为人们所充分了解。毛发顽强附着于特定皮肤的表面，日夜兼程争夺着人不同器官的皮肤，争夺人的视觉注意力，一刻未曾有所停顿。毛发屈服于刀剪、水火、时光，柔软或坚硬，粗壮或细弱，与主人一生相伴。

1

毛发有忠实于岁月和时光的力量，在这方面，它无意也无力说谎。有位不染发的歌剧女星，过去经常在舞台上扮演英勇就义的革命者，每逢此时，一头短发乌黑锃亮，英姿飒爽、豪气十足，而如今在舞台之下，满头蓬松的白发，显得疲惫、颓唐和委顿。而像田华、秦怡这样的老前辈，一头白发恰恰显出非凡的气度与尊严。头发常背叛年轻的主人，不惑之年即满头披雪者不在少数，如今少白头吃香，少白头就多了起来。头发不忠实于年迈的主人却很困难，古稀之龄能够依然乌发者，少之又少。

毛发不背叛主人的种属，人的毛发颜色与肤色的深浅，一般都有对应关系。少年时代曾读过一本生物进化著作，书名疑似《人类在自然界的位置》，作者好像是赫胥黎，朴实的封面上有类似恐龙或猿人之类的插图，郭老题写的“科学出版社”五个字居于封面下方。书的内容忘记了很多，只记得其中说，世界上的人种主要有白、黄、褐和黑几种，皮肤深浅对应发色深浅，白色人种头发最浅，黄色人种次之，黑人头发最黑，以此推断，即使同为黄色人种，发色深浅与肤色也能对应起来。从此他每见到一个人，总不由自主地以头发判断其肤色，或以肤色印证发色，基本上都是屡试不爽的。不过也常有例外，如好莱坞女星费雯·丽、伊丽莎白·泰勒，与卓别林合演《舞台生涯》的克莱尔·布鲁姆，均肤白如玉，却是一头夜一般漆黑的长发。但不管什么发色，最终都要归于由深到浅、到白，这一点是共同的。克林顿已经满头白发，奥巴马最终也会如此。

对男性来说，时时泄露时光之无情的，除了头发，还有胡须。胡须自动提醒一个不蓄须男性一天的开始或结束。库切在其小说《青春》第十三章末尾时讲到，长期在IBM工作的主人公离职之后，变成了“一个阉人，一个寄生虫，一个急着赶八点十七分的火车上班的提心吊胆的家伙”。有天，他与从前在IBM时相互颇有好感的姑娘卡罗琳重聚，逛完查令十字街的书店后，发现“长出了一天的胡子茬”，这就提醒他，一天剩下的时间不多了。

我们的主人公与父亲在生理上的亦步亦趋是全面的，包括头发与胡须。父亲坚硬与顽强的毛发给他留下的印象任何时候都挥之难去。酒后通红的脸，嘴里重重的酒气，言不及义的胡话，以及热情凑过来反复摩擦他脸庞的胡茬，长期占据着他的大脑。

唯恐胡须给人不洁、粗野的印象，我们的主人公每天早上出门之前都必刮胡子——避免胡子疯长在面容上带来的不雅观。他每天起床的第一件事是上卫生间，排泄完毕，来到水龙头和镜子面前刷牙、洗脸、刮胡子。他的胡子自青春期以来便浓密、粗硬，分布面积大，且生长快速，一日不剃，则如乱草。四十岁后，他的胡子踏上由灰到白的路途，显然在提醒他已经进入“大叔”阶段。任何的遮掩都难以奏效。剃须器具是旅行最重要的必需品。胡子的素质是从父亲那里遗传来的，这个他有充分的证据，从很小的时候他就见过父亲的种种剃须设备——电动的非电动的，磨损得很快，质量差强人意，更换十分频繁。

2

头发最有力气树立风范，它们是门面，可以化为口号与气质，拥有你无法绕开或省略的程序。在我们的主人公走过的生命历程中，理发这个责任，父亲向来未曾负担，这导致了早年为理发，他是四处奔走的。为他解决头发问题的，有国营理发馆的理发师，有父亲的好友，或关系很好的邻居。对理发师的记忆，是他记忆中最温馨的部分之一。小时候给他理过发的都是男的，上大学以后给他理发的，都是女的，没有遇到过一个男的，很是奇怪。

孩提或少年时代生活的小镇，呈严整的四方形，一切机构的位置、规模、门脸都有着一定的统一性、规整性，有一种取齐式的朴实与内敛，谁也不想抢谁的风头，一致中的苍凉坚定，平静中的单纯划一，被大家所习焉不察，这种“苏式”规划的种种痕迹很明显：对称、庄重、严整，显得五脏俱全，实则难掩匮乏单调。毕竟，一个地级行政公署所在地的风范，大致也只能如此了。

镇上的理发馆都是国营的，一共两个，一居城之南、一居城之东。各有一位理发师给他留下难以磨灭的印象。

“红卫理发馆”居小城之南，店门朝西开，规模大，设施先进，十几个理发师每天都围着高大的理发椅忙碌。全店似乎没有女性理发师。别的人都忘记了，只记得店里有位高个儿、大嗓门儿、下手狠的理发师，姑且叫他老赵吧。老赵门牙大，天包地，东北口音，脾气暴躁，风风火火，干活幅度大、力气大，“萝卜快了不洗泥”，很不受人待见。

老赵永远守在门口，来理发的人一进门就会被他引到椅子上。我们的主人公来这里理发，从来没有轮到过别的理发师。这位脾气暴躁的理发师说话特别快，理发也特别快，全程说话不停，吐沫星子飞溅，让人受不了。如果抱怨理得太短或太偏之类，老赵立刻就会显出惊讶之色，沉下脸来大声辩驳，急于为自己辩护，不给你任何插话机会。记忆中，老赵师傅是理发馆里年龄最大的，头发短短的，还没有全白，浑身上下利利索索，始终很精神、很勤快的样子。但在众多理发师中，他似乎很失意，生意很清淡，人气很不足。好的理发师都有固定的主顾，老赵没这个运气，成年人成为他固定主顾的少，很没有面子，拦截前来理发的孩子就成了他的首选。为何如此？是因为脾气过暴、下手过狠，还是别的什么。老婆红杏出墙，家里有晦气的事？孩子们自然无从得知。

小镇毕竟不大，时间不要很长，我们的主人公就发现了另外一家理发馆，那便是小镇东边一家门脸朝北的理发馆。理发馆招牌标明是“东风理发馆”，位于南北大街中段。这个理发馆面积小，理发要排队，因只有一位理发师，白白胖胖的，个子很高，总戴着干干净净的白色的确良小帽。后来才知道，这位理发师是主人公中学同学陈瑛的父亲。奇怪的是，陈瑛个子不高，长着双眼皮，眼睛大大的，小巧的鼻子，樱桃小口，梳两只小辫儿。她学习成绩一般，但人缘颇不错。陈师傅人缘同样好，找他理发的人多，要排大队，陈师傅有耐心，手艺好，话又不多，很受人欢迎。我们的主人公不止一次发现陈师傅的两只手都已变形，手腕处突出来了大骨头，变形是长期一个姿势持握推子造成的。老头儿动作轻重适中，为人温和，大人孩子一视同仁。他的随和、友好最能征服人，这种童叟无欺，耐心一致的精神，是饭碗最坚实的依靠。老头儿皮肤细腻、白皙，身上总有一股好闻的味道，由于体型过肥，喘气声息也较重。陈师傅常年戴帽子，并非完全出于职业需要，是因头发极少，可能是个秃子。在过去那些年代里，谢顶、头发少不罕见，但秃子不多，而且秃子不光彩，被认为是异数、不正常，这与现在各行各业场面人物秃子当道形成了强烈对比。

3

人与头发较量，正如与肠胃较量。有吃百家饭的，就有理百家头的，我们的主人公就是“理百家头”长大的。小时候经常给他理发的长辈，除了大姑父，其余都是父亲的好友，一位姓白，一位姓张，一位姓杨。这三位各有千秋，对比鲜明，但只要被求到理发，谁都不会推辞，他们技艺也好，是永远的能工巧匠。

老白性子最直。高个头，留一头短发，有一对很小的三角眼，山西大同一带人，口音很重，酷爱聊天，嘴里总叼着烟。每次理发，他也烟不离嘴，而且不停说话。嘴里有各种各样的打听——家里来了谁，学校老师批评没有，喜欢谁、讨厌谁、最近到谁家吃饭了，问得人心里发毛。老白理发速度快，家伙什儿也老旧，夹着头发是经常的事情，对此他没有丝毫歉意，根本不放在心里。老白有个贤惠的少妻，热心肠，很勤快，生了三个儿子。可能只因老白嘴上缺个把门的，在人们眼里始终没有威信。大家觉得他只说不练，嘴碎，而且爱图小便宜，到别人家一坐一晚上，不把对方烟抽完不拍屁股走人。老白家的老大老二年龄差两岁，老三来得晚，比老大小了有十几岁。大儿子额头爬着青筋，黑眼睛很忧郁，个子高高的，平时温良，脾气犟，在二十出头，原本该上大学的时候却得了一场恶病。遭此大难的一家人风雨同舟，到呼和浩特某大医院治病，租住医院旁的民房，老白夫妻俩曾请我们的主人公前去吃饭。在异常巨大的心理和经济压力之下，他们依然没有忘记在这里念书的小老乡，着实令人感动。记得是烩了一锅酸菜，肉不多，像很地道的杀猪菜。大家吃着，聊着，说了一些现在早已记不起来的事情。生病的老大——名字好像叫俊平吧，也暂时忘掉了自己的病，偶尔露出单纯的笑。这次午饭之后不久，俊平就离开了人世。老白一直在行政机关工作，官没有做上，但始终乐观、健谈、爱给人出主意，是小镇上一个传奇。

父亲的第二位好友姓张，是个理发上精益求精的人。张叔叔河北人，高个儿，英俊潇洒，优雅从容，文质彬彬，曾经当过文化局局长、宣传部部长、中学校长。让张叔叔理发是种享受。张叔叔为人和蔼可亲，做所有事情都很恰切，不温不火，给人十分文雅、有教养的感觉。张叔叔家里永远井井有条，得益于有个能干的妻子。这个说陕西话的瘦弱女人面容姣好，细皮嫩肉，善理财且极其勤快，凡缝补、浆洗、编织、烹饪等等，均得到好评，家里保持着纤尘不染的状态，这在困难时期是不多见的。张叔叔将理发视为一项重要业余活动，从不敷衍、草率，更没有不耐烦的时候。他理发的时候动作轻柔，张弛有度，从不在理发时聊天，理发就是理发，聊天就是聊天，他会前后左右不停地打量，反复端详、琢磨，直到自己满意，而不会毛毛糙糙地凑合。张叔叔是我们主人公父亲的“骨灰级”挚友，主人公母亲弥留的时候他在场，追悼会上他是致悼词的人。当时他并没有带稿子，只见穿着大棉袄，朝着小小的遗像深深鞠了一躬，面向大家说了一席言辞恳切的话。至今我们的主人公只记得这席话开头的是——“老师们、同志们，不久前，大家深为尊敬的王承真老师永远离开了我们。”会场顿时出现了压抑的抽泣声，我们的主人公的妹妹哭得很忘我，完全干扰了站在旁边的哥哥的倾听。张叔叔家有两个男孩，理发总是同时进行，小儿子的头发又黄又少又软，但这孩子每次理发都要闹腾，不愿理，提条件，要么吃东西，要么就要求买玩具，仗着年龄小，每次都能得逞。大儿子头发浓黑，理发时很听话。

第三位理发的父亲好友姓杨。杨叔叔个头儿不算高，说东北口音的普通话，在医疗卫生系统工作，人长得很英俊，头发很早就花白了，留一种恰到好处的背头，头发从来一丝不乱，也绝不油头粉面。一家人都讲普通话，彬彬有礼。杨叔叔会抽烟，但很节制，在小城那个小小的官场上，算不上一个成功人士，但稳稳当当。孩子的学习都一般，都没有上过好大学，全家人很亲切很温馨，是我见到的最美好的一个家庭。杨叔叔因为很早的时候腰就不好，在家里并不干什么重活儿。给人印象最深的，杨叔叔冬天背着手走路，双手居然能笼在棉衣袖子里。去杨叔叔家理发从来不用预约或大人给打招呼。见有孩子来了，就会问要不要理发。杨叔叔理发技术好，速度快，始终和颜悦色。我们的主人公理完发，往往还被留下来，与他们全家人一起吃饭。这是一个厨艺、家庭氛围、家人和谐美誉度俱佳的家庭。女主人姓郭，眼睛不好，戴副眼镜，人很伶俐但又极善良，说话声音很好听，是县医院的护士。她与我们的主人公舅舅家沾亲。都出自解放前从山东蓬莱到内蒙古传教的家庭。这家三个孩子，老大是儿子，叫小明，老二女孩叫小兰，眼睛并不大，头发枯黄，人很活泼善良，也在卫生系统工作。最小的孩子是个异常漂亮的姑娘，比她的哥哥小了十几岁，印象中她的头发油亮乌黑，垂感很强，大大的眼睛，睫毛很长，永远天真地看着这个世界，她很受一家人宠爱，小时候经常吊在爸爸的脖子上。小明很和善，只低我们的主人公一个年级，眼睛同样大大的，人很规矩，下军棋和跳棋，以及做游戏，都经常占上风，头脑很灵巧，但并没有考到好的学校里，很早就在小城里子承父业，在地区卫生防疫部门工作。

4

不知道从什么时候开始，头发的修理者慢慢由男人转到了女人那里。大学时代理发多在校园理发馆完成。学校东门招待所旁边有家面积不小的理发馆，洗、剪、吹、烫、染，均可完成。这里是校园男生愿意聚集的地方，一位正值美好年龄的女店员肤色白皙、身材傲人，以自己的芳龄、洋溢的青春之气，吸引着校园里的男孩子们。这里的理发师其实不算多，两个女的一个男的。齐集在这里的小伙子，理发或不理发，都直接只为这个姑娘而来。这位呼和浩特市当地的美人实话说也是一白遮百丑。眼皮倒是双的，但并不大，眼梢有些略略向下。姑娘肤白、齿白，樱桃小嘴儿，鼻子微翘，是那种热气腾腾，很有气场的女孩子。仅靠熠熠生辉的双眼，就足看得小伙子们神魂颠倒。“她知道自己是好看的”，正如曹禺在《雷雨》中所说，她陶醉在这种自认为“好看”的好看里。听同学议论，这是个大胆的姑娘，经常跟不同小伙子们幽会，20世纪80年代还根本没有私家小汽车，她被那些骑着自行车来接她的男孩宠得够呛，不过，后来遇到一位会武功的壮小伙，接她的人就少了。但理发室里围在她身边的男孩仍然不见少。

服务行业的人如果过分抢眼，是会扰乱顾客心绪的。我们的主人公来找她理发的时候自然也有一些私心。姑娘旺盛的活力，天真无邪的美丽，镇定自若的沉着，迷了他的眼神，扰了他的心绪，使他很难把持自己，在她面前会笨拙、不自然，表情尴尬，或前言不搭后语。但有一段时间还是免不了要到这里理发，想着与她相遇，又害怕被她摆布。

记得是夏季一天的中午，洗完澡后，他顺便拐进理发室。那天来理发的人不多，值此暑期临近，塞外的呼和浩特已经开始展示其“暑威”，午后的理发室并没有多少传说中的所谓年轻倾慕者。推开理发室，便见这位唇红齿白的姑娘以轻盈的身姿迎了过来，令他无法躲避。姑娘似乎早就认识他，脸上带着一层薄薄的友好与善意，但他不自然的表情与动作，很快让对方捕捉到了。她微微一惊，迅速收回自己脸上的笑容，以更“专业”的职业表情接待他。在由姑娘引领下，来到理发椅的一小段距离，他走得别别扭扭。落座之后，他才开始努力缓解与姑娘之间的紧张，不知是谁开了聊天的头，慢慢地，他与她之间自然起来了。姑娘露出笑容。他们分享着校园一些共同的话题，她问起他的老家在哪里，他则问她来这里有多久。在你来我往的交谈中，双方之间的紧张感如雪处太阳底下般慢慢融化，留下一些意想不到的记忆。年轻的目光在镜子里相遇了，是心有灵犀的那种，是无邪的美好与无邪的接纳那种，而且，表情里有各自的聪慧，透出各自的感悟。

这是20世纪80年代初，长发流行。他的头发历来密实而粗硬，很不驯服，不曾按主人意志以服帖出一定的形状。留长发要靠吹才能服帖。理发的最后环节照例是吹风。吹风对男生大多是个过场，更多的时候意味着额外馈赠，只需弄干便可以了，他虽没抱太大指望，心底还是希望她能用心一些，让头发服帖在头上。但没有想到，这位女理发员吹得过于细致、专注、投入，或许吹的时候走了神，思绪飞到了别的地方。瞥一下眼前的镜子他碰巧发现，姑娘目光迷离，长长的睫毛低垂着，白色衬衫里的小胸脯微微起伏，在这个充满洗发水味道的屋子里，她身上依然散发出极馥郁的好闻气味。她鼻息的声响匀称细微，她右手保持着吹风机的平衡，左手上的梳子在他头顶上翻动着，他眼见她白皙的胳膊现出纤细蜿蜒的血管，耳边响起声嘶力竭的蝉鸣，一声声一阵阵。时间在吹风机的嗡嗡声中流逝，他忽然想起远方家乡烈日下的一个个沙丘，想起小渠或小湖之上飞翔的一群群蜻蜓，想起自己与小伙伴一起奔跑的树林。对了，树叶仿佛向天空伸出懒洋洋的手指，阳光插到树叶之间，透进来的阳光星星点点，胡乱涂抹在树叶上，为密林投进光亮与温暖。偶尔有蚊虫嗡嗡飞过，并不刻意叮咬什么，只是消遣，只是闲逛。

就这样，他脑子里天马行空，思绪漫无边际，就这样，思绪时时飘向别的地方，但很快，他仿佛双颊感觉到了家乡初春凛冽的狂风，秋季忘我的狂沙，冬天放肆的狂雪；一会儿仿佛又看到一队高低错落的奇异的驼群在沙漠深处缓行，驼铃悠扬，奔向好几天才能到达的一片绿洲或树林的边缘；一会儿仿佛看到自己和小伙伴们围坐在小树林里，聚精会神地盯着眼前的小火堆，几只包在泥巴里的麻雀在边上烤着，烟冒起来了，随后又被耳边的风吹散，远处飘来呼呼的声响，其间隐隐约约夹杂着一股味道。这股味道从远方刮过来，携带着说不清的不祥信息。对了，是一种受到鼻翼排斥的异味——来势神速，很快刺激到嗅觉感官，令理发者和被理发者几乎同时猛然回到现实中。她像是如梦方醒，立时面颊泛红，鼻尖冒汗，接着赶快停掉吹风，少女的端庄样态顿失，眼里满是羞愧，手足无措地僵立在一边，不知如何才好。他则像犯了大错、勘破不可告人秘密似的，草草付钱，落荒而逃。

从此很长时间，他都避免与这位姑娘见面，也不再回到这里理发。但校园毕竟不大，越是不想见的人，越是容易见到。这位皮肤白皙的、不难看的姑娘，后来他在校园的不同地方又见到过几次，他远远看到她便躲开，根据她的走向选择自己的方向，尽量不与她迎面而行。姑娘每次都与不同的小伙子同行，穿着高跟鞋，头扬得高高的。直觉告诉他，她依然认识自己，他未与她对视，只有一次，实在是狭路相逢，而且陪在姑娘旁边的，是熟识的同班壮汉，才勉强打了个让彼此都不自然的招呼。毕业了，成了校园里的老师，似乎倒没有多少机会见她了，没有想起是否打听过她。

5

世上打不倒的职业是理发师、厨子、医生、入殓师，或许还有会计。人人都不能不甘受他们的摆弄。研究生阶段的理发问题是怎么解决的，印象十分淡薄。在市民气息极浓的天津，只记得理发毫无固定地点，变得前所未有的随意、不规律，有时候到北京解决。20世纪90年代之初开始到北京工作，他曾经见过的，留下印象的几位理发师无一例外都是女性。其中有一位异常小巧而嘴甜的女理发员，居然是因为让丈夫纠集打手威胁房管处负责人而被开除。房子，相当一段时间里，真的是要命的资源，在计划经济时代，曾经有多少人为之歌哭，想尽各种办法，最终还折在里面。

接替被开除女理发员的，王师傅是他在北京工作以后名副其实的“第一”理发师，延续时间长达十年以上。她在内蒙古五原县下过乡，是地地道道的北京人，中等身材，偏瘦，口音已由京腔完全变为内蒙古“后套话”，又侉，鼻音又重，常用冷僻字汇，像是西部人学说普通话似的，谁也从口音猜不出她从小在北京长大。理发中聊天，她说小时候参加过天安门广场的联欢，纪念碑献花，与同学一起欢迎外宾，但一夜之间全部成为过去，而且是自觉自愿的，家里人也根本管不了。王师傅理发极为细致认真、从不懈怠，有好多回头客，在一个只有两个人的理发室里，回头客总是找她，让小刘师傅闲待着。王师傅右手长期持握手动或电动推子，已经变形，手腕骨突出好多，但她爱这一行，与顾客相处融洽。她文了眉毛，头发在脑后扎个独辫，腰挺得很直，嘴唇经常紧咬着，显出她的坚毅从容。有时她会聊聊在内蒙古下乡的经历。她说同去的孩子都十几岁，走的时候大家挺高兴，多浪漫啊，最初也很高兴，但内蒙古真大、真冷，风真野啊，出门不结伴很容易走丢。有羊肉，有炒米，就是没有菜吃，更没有电，没有书看，想家啊，大家受够了罪。改革开放后，大家拼命找关系回北京。好不容易回来了，住的地方都没有，工作更难找。受的白眼很多。碰到内蒙古人，她很高兴，理发格外认真，每次都花比别的客人更多的时间。在工作调动的最初几个月里，他依然找她理发，直到不好意思为止。但他记得，她真诚地说，你随时来，反正也就快要退休了，欢迎到她家理发。这很让他感动。

他总认为自己的头不够浑圆、不够对称，是被睡偏的，幼年没得到矫正。这种认识使他过分关注理发效果，说穿了，就是过分关注别人眼中的自己。其实你理发不理发，发理得如何，别人可能根本不关心。至于头是如何偏的，党校一位理发师曾经给了一个解答。这个女店员个头很低，胳膊却不短，一双不大的手白白嫩嫩，没想到异常有力，洗发时抓挠得很到位。看出他是"偏头"，她便说，母亲喂奶是一件异常艰苦的事情，头偏是因为母亲喂奶时候过于劳累，在寻找一个舒服姿势的过程中，习惯性地把孩子置于一边，长期以往，孩子头就偏了。在中国式的幽默里，有这样的诗句："未进门前三五步，额头已到大堂前。去年一滴相思泪，至今尚未到腮边。"前者说的情形大概包括偏头，当然后者说的是脸大。

我们主人公的发型经历了数度变化，早年留短发，上大学、研究生的20世纪八九十年代改为长发，90年代之后再度回归短发。中小学时期的短发自然是父亲的意思，他本人就把这种特权延续到了自己的孩子身上，为省事，给他们一律剃秃瓢。美国作家亨利·米勒有篇名为《粘鸟儿的树枝与反叛精神》的散文，文中历数"大人们"所有对自己孩子颐指气使的限制与理所当然的塑造，米勒说，孩童的发型、衣着、语言、行事方式，无一例外地，统统难以逃脱"大人们"的控制，其实，大人们“所知甚少、心胸褊狭、思想迟钝、缺乏想象力、耐心和宽容之心”，但他们握着所有的权力。我们主人公的发型在上大学前，就按照父亲的规定，是未有任何移换的“平头”。上大学之后随社会风潮而动，先是留分头、长发，二八开或三七开，完全随自己之便，因父亲早已无法掌控。20世纪90年代初期一段时间里，仍留了一段长发，自有了孩子就没了潇洒，加之案牍劳形，生计奔波，终至选择了好打理的短发，这样，一下子与父亲中年之后的发型完全一致了。早先逆反，后来亦步亦趋，老年再回到长发。他发现，生命轮回的逻辑完全无法抗拒。

6

人的毛发有的是美学上的资质、道德上的申辩权与命名权——不管你愿意承认与否。中国人讲究点睛，其实眉毛才见精神，修眉就是修精神，女性最懂这个。眉毛虽不为脸面最核心的器官，却是很打眼的存在。在老祖宗留下的汉语遗产中，关于眉毛的美好说法向来不缺：眉如新月、青眉如黛、眉如卧蚕、眉如春山、眉同翠羽，这些类比寄寓了前人对眉毛多好的想象啊。对女性的眉毛，明代徐士俊曾著《十眉谣》，归纳出女子的十种眉：鸳鸯、小山、五岳、三峰、垂珠、月棱、分梢、烟涵、拂云、倒晕。未能向徐士俊请益的清代文人张潮撰《十眉谣小引》云：“大丈夫苟不能干云直上，吐气扬眉，便须坐绿窗前与诸美人共相眉语”；“唯日坐愁城中，双眉如结，颦蹙不解，亦何急也。”遥想在那时光缓逝的农耕时代，这些文人吟风弄月，真是百无聊赖得可以。

人的喜悦、愤怒、失望、惆怅均可形之于眉。男性是不应修眉的，但现代的人们但凡给张飞、李逵、鲁智深、沙和尚、武松等化装、造像，必拿眉毛做文章，眉毛比别的器官似乎更容易体现男子汉的勇气、威风与意志。周总理的眉毛是举国美谈，而日本有位勤勉的前首相，严重的八字眉，似也成了他平民姿态的标志。别以为眉毛与头发必有连带关系，共进退，眉毛黑，头发必黑，反之亦然。满头皆白而眉毛独黑者多见，满头乌发者，白眉毛的，极罕见。我们的主人公从早年的照片里看到，自己曾经是长长的弯眉，逐渐越来越稀，而现在，已经有一半不见了。

人类进化过程中逐渐褪掉毛发，亚洲人毛发普遍少，毛发多被国人视为异数。我们的主人公四肢有着极为浓重的体毛，尤其是前臂与小腿。这成了他受陌生人注意的一个因素。小时候就发现，这是从父亲那里遗传的，毫无可抱怨余地，谁也奈何不了。手臂汗毛多，容易被表链夹，戴手表是头疼的事情，在冬季，受衣服重重包裹，手表更碍事，戴与摘都难受。

在腹部手术的前夜，有个必不可少的程序叫“备皮”，就是由护士为即将手术的病人剔除腹部体毛。他有过两次无力裸袒于女护士面前受“宰割”的时刻。十三年前主刀的护士居然与中学时代一位漂亮女同学同名，口罩上面有双睫毛极长的美丽眼睛，口罩下面是不戴饰品的细白脖子。女性只要戴了口罩，眼睛一般都好看几倍，只要戴了眼镜，眼睛一般都要难看几分。正值春末，他求护士把屋里的温度调高一些，手术的时候别脱掉袜子。

毛发的力量有多大，如不是亲自目睹，无论如何都想象不出来。亚里士多德《动物志》有言：“毛发在被剪断后，不在断处生长，而由底部向上生长；羽翮倘被剪去，断处和底部均不生长，它便脱落而换羽。”人失去生命之后，毛发是不是依然不会放弃生长，不会停止挣扎，抓住最后机会展示自己的威力呢？这将由生活展示结论。他亲眼见过他父亲遗体置于冰箱的次日，亲人们前去看望的时候，发现下巴颏上花白的胡须顽强地冒出了密密的一层，依然如昔日般茂密、粗壮、威风。父亲的胡子其实前一天刚刚剃过，本来是被一丝不苟地消灭在皮肤之下，作为死者尊严的一部分绝不会让其露面的。但胡子根本不吃这一套，它们按照自己的本意挣扎成功了，向活着的人们示威、诉说、宣告。作家鲁敏写过一篇散文《器官：耳语与旁白》，文中说，“剪了、剃了、刮了、染了、烫了，过后，毛发们终究还会顽固地呈现出本来的色彩与形态。毛发在骨子里有些我行我素的气质，以柔克刚的作风，暗流涌动的激情”。信哉此言。

人在进化过程中脱掉了大部分毛发，鬼斧神工地在该保留的地方得到聪明的保留。而在他看来，女性之所以“文明”，在很大程度上讲，是毛发比男性进化得更适当、更优雅。见过不少女性上唇有细微的一层汗毛，在下巴上发现女性有“胡子”却少到几乎为零。不过，这种例外还是与他撞了个满怀。2016年10月20日，一行人由阿尔及利亚回国，在阿尔及尔候机的时候，我们的主人公拐进机场一家杂货店，拿到一部装帧颇好的英阿对照版《古兰经》，付款后提出让女店主签名，并与她合影。那位颇为丰腴高大、白胖温和的女店主很高兴地答应了，她签下一行鬼画符般的阿拉伯文，又在下面工工整整地签下 F-E-L-L-A 五个字母——暂且叫她菲拉吧。然后是合影，当他靠近这位热气腾腾、一袭黑衣之外只有亲切的白白胖脸露在外面的菲拉时，他吃了一惊，因为他发现，这位美丽的菲拉下巴颏上有一条连在一起的密密的黑色毛发，很清晰，很惊心，况且也只能叫胡子，这是他在这个世界上见到的唯一一例异性胡须，忘刮了？自己没有注意到？别人也不必提醒吗？

我们照相吧

看起来没有摄影不能吞下的东西，任何不能被拍下来的都会变得不那么重要。

如果照片是我们与历史的联系，那么那是一种非常独特、脆弱、感伤的联系。你在毁掉什么东西之前拍一张照片。照片是死后的存在。

——［美］苏珊·桑塔格

县城里的人们和别的地方的人们一样，一律到照相馆留影。而且，小城只有一家照相馆。照相而入“馆”，顺理成章，这样的场所不大不小，半家常、半神秘，不单规模、形制上端庄含蓄，其幽暗也给人一种难以言喻的高贵感，牵动人心，令人神往。自上中学后，我曾和多位好友去照合影，进到这个面积不大的地方，交钱、开票、整理衣服，就要坐到照相的凳子上了，大家经常会发出这样的问话：我脸洗得干净吗？眼睛亮吗？牙齿露出来好，还是藏着好？我们男孩平时不大谈到的问题，照相的时候会一下子冒上来。不过没关系，旁边总会有别的人提醒：你脸上粘了个东西，你头发乱了，你牙上有韭菜。那时，小镇上的孩子们不可能拥有照相的条件，只得依赖照相馆存放和停留我们少年时代过往的青春、温情、期待。照完相，我们会依然惦记着这件事，甚至兴奋得晚上睡不着，迫不及待地想看到照片上的自己，等待在取相单上所标的"某月某日下午三点"或"某月某日上午十点半"那个时候拿到照片。在我的记忆中，取相片这件事从来没有出现过滞后或忘记的情况。照片即将从简陋的纸袋里抽出来的那一刻，我们经常心脏狂跳不止。有次我去取与伙伴的合影，但抽出来的却是一位陌生姑娘的照片，戴副眼镜，冲镜头甜甜地笑着。

照片确证身份，仔细想想，人的一辈子可能需要不了几张身份证照。我的第一张身份证照是1988年在天津读研究生时候拍的，我对自己二十六岁时照片上的样子已经完全没印象了，直到补办第三张身份证的时候，才从派出所的电脑上看到——黑白色，头发凌乱，形容仓皇，狼狈不堪，是我起居无定、营养不良的一个忠实记录。第二张身份证照片是2005年在万寿路派出所照的，彼时四十三岁，大病初愈，短发黑衣，我在照片上精神饱满、干练自信，一头短发还发现不了多少白发的踪迹。2018年初秋时节我在首都机场三号航站楼候机时身份证丢失，目前这第三张身份证照片里的我，满头黑白参半的头发，完全是年过半百的中老年人样貌。不拍照不知道自己有多老。年岁渐长，却迎来了影像泛滥的时代，外出学习，到重要场合开会，朋友见面聚餐，大家都愿意拍照发到群里，每逢此时我总积极不起来，照过几次，发现凡笑容多就找不着眼睛。听说苹果手机里有个自拍证件照程序，有天晚上试了几次，越试越失望，成像后我的眼睛几乎找不到。老得简直可怕。

摄影是挽歌，是留给黄昏、留给未来的艺术，摄影将镜头里的一切留给晚辈，正如桑塔格所说，拍照参与一个物体或一个人的必死性、脆弱性、可变性，所有的照片切割下一个特定的时刻，并将之冻结，从而见证时间的流逝。现在餐厅吃饭，一俟菜品上齐，年轻人喜欢拍个照发朋友圈，半小时后，桌上必定杯盘狼藉，好吃的被吃掉，不可口的被剩下，人生大概如此吧，一切都在减少，直至消失，拍照记下这一切。

1

人生在世一辈子可能会不断缺少许多东西，缺少穿戴，缺少食物，缺少呵护，但绝对不会缺少合影。每逢会议、见面、入学、毕业、研讨、告别、典礼，必合影，且常有几百人参与，场面壮观，组织周密，蔚为壮观。话说有一年夏季，我随一大拨人在长春开会期间到一汽参观，厂工会领导带参观者走进一老工人位于厂区平房区的家。家门打开后，除了满屋的旧家具，迎面映入眼帘的，是墙上一张足有一米长、一尺宽的巨大合影。那是20世纪50年代劳模表彰大会的纪念品，上面的人头如黄豆大小，起码不少于五六百人，整齐有序，神态严肃，第一排的中间坐着毛主席、朱老总、周总理、刘少奇等领导人，自豪的主人举起颤颤巍巍的手示意大家，他本人坐在第五排左边的哪里哪里，大家凑过去，努力去辨别眼前这位昔日的劳模，感受这个平房长期居民灵魂里充溢着的崇高感。这样的合影想必有过相当严密的组织协调调动，过程一定较为复杂，当时不像现在，每个参与拍照的人都可以拿着一张示意图去按图索骥找好自己的位置。

场合隆重的合影亦非全部出于有言在先的安排。比如，人们耳熟能详的延安文艺座谈会，在1942年5月开了三次，最后一次会议朱老总讲完话，摄影家吴印咸提议趁落日余晖尚存照张合影，毛主席欣然同意。当时并没专门安排座次，前排坐小马扎，二排坐长凳，三排站着，四排站长凳上，五排六排站到会议室外狭窄的台阶上，一百零六人的合影就这么随便坐、随便站着拍成了，没有严格的领导群众之分，没有职务的排序。这一百零六人还不是参加座谈会人员的全部。因为有的跑到正在施工的中央大礼堂工地参观误了拍照，有人去了厕所，也有的人对拍照不感兴趣，没有参加。毛主席旁边坐着田方。我见有人写文章说，毛主席先坐下招呼大家，环顾四周问："丁玲在哪里？"看见丁玲坐在前排靠中的朱老总身边，这才放心地坐下，还笑着开了一句玩笑："对嘛，照相坐前一点，不要明年再写《三八节有感》了！"吴印咸刚要按下快门拍照时，不知从哪里跑来一条狗闯入镜头。主席站起来，一边轰狗，一边对康生喊："康生，管好你的狗！"人们都笑起来。康生任部长的中央社会部就是负责抓特务、抓"走狗"的。正拍侧面照时，坐在第一排的刘白羽个子大、身体重，一不小心把马扎给压塌了，仰面朝天，引得人们一阵哄笑，目光都转向他。自己带相机站在一旁的摄影师郑景康按下快门，抢拍下这个场面。吴印咸的相机镜头很小，胶卷也已过期多年。为确保拍摄效果，他就先从前侧方拍了一张，又从正面用三张底片拍了接片，为延安文艺座谈会留下珍贵的合影。

任何战争年代的照片都格外珍贵，这种照片经历了生死与风雨，保留着一切，诉说着一切。不管后来年代的人们什么时候拿出来看，都会给人历久弥新的感觉。“二战”即将结束时的雅尔塔会议有张非常著名的丘吉尔罗斯福斯大林三巨头合影，雅尔塔为苏联克里米亚半岛的一个辖区，斯大林是东道主，按规则，拍照时斯大林会在中间，但在众多背景下的合影，都是罗斯福在中间，“坊间”人们分析可能是一个原因造成的：英国苏联面和心不和、苏联英国都有求于美国、美国实力大以及罗斯福患有疾病。现在听听挺有意思。

五年一次的文代会作代会曾经有过多次大合影的辉煌时刻，每次开幕前都有数千文艺界人士毕集于一堂，在大会堂等待中央领导接见与合影，某次文代会有位老文艺家由于劳累过度在合影架上摔倒，于是接见和大合影废止，省去了麻烦，也留下不少遗憾。

2

20世纪六七十年代照相是稀罕事，小镇上的照相馆照相很少有一个人单独去的，去那里毕竟太奢侈。再说，除了证件照，单人照用处不大，我只在小学、初中、高中毕业时各照过一张，到照相馆照的，除了与朋友、班干部的合影，大多数是集体合影。

学校里的孩子们能够遇到的最隆重的事情莫过于合影。我人生的第一张班级合影是小学集体毕业照。从照片上看，我站在最后也就是最高一排几乎正中间，穿着白衬衫，戴条红领巾，短短的小平头，微微倾斜着身子。父亲说我像模像样了，可能就是指我有了讨好镜头的朦胧意识了。事实上，那个时候的我，已不自觉地拥有了自我意识，知道了怎么才能“臭美”一下，至少知道照片不单给自己看，要分发给众人，被许多人凝视，被熟悉或不熟悉的男男女女指点、议论。这种念头促使我反复调整表情，我微笑，而且露齿，努力要把自己最好的一面展现给别人，或者表现给那些可能会关注或垂青自己的人。为了这次合影，班主任要求我们把脸洗净，无论男女一律穿白衬衫、蓝裤子，穿新鞋、新衣服。其实新裤子只对第一、二排的人才有意义，第一排蹲着女生，第二排坐着老师和学生，后面几排人的腿露不出来。我记得，为了迎接这样一个大场合，我和两个小伙伴还到小镇上唯一的浴池里洗了澡，浴池的水每逢加热便发出巨大的声响，搞得我们心惊肉跳。洗过澡后，身上顿觉轻松了不少，味道也好闻了许多。

第二天，站在高高的架子上的时候，我是蛮自信的。环顾四周，我发现弥漫着一种刻意的庄重，掩盖着大家的惴惴不安，昏暗的室内让大家变得更一本正经。我那时大概还没有心仪的女生吧，我也不清楚，但我总感觉自己的一举一动会被女孩们观看。平心而论，漂亮的女生是顺眼的，再说，她们的味道好好闻，但我并没有想搭理她们的心思，至于有没有想接近她们的愿望，也还不清楚。韩国电影《八月照相馆》里有几个小毛孩子曾经在照相馆“抢”班上合影里的女生，画定了让照相馆放大，而且为此还发生争执、扭打在了一起。他们才多大啊，也就二三年级的样子，即使没有和女生说过话也要画出自己所“心仪”的女生，这种背后公开自己“所爱”的做法，难道是男孩的天性？我照合影时的那种矫揉造作，那种想穿得好，让身上有好味道，希望在女孩跟前有面子的念头，大概是与这些小男生一样的，该是荷尔蒙在起作用了。

对了，那天上学的路上，我与班上的女同学小琴相遇，搞得有些心神不宁。我出门格外早，本想出个小风头，到班上打扫一下卫生。途中有迎头而来的小风沙，我正埋头走着，忽然有股好闻的味道飘过来。是雪花膏，要不就是护肤脂之类，是和身体本身发出来的不一样的好味道，而且绝不属于男孩。我像嗅觉灵敏的小动物一样不自觉地加快了脚步，只追了几步，我就认出来是小琴。她眼睛大大的，眉毛很黑，嘴唇永远红红的，不胖不瘦。我们两家住的地方相距不远，她是我父亲一个老朋友的孩子，是当时很少见的独生女。她吸引我的，是那种不紧不慢的从容，不高不矮的正正好，不娇艳又不平庸的让人放松，她让我喜欢，是因为她还有别的女孩所少有的那种不扭捏作态。我赶上去，认出是她便想躲开了。倒不是我没出息、窝囊废，更不是有多不好意思，而是为受她那种香味的吸引而忽然感到深深羞愧。但她冲我连叫着“嗨、嗨、嗨”，飘过来的香味更浓更怡人，我的脸“刷”一下子红了，抬起头连问“怎么、怎么、怎么”，她的睫毛原来那么长，密得简直不像话，而且，她的下唇有一个很小的痦子在左边，一下子让她俏皮了不少，这是我之前没有注意到的。“就是叫你！”她又喊着，显然想让我停下来。此时，我的脸很不争气地红了，至少比她的红。她的吁求很快见效，我的脚像失去了行走的功能，或像被钉住了似的，难以移动。只见她从书包里拿出一段甘蔗。在那个物质匮乏的年代，甘蔗是好吃的稀罕物，给我们生活在北方的人们带来了对遥远南方的想象。她说，给你给你，我说不要不要。她剜了我一眼，说，给你你就拿着。我嘴里说不要不要，手却很不争气地打开来伸过去，接住了这截不长的甘蔗。接过来就接过来吧，人却动不了了，依然钉在原地。小琴达到了目的，欢快地先走了，也卷走了她的香味。看她走远，确认周围没人，本想迅速将甘蔗塞到嘴里，啃开，皮吐掉，大口大口地吸食甘蔗的甜汁，三下五除二就将它消灭掉。但我没有这样做，我把它塞进书包，发现像心里搬掉了一块大石头，背上甩掉一个包袱似的轻松。我想，回家的路上一定要给她买一个小文具，尺子、果糖味橡皮什么的。到了学校，班里的地已经被人扫了。我心里一阵失落，更恨自己不争气，后悔拿小琴那段甘蔗。直到与小伙伴们排着队，站到照相馆架子上，与旁边的吉平一起说笑，指点着他人的一个个破绽，我的好心情才重新回来。我俩发现摄影师由精干的矮个子换成了一个高高的秃子，他那稀稀拉拉的头发只围绕着两个耳朵长着，十分滑稽，前一段时间我们俩照合影时还没有他呢。摄影师的秃顶平复了我起伏不定的思绪。我想臭美，想给人留下好印象，一直在调整自己的表情和站姿，但这也没有妨碍我观察别人。立于照相馆最高处的正中间，一切一览无余。我发现第二排居中的数学老师，即使照相也戴着那顶颜色永远含混的旧帽子，语文老师的大辫子一前一后搭在肩上，显得身强体壮。体育老师穿着运动半袖衫，傻傻地和第三排的男生一起站着，觉着自己挺神气。小琴呢？费了些力气才从一排头顶中辨认出来，她蹲在第一排左二，黑幽幽的头顶，与其他女生并没有任何不同，此刻，她离我是那么的遥远，似乎与那截甘蔗已经没有了任何关系，而且也与几个小时前我俩的相遇没有了任何关系。合完影，买文具的事情早被我忘到了九霄云外，那段甘蔗回家半道上也给了别人。

在20世纪六七十年代的小镇上，照相被人们普遍推崇，作为一项隆重而稀缺的情感活动，作为婚事、友谊、团聚的见证出现。只是在小学时代的最后阶段，我才开始进入班级的“管理层”，但尚未获得组织任何拍照活动的权利。中学之后，我当了班干部，很愿意组织照相活动，初中时提议全体班干部与班主任胡老师合影，高中阶段带领班干部与班主任包老师合影。合影时我并没发现男女班干部之间有什么微妙，只觉得班主任对自己喜欢的学生格外好，他们都爱抵制摄影师的固执摆布。到我上高中的时候，照相馆里的摄影师依然是那个秃顶，但他已经变成了一个不折不扣的老人，背驼后，人矮了不少，动作迟缓，嗓音低沉，只是头发好像经历了十余年的减少并没有想象的多。

3

没有哪家没有照过合影的。组织家庭合影是一个家长的治家必选项，这种照片毕竟保留了一个家庭里所有人的一颦一笑，可陈列，可传代，可被长久记挂。韩国电影《八月照相馆》里有个一家老小合影的桥段。这显然是一次聚会之余的正式活动，三代同堂，老幼咸集，穿戴整齐，大家都围绕着戴眼镜、坐在前面的老太太，显然，家里的老人只剩她一个了，两个年轻女性怀里还抱着年幼的孩子，旁边的成年男性西服领带、衣冠楚楚。合影完毕，一位好像是儿子的男性过来让老太太单独照一张，老太太本无意于此，推辞了一下，儿子说，好不容易来了，就照一张吧，老太太才重新坐定。老太太照相过程中，有孩子的两家主人开始聊天，一个说要搬新房子，另一个说也想搬，只是还没有找到合适的地方，诸如此类的家常，反映的是家庭生活的常态。合影，连带着日常生活诸多小段落中的一个个小举动，将永久留给未来，留给后人回味。不过，家人合合分分，所有照片、合影的归属、下落肯定大不相同。《八月照相馆》的女主人公最后看到了自己的照片被陈列在了照相馆的橱窗里，我们不禁为她感到欣慰。许多照片的命运则连主人也掌握不了，常常被冷落、抛弃，最后不知所终，令人慨叹。

妈妈六十二年前在北京展览馆与哥嫂侄女们拍的一张黑白合影是我的最爱之一。照片上共十二人，妈妈和她的哥嫂六个大人，加大哥的五个女儿、二哥的一个女儿，六个孩子。照片的背景是那座巍峨挺拔的苏式主楼，妈妈的旁边龙飞凤舞地标着“首都苏联展览馆留念，57.8.11”。照片里最年长的是我大舅，也就三十多岁，最小的五姐庆恩才一岁多，在大舅妈怀里抱着，如今已六十三岁。大家穿以白色为主的夏装，妈妈位于照片第一排最右边，侧身而立，上身那件带深色斑点儿半袖白衬衫束在黑色长裙里，脚上是带道儿的线袜，穿一双黑皮鞋，朴素而洋气。妈妈正是二十岁左右的黄金年纪，短发梳在耳后，目光炯炯，朝气蓬勃。在这端庄、美好、年轻的一家人当中，她依然显得很漂亮。更引我感慨的是她温婉娴静的神态。她和她的亲人们微露笑容、凝视前方，如在眼前。照片经不起岁月，何况经过翻拍、放大，但这依然不会减少我对这张照片和照片上的人们的爱，但我的孩子们呢？

大舅王光荣一辈子在北京园林古建公司工作，是毕生从事古建筑设计、维修的工程师，绘图、计算是他的主要业务。他的摄影爱好由

首都苏联
展览馆
留念，
57.8.11

来已久，待到完全具备玩摄影的条件，已经到了20世纪80年代后期，人也步入了晚年。彼时数字化摄影尚未到来。他购买了大批相机、镜头、胶卷，过年过节，人一凑起来，他就热情地拍照，其中拍过不少一家一家的合影，也有不少大人、小孩的单人照。即使在他的四弟（我的四舅）去世举行悼念仪式的时候，他也不辞辛苦地拍照。除了拍照，他还不惜代价洗印较为满意的照片，放进相册供大家翻看。我在大舅家曾留过不少自己的照片——孩子小时候的照片，与妻子的合影，甚至结婚照，黑白与彩色的，大大小小很有几张。我与妻子的黑白结婚照是在银川一家残疾人开的照相馆拍的，大舅妈很喜欢，亲自坐公交车到西四白雪照相馆给放大。2019年1月4日，九十四岁高龄的大舅妈去世了。春节前，五姐说姐妹们在分家里的照片时，她把与我有关的照片全拿回来了。五姐和我走得近，她才会把我的照片带回来。照片毕竟属于私人物品，散落异地的照片，如果不是有人在意，其命运一定是谁也料不到的。

4

春节是家庭合影的集中高发期。

在这个中国人一年一度的固定盛节里，人们大吃大喝、无所事事，休息着、闲耗着，暴露着国人所有的优点、缺点，让自己的希冀与失落任意滋长。身份、活法不同的家人们凑齐了，大家来自四面八方，在团聚、年夜饭、看电视、拜年之余，在比较活法、窥视秘密，以及掂量各种关系轻重、琢磨不同利益优长之余，往往将合影列入春节活动议程，为纪念、为维系亲情，但不少时候照了也就照了，没人真当回事儿。

我父亲的老朋友罗岩峰每年大年初三带全家老小在当地的建平照相馆照全家福，十几年前我上门拜年时就谈起这事儿，他说坚持好多年了。那么，二十几年间对比下来，该会发现多么惊人的变化啊。照片最不会撒谎，最能见证人的衰老。写这篇文字的时候，我不禁百度了一下“巴彦淖尔建平照相馆”，发现这个照相馆已经不存在了，倒有了名为“好莱坞”“巴黎风情”“皇家”之类的所谓婚纱影楼。好多年没有见面了，他们还合影吗？他们在哪儿合影呢？

我们全家与父亲拍的最后一张照片，同样是合影，同样是春节全家福。那是踏入21世纪第一年的春节，病入膏肓的父亲从北京回到家里，去过一个不得不过的春节。春节照例是一个又一个聚会，一次又一次你来我往地走动与吃喝。无论场面多么热闹，对万念俱灰的父亲来说，已没有了任何意义，问候、吉祥话再多，也难以驱散他脑海里的阴云。一场数家在一起的大型聚餐之后，照相的时刻终于到来了，父亲始终神情阴郁、默不作声。以往，一直是父亲在张罗和出钱让亲戚们合影，现在却只能听任别人摆布。照相整个过程中他已失去交谈的兴趣，不再留意别人的穿着，不再品评照相馆的奢华、不实与价格虚高。在摄影机前安顿好之后，大家才忽然间感到了一种无形的压抑，这不大不小的隆重，这家庭成员悉数到齐的步调一致，大家整衣服、调表情、一心一意迎合镜头的配合，以及我的两个未上学的孩子的格外听话，会不会加重父亲的不祥之感呢？此时，我的一个儿子偎依在爷爷的膝间，听任爷爷握着他的胳膊。我不敢说大家都能感到哪儿有些不对头，但至少父亲脑海里此刻一定正在演绎着翻江倒海的往事，他的内心必定五味杂陈，他会不会想到这是全家最后一张合影呢？

从20世纪90年代开始，我在岳父家经历过多次全家合影。两个老人，先是加三个子女及我，后来是两个老人加全部子女及配偶，再后来两个老人加三个子女带子女的家庭。近三十年间，照片确定无疑地告诉我们，一切变动不居，只有时间最忠实地履行着职责，绝不放过任何一个人——最初襁褓之中的孩子，如今已建立了家庭，刚刚退休的岳父如今已步入不得不立遗嘱的风烛残年。今年春节全家照例拍了合影，岳父母二人也单独拍了合影。

我与父亲在拍照这件事情上的交集非常之少，仔细回忆了一下，我们父子一场，合影居然只有一次！这个结论让我大吃一惊。而这唯一的一次合影却要归功于二姑。在我上小学高年级的时候，二姑一家从北京到小镇来看我们，时值初春季节，万物萌发、百草初绿，光彩照人英姿勃发的二姑提议到小镇的街心花园和小动物园去游玩一次，我抢着坐上了自行车，妹妹则没有赶上。等大家到了小动物园，我才知道有照相这个环节，当时，家庭照相机是奢侈品。当人们把我和父亲安排到一起的时候，我完全没有想到。我俩是被动的，连爸爸也没有想到。合影是对关系密切、时机吻合的确证，但照这张照片的时候，我和爸爸之间仿佛隔着厚厚的坚冰，是熟悉的陌生人，而此时，坚冰并未因为亲人的到来而有所融化，我被推到爸爸跟前，勉勉强强地让不自然的笑浮上脸庞，我俩一前一后如此近距离地蹲在一起所形成的气场，也让爸爸感到别扭了，照片上的我穿着一件中式棉袄，左腿跪在地上，右手放在腿上，很勉强地笑着，父亲大背头，同样穿着中式棉袄，眼睛微微眯着，好像在躲阳光，我们背后有一株带着些针叶的小松树，照片聚焦很好，很清晰，遗憾的是早已不知道流落到哪儿去了。不过，这幅画面所展现的一切，永远铭刻在我的脑海里。

5

在这个世界上，我能记得起来的平生第一次照相，是与妈妈、妹妹在照相馆里的合影，这同样是我们与妈妈唯一的一次合影。不知道什么原因促使妈妈产生了带我和妹妹去照相的念头。彼时显然既非我们三人的生日，亦非置办了新衣服。是不是什么年节之类，我更不记得了，从装扮上看，也不像。只能猜测出，这次照相的时间是20世纪60年代中期冬季的一天。我也就三四岁的样子。我们仨穿着厚厚的棉衣，妈妈长头发，脖子上围着一条格子围巾。小镇的冬季永远是漫长的，当时到底是十一十二月，还是转过年的一二月，我哪里说得上来。即使春节后的三四月份，小镇上的人也需要穿棉袄棉裤。

照片肯定是在小城那家唯一的红卫照相馆拍的，与我长大后经常光顾的东风理发馆比邻而建，门脸儿小小的，坐东朝西，面对着一条炉渣铺就的南北向大马路。照相馆的窗框和门框用蓝色漆漆过，湛蓝湛蓝的，让人过目难忘。一扇小橱窗里摆了几张单人的，或多人合影的放大照片，只记得其中有一张一年四季光着屁股的小男孩照片，他咧开大嘴永远朝一个方向看着，不知道笑的是什么。照相馆门板红色，上缀一个生了锈的大铁环。进到店里，光线一下就暗了下来，眼睛稍稍适应一下才发现，左边是小小的柜台，里面有位穿着整齐、和善但并不可爱的女人，看不出多大年龄，妈妈招呼我和妹妹叫阿姨，但我和妹妹就是不肯，我俩呆呆地站着，让眼睛适应室内的昏暗。我打量周围的一切，发现照相馆右边墙上挂着几套衣服，钉着一面不小的圆镜子，墙边放着一排颇有些年头的实木板凳，是木本色，被磨得油光滑亮。往里走三四步，掀开一个布帘子，才进到拍照的地方。

背景布有蓝的和白的两种颜色，还有一种是一座楼，后来才知道叫天安门。幕布的前面，同样是条很旧的板凳，对面是架在高高的架子上的庞大照相机，威严而神秘。相机上蒙着外黑里红的两色厚布。摄影师是个说话很快、声音很高的大个子，他忙忙碌碌、在小屋子里走动不停，头上永远有薄薄的一层细汗珠子。他热情地张罗着我们过去坐定，但我死活不动弹，最后哭了起来。据妈妈后来说，这是因为我在这个时候发现屋里一个角落的笼子里卧着一只白色小兔子。这小兔太可爱了，小嘴动个不停，我像中了魔怔一样，哭着闹着，死活就是要去看那只兔子，摄影师哪肯啊？他急得满头大汗，我却哭个不停。板凳摆好了，妈妈、妹妹坐好了，我死活不肯听摄影师摆布，怎么哄也不安静，最后是柜台后面那位妇人拿了块饼干，好说歹说才把我给糊弄住。我们三个人照的是半身照，妈妈在中间，她俩坐着，妹妹的头顶到妈妈脖子位置，我则脚踩板凳站着，头恰好与妈妈头顶持平，左手耷拉着拿了一块饼干。照片最初能看清饼干，经过多次冲洗，不仅饼干不见了，左手也模糊了，有个版本甚至连我的左手也不见了，只留下袖管，怪怪的。

这张照片上状态最好的是妈妈。如同所有现存照片一样，妈妈放松、文静和美好，面带微笑，明眸皓齿，满脸的高兴，根本看不出是在生着病，其实此时她的病已经很重了。照相的时候爸爸又不在，这是我们一家唯一一次人数最多的合影。爸爸，你在哪里?

我明白，爱情的感觉会褪色，一如老照片，但妈妈你却会长留我心，永远美丽，直到我生命的最后一刻。在我现存为数不多有妈妈的照片里，她始终美丽、贤淑、温婉。

执子之手

收回我的手，倘若你们伸手相握；如瀑布的迟疑，在倾下时犹迟疑的——我这么饥饿地需要恶。

——［德］尼采《苏鲁支语录》，徐梵澄译，商务印书馆，1991年

手与人有很强的行为构成关系。手作为一个行动器官，人的任何行为，手都难辞其咎，负有一些责任，所谓“一手造成”，想必有很深的原因，执行、放弃以及犹疑，手要么总在现场，要么首当其冲。不仅如此，手会引起情感连锁反应，而且往往最强烈。

很久以前，他读过蒋子龙的一篇散文——题目是不是《执子之手》，给忘记了。在这位作家看来，夫妻能够十指相扣，便是最大的幸福。在一个阳光灿烂的周末上午，我们的主人公把车停在北三环一段辅路的人行道旁，坐在车里，调整好观察角度，发现接连有好几对男女十指相扣地迎面走来。他看到的，有怀着身孕的未来母亲的陶醉，有与男友低声细语的小女生的羞怯，有穿着整洁入时的长发姑娘偎依

于男友身边的由衷自豪，这些神情点亮了人行道，让人感到世间的美好。活在这个世界上，人会有多少不顺遂、不如意啊，但无论作为一种表达，还是一种冲动，无论出于习惯，还是出于偶然，“执子之手”，或者有机会与心爱的人十指相扣地携手，算是修来的福祉与缘分，是一个人在世上最感人的经历之一。

“执子之手”固然是一个举动，更是中国人独有的言说方式，在汉语的表达中，“执子之手”这四个字的分量人们心里是清楚的。全世界有那么多语汇，难道还能有别的音节、词语的组合，能够换得比这四个汉字更撼动人心的效果吗？这四个字似有一种潜在的魔力，可以触动感官，令你怦然心动，令你猝不及防地心有戚戚，这四个字仿佛有本事把依恋、不舍、忘我之意浇注在一起，给人一种混成的、走心刻脑的感动。这四个字的音节、字形、笔画并不出众，简简单单，素面朝天，可一旦并置与组合在一起，便会产生难被忽略的意韵。

“执子之手”，这让人无法躲藏的“表达”，时时令他的灵魂返回过往岁月，思绪飞升于躯体之外，唤回山河故人般的幽深之感。人的肉身行走于世间，原本赤手空拳，若能“执子之手”，则足够骄傲与自豪，是对抗孤独的获得、安顿与自足。

1

事物的文学背景愈丰富，愈足以温暖陶泽人的心情，对某事物如毫不知道其往昔，则会兴味索然。中外文学中关于手的表达，恰恰构成了手的异常多彩的认知背景。李渔在其《闲情偶寄·声容部》里说：

“选人选足，每多窄窄金莲；观手观人，绝少纤纤玉指。”这位内心丰富的有趣家伙强调，手之于女性，紧要在“或嫩或柔”“或尖或细”。翻检古今中外遗留于世浩如烟海的文字，你会发现，以写手之特色而令人满意、足以流芳百世的，其实凤毛麟角，好在还有《古诗十九首·青青河畔草》，作者这样写手：

青青河畔草，郁郁园中柳。
盈盈楼上女，皎皎当窗牖。
娥娥红粉妆，纤纤出素手。

是的，“纤纤出素手”，五个字里仅仅“纤”“素”“出”，就道尽了诗人对美好女性的想象与赞赏，又是河畔草，又是园中柳，又是“盈盈”“皎皎”“娥娥”，统统是这三个字的陪衬，着一“手”字风流尽得。

当时间回到现代，在小说这个园地里，你再度发现，把手作为题材，写得精彩、流芳于世的，原来并不太多。

汪曾祺有个短小说名叫《陈小手》，如今已成为“小小说”的典范之作。作品写旧时代乡间一个能对付女人横生、倒生的产科男医生，“他的手特别小，比女人的手还小，比一般女人的手还更柔软细嫩”。这医生骑一匹当地并不多见的白马，人称“白马陈小手”。他有一次被叫到庙里，给新近来到当地的一个军阀孙传芳手下团长难产的太太接生。这太太杀猪似的乱叫，几个“老娘”都弄不下来，因为“这女人身上的脂油太多了”。陈小手费了九牛二虎之力，总算把孩子“掏出来”了。团长让副官陪着好好招待一顿，给了二十块大洋，但待小手上马之后，团长掏出枪来从后面一枪把陈小手打了下来，并且恶狠狠地说："我的女人，怎么能让他摸来摸去！她身上，除了我，任何男人都不许碰！这小子，太欺负人了！日他奶奶！"这双灵巧的小手，最终引来了杀身之祸。

对女性的手，茅盾先生在其小说《过年》里有这样的描写：

> 两三只白嫩的手抢着一束其黄如蜜的腊梅花。老赵的眼光暂时被这两三只手吸住：涂得猩红的指甲象是些红梅，而凸起在水葱般的纤指上的宝石戒指，绿的就跟老赵去年咯血后吐出来的臭痰仿佛，晶光闪灿的又和今天早上老赵的孩子饿慌了挂在眼边的泪珠相似。

女作家萧红有短篇小说《手》，是这样写手的：

> 在我们的同学中，从来没有见过这样的手：蓝的，黑的，又好象紫的；从指甲一直变色到手腕以上。她初来的几天，我们叫她"怪物"。下课以后大家在地板上跑着也总是绕着她。关于她的手，但也没有一个人去问过。

还有：

> 我们从来没有看到她哭过，大风在窗外倒拔着杨树的那天，她背向着教室，也背向着我们，对着窗外的大风哭了。那是那些参观

的人走了以后的事情，她用那已经开始在褪着色的青手捧着眼泪。

作品写的是20世纪30年代初北方一个染衣匠女儿王亚明的遭际。她憧憬、渴望知识，来到城里读书，是为了学好了可以回去教妹妹，可由于劳作而染成的一双黑手，成为她洗刷不掉的耻辱，使她始终未能融入到学校的生活和学习中去，受尽各种歧视创伤之后，连考试资格都没得到，就被校长无情地赶出了校门。据说这些描写，来自萧红个人的亲身经历。

山西作家赵树理有篇朴实的小说叫《套不住的手》，则透过一个学生的眼睛写手：

那个学生，一边揉着自己的中指，一边看着陈老人的手，只见那两只手确实和一般人的手不同：手掌好像四方的，指头粗而短，而且每一根指头都展不直，里外都是茧皮，圆圆的指头肚儿都像半个蚕茧上安了个指甲，整个看来真像用树枝做成的小耙子。不过他对这一双手，并不是欣赏而是有点鄙视，好像说“那怎么能算‘手’哩”。

奥地利作家茨威格《一个女人一生中的二十四小时》写了一个四十二岁的寡居贵妇，她在蒙特卡洛赌场里看到赌徒各种千变万化的手，手反映着他们的不同情绪：

贪婪者的手抓搔不已，挥霍者的手肌肉松弛，老谋深算的人两手安静，思前虑后的人关节跳弹；百般性格都在抓钱的手式里表露无遗，这一位把钞票揉成一团，那一位神经过敏竟要把它们搓成碎纸，也有人筋疲力尽，双手摊放，一局赌中动静全无。我知道有一句老话：赌博见人品；可是我要说：赌博者的手更能流露心性。因为所有的赌徒，或者说，差不多所有的赌徒，很快就能学到一种本领，会驾驭自己的面部表情——他们都会在衬衣硬领以上挂起一副冷漠的假面，装出一派无动于衷的神色——他们能抑制住嘴角的纹缕，咬紧牙关压下心头的惶乱，镇定眼神不露显著的急迫，他们能把自己脸上棱棱突暴的筋肉拉平下来，扮成满不在乎的模样，真不愧技术高妙。然而，恰恰因为他们痉挛不已地全力控制面部，不使暴露心意，却正好忘了两只手，更忘了会有人只是观察他们的手，他们强带欢笑的嘴唇和故作镇静的目光所想掩盖的本性，早被别人从手式里全部猜透了。而且，在泄露隐秘上，手的表现最无顾忌。

而她深深地被诱惑的，是一位二十四岁年轻人的双手：

　　这两只手象被浪潮掀上海滩的水母似的，在绿呢台面上死寂地平躺了一会。然后，其中的一只，右边那一只，从指尖开始又慢慢儿倦乏无力地抬起来了，它颤抖着，闪缩了一下，转动了一下，颤颤悠悠，摸索回旋，最后神经震栗地抓起一个筹码，用拇指和食指捏着，迟疑不决地捻着，像是玩弄一个小轮子。忽然，这只手猛一下拱起背部活像一头野豹，接着飞快地一弹，仿佛啐了一口唾沫，把那个一百法郎筹码掷到下注的黑圈里面。那只静卧不动的左手这时如闻警声，马上也惊惶不宁了，它直竖起来，慢慢滑动，真象是在偷偷爬行，挨拢那只瑟瑟发抖、仿佛已被刚才的一掷耗尽了精力的右手，于是，两只手惶惶悚悚地靠在一处，两只肘腕在台面上无声地连连碰击，恰象上下牙打寒战一样——我没有，从来还没有，见到过一双能这样传达表情的手，能用这么一种痉挛的方式表露激动与紧张。

在这双手的牵引诱惑之下，女主人公与这个浪荡子度过了一生中充满激情、悲伤与挣扎的二十四小时，蕴含的社会生活内容非常丰沛。

有部法国电影叫《雷诺阿》，讲已到垂暮之年的著名画家雷诺阿新聘了一个年轻美貌的模特儿，他见到这个女孩，第一个要求就是让对方把两只手伸出来给他看。

2

我们主人公的双手大小适中，除了手背覆盖着浓重的汗毛，比例、肤色、形状等，看上去完全算得上匀称了。在他早年留下的印象中，妈妈的双手比一般的女性较大——修长而骨感。他的这双手与母亲的手很相像，不像父亲的手那样白嫩而短窄。特别是掌纹，左中右三条清晰而富于美感，蜿蜒而不失中规中矩。

遇到过那么几回，不同年龄的女性争着翻看他的左右手，过分急切、过分的认真与投入，让他颇感窘迫。她们说话啰里啰唆，除了废话还是废话，用了类似算命行话的词汇，却还是属于聊天儿，她们把事业、爱情和金钱的运气一股脑搬出来，与他手心上的纹路联系起来，但不同的人有不同的版本。他生平最怕算命，因为他不信鬼神、太较真，太把什么话都留在心里，不管是大同小异的话，还是随口而出的话，别人后来记不得具体内容，他往往会惦记很久。

他的手很容易脏，老觉得自己的手很难洗干净，洗干净也很容易脏，特别是指甲缝，长得快、爱塞东西、容易变黑，这经常令他恼火。泥垢、脏土是指甲的密友，变着法儿躲到指甲缝里，黑得见不得人。他向来勤快，干活不惜力，手脏得快，洗干净了也不管用；指甲长得特别快，而且越剪长得越疯狂，没几天，指甲里又容留了许多深色污垢。有个名人说过，一个人的传记要由他诚实的敌人来写，只有敌人才了解对方的优势和短处，但这个敌人必须诚实，必须能够诉说真相。他指甲缝容易脏，这个真相没有谁比自己知道得更清楚。

女性一旦手美，必定使她的美增加几倍。他不敢肯定，手丑是否一定导致自卑，但手美必会长精神、长志气，从而步伐轻盈、姿态优美，自信心变强。

头一次阅读曹禺先生的剧本《雷雨》时，别的印象都没了，记得最牢的是四凤的手，剧本这样描写四凤：

> 四凤约有十七八岁，脸上红润，是个健康的少女，她整个的身体都很发育，手很白很大。

四凤的“手”，很白很大，“白”，或因青春期的到来，脂肪开始多起来，性征蓬勃而至；“大”则是体力劳动的结果。恩格斯有句名言：“手不仅是劳动器官，它还是劳动的产物。”手作为仆人的安身立命工具，劳作必使之壮硕与过分发达，家仆主要从事室内劳动，因此依然可以不断地白下去。

握女性的手，对心理冲击大。他握过不少女性的手，但握的最让他难忘的手，是摄影展酒会上一位天津旅德女摄影家的手——柔若无骨，冰滑甜腻，虚无缥缈，让人想入非非。但这同样是只最无情无义、最急于疏离他人的手，女主人漂亮超群，身材傲然，只需站在那里，就凹凸有致、摇曳生姿，她性格怎样？有什么喜好？是否已经结婚，这些都不重要。你立马会断定她知道自己的美携带的分量与威力，长相、身段、肤色，令她自以为在任何时候都可以凛然、傲然、岸然。她脸蛋的完美和身材的出色，使她的手有足够的理由吝啬于男性的触碰。她的摄影集明白无误地告诉人们，这双手曾经造就了不少近乎完美的黑白或彩色摄影照片，上面的人体，无论独立、纠缠、无奈，抑或闲适、无聊、沉醉，均美轮美奂，为超然物外的氛围所笼罩，让人分神。而与她握手的时候，她那双漂亮双眼皮下面的漂亮眼仁似乎并不情愿停留在他脸上，而是急切地向着门口人来人往的方向张望，并莫名其妙地连声说，“今天这里太吵了”，或者“我今天下午就要回天津了”之类，让对方发窘。

女性的手会比男性还男性，这是他没想到的。有次他在一个重要会议的间隙与一位非常有名的女作曲家握手，对方的热情与直率让他顿生敬仰之情，但女作曲家那只手之坚硬、粗糙、有力，实在出乎意料，让他久久难忘。手与手所出产的东西居然可以有那样大的差距，那些哀婉、缠绵、回味无穷，原来出自如此坚硬不堪的手，是由于早年下乡、长期劳动所致，还是遗传？他无处获知。

爱尔兰作家乔治·莫尔说有次遇到一位像其名字一样美丽的法国女人，有着特殊的法国风味，这位颇解风情的少妇经常把手放在莫尔触手可及的地方，惹他多次喃喃而语地赞赏说："多美的手。"而对方总是回答："这双手至少五百年没有干过家务了。"家务确实是手的天敌。我们的主人公在小的时候曾经目睹过邻居一对年龄相差悬殊的老夫少妻的口角。场景是压水井旁。在塞北的深秋季节，年轻妻子在井边淘洗酸菜，一盆酸菜有烂掉的，有能吃的，白皙的少妻撅着屁股在那里翻检、淘洗，而丈夫却蹲在一边唠唠叨叨地阻止，大意是说，捡点破菜发不了财，别给我丢人，赶快回家吧。而妻子红着脸忍耐着，用尽自己力气不停洗、翻、捡，使着粗糙、发红、无奈的双手，默默执拗对抗着丈夫。少妇到底经历了怎样的困苦与磨炼，双手如何与依然动人的美貌形成强烈对比？他没有找到答案。

一位著名作家兼翻译家女儿的手也曾给他强烈冲击。这双手之硕大粗糙与身材之纤细精致形成的对比，恰似相貌之细腻婉约与穿着粗疏马虎形成的对比，简直异曲同工。这位昔日的大家闺秀，长期从事文字工作，退休后面临多年抱病卧床的母亲，以及大量亲力亲为的家务，使她忘记了自己年近七十的高龄。她以瘦弱之躯，顶狂风冒严寒骑自行车参加聚餐，领取过年补贴。就在她立于一辆老式二八自行车，在寒风与沙尘中掏出手套的时候，他才发觉，这位女同事的手大得不成比例——骨骼巨大、关节突出，粗糙、红润、莽撞，好像肿过之后再也无法复原的样子，他想，唯一的原因应该就是辛劳，亲力亲为的体力劳碌使这双手，代替自己的主人，告白生活的真实，倾诉了艰难的一切。

医院病房里一位女同事那双依然白嫩纤细的手，曾让他痛且尴尬。在肿瘤医院一间昏暗狭小的病房里，他试图去握自己第二个工作单位一位女同事精致的手，以表达自己的善意。没想到手被女同事迅速抽回，她虽已病入膏肓，但依然好强，大概无法接受这种在她看来过于显然的同情或怜悯，她像被动物咬到了一样，瞬间将手撤回到一个足够“安全”的距离。她是笔记本的密友，从她的双手，曾经流淌出的如“钢板字”一般规整、划一的文字，到底有多少，谁也不知道。她酷爱记日记，长时间用活页纸不倦地记，记满一年就订成一册收藏起来，不觉间积累了许多本。后来的电脑让她戒掉了手写日记的习惯，她还花好长时间把所有日记一一录入电脑，分门别类地整理得井井有条。这些文字如今安在？有谁会关心写了些什么吗？

把手抽回到被子里的女同事声气虚弱地说，千万要把身体搞好啊，没有身体，就什么都没有了。作为一个以工作为唯一乐趣的人，说这话想必百感交集吧。她那双修长细腻、纤细苍白的手，此时躲在被子里，正无声地做着证。

身体和身体上的器官似乎只有出了毛病才能被意识到，它们永远是人的奴隶。比起人的雄心、冲动、欲望，身体上有的部件永远站在下风口，是十足的承受者。陈耳导演的《罗曼蒂克消亡史》有个情节，为了给不顺从的谈判者颜色看，黑社会老大卸下了对方姨太太一只风姿绰约的手，当这只手放在盘子里被呈现在人们眼前的时候，依然戴着价值不菲的玉镯，他没有想到，这手居然还能那么仪态万方。

3

“手足无措”，作为情态与词语同样很奇妙。他自认是这个词不折不扣的实践者与诠释者。因生来腼腆、易于害羞，小时候经常见了生人面红耳赤、说不出话来。有一次大表姐问他，见到陌生人的时候，感觉最难办的事情是什么，他毫不犹豫地说，不知道手该放在哪里！在生人的面前，他感到双手插到兜里不好，放在面前碍事儿，背起来更不像话。与人谈话他很紧张，手会添乱；犹豫不决、拿不定主意，手也捣乱。他觉得手里拿个东西会有效缓解紧张，拿上一支笔最管用。上大学时每逢女同学来访，他会与她们边交谈边摆弄钢笔，尽量不凝视对方的脸庞或双眼，他把笔帽拔下来再安上，笔管拧开再拧住，不知什么时候，“修钢笔”的段子不胫而走，男同学间一说他“修钢笔呢”，就说明他宿舍刚刚来过女生。

手的痛感很强，大概手上的感觉神经系统极为丰富。其实，别的器官同样如此，只不过没有经历过，不会有痛感。初中时期“学农”活动中，手曾经成为他身上受害最大的器官。有次搬运砖瓦，他的右手不小心卷进砖瓦与车帮的缝隙间，凶狠、突然的挤压使中指指甲盖当场脱落，在场女数学老师花容失色，尖声大叫，急出满头汗，心疼得几乎掉下泪来。其实当时并没有痛感，过了几分钟，伴随着血液的到来，疼痛袭来，难以忍受。手使用率高，很难保持干燥，这个手指经过很久才痊愈、长出新指甲。

手伤导致的后果是各种各样的。初中时候，一位中指被锐器划破的同学，为了向严厉的父母掩盖闯下的祸端，就把中指紧紧贴在相邻的无名指上，天天如此，在大家的眼皮底下，两个手指居然长在了一起，当二者融为一体的时候，倒霉的伙伴知道再也瞒不过父母，就实话实说，到医院开刀后才分割开来。同学一年年长大，这个奇妙的故事与他一起长大。

人的手会有很多表情吗？女作家周晓枫在《墓衣》一文里曾说，散文家秋子热衷拍摄手，她利用朋友聚会时抓拍的，唯有手，特写的手，并不选取五官等。周晓枫发现，“被凝固的瞬间，独立的手更具表情：自然率性的，做作扭结的，阴谋的，克制的，颓废的，害羞的，因渴望而喜悦或不安的，那么多的手，在数量和丰富性上都倍于人脸”。

在恩格斯看来，骨节和肌肉的数目与排列，在两只手中是相同的，然而即使最低级的野蛮人的手，也能做几百种为任何猿手所模仿不了的动作。没有一只猿手曾经制造过一把哪怕是最粗笨的石刀。恩格斯将之归结为劳动的力量——人经过几十万年的劳动，手获得了自由，而且将这种灵活性遗传下来，一代一代地增加着手的功用和感觉能力，等等。感觉能力的获得告别了手作为劳作主体的从属地位。这是长期进化中的一个必然，手与人的情感联系起来，使之获得了与表情、语言、目光同等的价值，手会“说话”，手能够表达与探索，是手得到巨大解放的结果。

手在满足欲望的过程中，作用越来越大，能力越来越强。英文finger一词，既是器官手指的名称，也指触碰、拨弄、抚摸等动作，还可表达用手指去感觉、探寻乃至满足欲望等意思。在春宵一刻值千金的深夜里醒来，手触枕边人，恰值对方滑润似玉，静如处子，必然激起胸中波澜。中国古人无数次吟咏过这样的场景。

手最能传达一个人的情绪和意愿。我们的主人公在父亲火化前的追悼仪式上，在与继母并肩而立的时候，隔着大衣的袖子，此生第一次用力握了一下继母的手，传导出自己极度悲伤中的冲动，也注入了太多的意义——悲伤、怜悯、决心及承诺。重要的是，他马上意识到，对方的呼应非常及时，这个呼应释放和传达出来的信息极为丰厚：惧怕、疑虑、感激以及企求。人的求生本能是第一的，会自然而然流露出来，不用任何刻意。

到底能走多远

冰冷的双脚，还不是停下来的时候
要做的事还那么多
如果我翻越千里回到家
你会在那儿吗？

——［美］斯嘉丽·约翰逊《我的时间之前》

他们不会用砍伐的树木行走，
也不会花钱去买死人的鞋子，
即使花掉的是死人的金钱。
一双气味扰人的鞋要走出多远
才能长出适合他的双脚？

——欧阳江河《去雅典的鞋子》

1

这是一个孤独而忧郁的周末。吃过简单的午餐，刚要起身，他突然右脚掌剧痛，几乎无法挪动，反复试了多遍，拐着走了好久方可勉强缓步而行。经过这件事情，他才发现，自己走路是先迈右脚的。他从不注意脚，脚之被忽略是坚信它们永远不会出毛病，从来就是供自己驱遣的，像自己的奴仆，任凭被挤压、磨损或紧捂，都会任劳任怨，忍气吞声。那天，完全没有显见的意外或能够意识到的原因，脚掌却疼痛难忍，这种事情平生第一次遇到。

脚大概算得上地位最低的奴仆。人们把它放在心里，女人为它操心，涂抹指甲油，进行额外装修，也是为了给自己的吸引力加分。男人则是双脚的恒久驱策者。汉语中有一个词完美定义脚在人类职业中的决定性位置——“脚夫”。因脚而导致一种行当，使“夫”获得养家活口的本领和资格。人直立行走之后，脚所负担的重量大过任何动物。从《罗辑思维》的一期节目里他了解到，只有人类的双脚可以完成诸如马拉松那样长度的长途奔跑，这双脚让人类的奔跑能力超过任何动物。脚是可以确确实实地创造自己历史的器官。

人生最大的不幸，一是失明，二是无法行走。对人类来说，眼睛尚可坚持工作到人类生命最后一刻。在正常结束生命之前，脚则提前完成自己的使命，往往早于眼睛退出一个人的行动力舞台。所以，“腿脚”在中国人眼里很重要，腿脚不济，意味着生命的跋涉已接近终点。“连腿脚都不行了，你父亲肯定撑不了多长时间”，父亲临终前两个月，一位姑父对我们的主人公这样说。这个预言只用不到一个月时间就被验证了。

人身上不管什么器官，只有出现了问题，其存在才被注意到。人的每个器官及其附件、配件都不能出毛病。以脚为例，别说脚掌、脚底、脚背、脚踝、脚趾、脚后跟，就是脚指甲，也断断不能出一点岔子。

人类在一生之中，据说双脚平均触地次数超过一万万次以上。人类双脚具有惊人的承重能力。一个体重五十公斤的人，双脚每日累积承受的总压力竟在几百吨上下。双足反反复复做无数动作，支撑着人在世上的任何正常活动的运行，经历着难以想象的惊险、挑战、传奇。

“足”是汉字的一个部首。东汉许慎《说文解字》曰：“人之足也。在下。从止口。凡足之属皆从足。”百度一下，与脚相关的那些字一路排开：跃、跌、跖、踩、跑、跳、跪、跌、踌、踢、蹿、踯、踹、踊、跪、蹈、跷、蹲、蹭等等，大多具备动感及方向寓意。

脚作为腿下部的延伸物，易被观察和思考，具有很多人文含义。脚这个器官很奇怪，会给人不同的心理感受，历来是中国古代文人的一大话题，从李煜、李渔，一直到沈复、柏杨，文人们对脚的兴趣没有停止过。

司马迁在《史记》中称：“临淄女子，弹弦，咕缠。”其中“咕缠”可能指缠足，或许仅为少数风月场所中的女性所特有。五代十国时，顾闳中《韩熙载夜宴图》中的侍女也都是天足。但杜牧诗中有“细尺裁量约四分，纤纤玉笋裹轻云”，人们认为是缠足了。清代人余怀却在其《妇人鞋袜考》中说“考之缠足，起于南唐李后主”。

中国女性双脚绝不露出来，自古即有传统。某次文学研讨会上，社科院有位女学者说中国古代女性用品中最伟大的发明之一是“套鞋”，说女性睡觉时穿戴在脚上，异常精致实用。确乎如此，《白鹿原》第十九章写到，得知小娥死讯后，白孝文派人打开窑洞，这才发现：

小娥上身趴伏在炕上，一只胳膊压肋下，另一只胳膊伸到头前的炕席上，一条腿压在尻子底下，另一条腿吊在炕边下，通体精赤，只有一双小脚上缠着裹脚布，勒着套鞋。

接下来我们看到：

一件夹衫压在她身下，从精赤的身子和脚上的套鞋判断，她被杀的时间是在夜里，因为套鞋只有夜里脱了衣服睡觉时才换穿的，这些都是很容易作出判断的生活常识。她的死因似乎更容易猜断，既然脱得一丝不挂只穿睡鞋，肯定是某个野汉子跟她闹翻脸了杀的或是一伙野汉子争风吃醋失败了报复杀了，对于这个臭名远扬的官礀子女人，除了奸情不会再有什么更深更多的因素令人思索。

这是孝文的判断。可见，即使身上不穿衣服，也不能赤着双脚，旧时代中国女性的脚如此隐秘可见一斑。明代苏州吴江小才女叶小莺只活了十七岁，却有《返生象》等传世。她在《艳体连珠》里写到，“盖闻步步生莲，曳长裙而难见；纤纤玉趾，印芳尘而乍留。故素谷蹁跹，恒如新月；轻罗婉约，半蹙琼钩。是以遗袜马嵬，明皇增悼；凌波洛浦，子建生愁”。“纤纤玉趾，印芳尘而乍留”意思即指女子的脚总是藏在拖地的长裙里，纤细的脚趾只能从她们的足迹上辨别一二而已。

似乎在别的国家也不例外，英国作家约翰·福尔斯在其《法国中尉的女人》中说，女性的躯体从来没有像19世纪那样隐蔽。小说开场讲到，凡是细心观察的当地的人都会发现，女主人公莎拉“穿的艳红裙子窄得惊人——也短得可怕，因为从她那件绿色大衣下，从那双灵巧地踏着路面的黑色皮靴上，露出了一双白皙的脚踝”。露脚是“惊人”与“可怕”的。

女性双脚秘不示人，在不同国家不同时代情况大有差别。在出访穆斯林国家摩洛哥的时候他发现，这里的女性即使头蒙得很严实，脚却可以裸露，而且不必穿袜子。在一家特产店选择礼品的时候，他看到那些年纪很轻的女店员，头被包得紧紧的，白嫩的双脚却从造型简单的凉鞋里漂漂亮亮地裸袒出来。在一个大企业家宽敞的客厅里，墙上一幅画令他很吃惊：画面上有几位穿着打扮不同的女性，无论主仆，均赤脚懒散席地而卧。在机场的商店里，漂亮而友好的小店员穿着长长的黑袍，但白嫩的双脚在小巧的凉鞋里颇为夺人眼目。前几年，在埃及国家博物馆一本图录中他同样看到，那些阿拉伯妇女光着大脚，旁若无人地坐在花园的台阶上，在古代的中国，那是断断不可能的。

若干年前，他在武夷山有过一次顺江船上游览的经历，划船的艄公能言善辩，边摆渡，边讲两岸景物及传说，一双大脚如同蒲扇般铺在船上，确保人总能牢牢地稳于船上。与老艄公同船的女儿，同样赤着一双红润而宽大的双脚，这双脚稳稳地立在船上，自信骄傲，任凭风吹雨淋。福建女画家韦江琼擅画国画，其画作中的渔女，大多脚面宽大、十指分开，终日裸袒于烈日海风之中，异常饱满、刚毅、结实。裸足是海边人们的生活常态，画面无疑来源于福建渔家现实生活。

2

在西方文学中，脚的故事很早就获得了自己的地位。希腊神话中有个人物叫安泰，据说他的双脚永远不能离开大地。安泰俄斯即安泰，是大地女神盖亚和海神波塞冬的儿子，居于利比亚。安泰俄斯力大无穷，只要他保持与大地的接触，就可以从母亲那里持续获取无限的力量，就不可战胜。安泰强迫所有经过自己土地的人与自己摔跤，并将对方一一杀死，收集和积攒死者头骨为父亲建造一座神庙。当希腊神话中最伟大的英雄赫拉克勒斯经过利比亚时，发现了安泰俄斯的秘密：安泰的无穷力量来自脚与大地的接触。在两人的战斗中，赫拉克勒斯将安泰举到空中，使其无法从盖亚那里获取力量，最后将之扼死。双脚成为生命与力量的源泉。西方文学中另外一位以脚改变命运的，就是仙度瑞拉（辛德瑞拉），这位水晶鞋的成功试穿者，因分毫不差的完美双脚，才开辟出自己美好的未来，从此过上了幸福的生活。

法国当代作家勒克莱齐奥写过一个名为《脚的故事》的中篇小说。女主人公尤金娜出生时，她母亲的第一个举动就是数数女儿的脚趾是不是十个。后来尤金娜经常回想起自己幼年时含着大脚趾睡觉的经历。长大了无法做到了，就把自己的大脚趾放进男友的嘴里，问他是什么味道。其实她天生平足，受了许多苦才得以矫正。作家反复描写人物双脚的形态、活动与温度，写脚与孤独，与满足，与喜悦、悲伤的关联。比如她与萨穆埃尔做爱后：

他们的脚在歇息，萨穆埃尔歪向一边，足弓皱起，脚趾撑开，尤金娜的脚则是直立着，摆脱了床单，脚指头竖起来以便更好地抓住晨曦的轻抚，留住梦中的惊喜。

在小说最后，尤金娜生下女儿欧拉丽，也经常数女儿的脚趾，有时她会边哼母亲给她哼过的儿歌《这只小猪》边数脚趾。生命新的轮回就这样再次开始。

3

这位尤金娜对脚如此痴迷，使我们的主人公想起一双在初中时代曾经像闪电般击中自己的脚。那属于一位女同学姐姐的双脚。初中时期是他人生中最好的一段经历，良好的班风，少男少女自由相处，把大家健康地联系在一起。这得益于班主任独特的教育引导理论与实践。当时他所在这个班的男女同学经常来往，在一起聚会、玩耍、聊天，与别的班男女同学不相往来大相径庭。班主任胡老师认为，少男少女多来往、多交际，会破除男女同学之间的神秘感，让关系正常起来，而男女同学一旦正常交往，就会消除暗地里偷偷摸摸的来往，一起玩，一切都摆在明面上，理性、热闹、有意思，自然可以消除早恋。事实证明，男女同学的正常交往使大家关系正常，自然共处，互相关心，其乐融融，。有幸在这样的集体里与异性正常相处，为天真无邪的岁月留下了美好的记忆。

少男少女经常在夏季晚饭之后相聚，大家会骑着自行车到居住条件好的同学家，聊天、吃东西，热闹一阵后散开。有天晚饭后他与几位同学来到作为班长的女同学家。女班长长得身材高挑、皮肤白皙，永远干干净净、大大方方，为人处世有着与年龄不相符的从容不迫，很有亲和力，大家愿聚在她周围。她能力强，家庭生活条件好。父母是红旗电影院很有威望的电影放映员，子女众多的一家人其乐融融，有好几个居室的大房子，一贯窗明几净。

大家正在说笑的时候，女同学的三姐出现了。这个姐姐也就比她大三四岁的样子，见到这位姐姐，他立刻生出“养在深闺无人识”的感触。这位姐姐白得让人睁不开眼睛，不比银幕上见过的电影明星差，即使今天看来也绝对可以沉鱼落雁。羞涩与大方，细嫩与康健，高挑与匀称集于一身，唇红齿白、芳香四溢、高贵优雅，那种纤细与饱满兼有、婉约与爽快并存的样貌，一下击中了他。这位姐姐似乎刚洗完澡，一头长发淋湿了包裹着双肩的衣物。她双手交叉端在前面，身上散发着湿润的、香喷喷的气味，什么首饰都没有戴，什么妆也没有落在脸上。就这样，她走过来了，她年轻的目光转向他，与他四目相对，时间短得可以忽略不计，怕是闪电划过的时间也要比这长。但惊鸿般的四目相交，让他面红耳赤、张口结舌、狼狈不堪。这位三姐停在他身边，没想到对方如此慌乱，她不得不调整自己，让本来可以脱口而出的话语转个弯、润个色，装饰上一层薄膜。

他的心脏狂跳不止，疯狂得像要从嗓子眼儿里冒出来似的。他的双耳嗡嗡作响，什么也听不见了，他发现自己手脚大而无当，双手不知放在哪里才好，脚不知踏在哪儿才合适。姑娘端着手直视他，好像是说，“哎呀，你爸爸是我们的高中老师啊，教过我们生物课呢！”他却好像什么感觉都没有了，手足无措，支支吾吾，什么也听不到。面对一双美目，他赶快把头低下来，双眼躲开这位姐姐，垂到地上。结果，他的目光恰好落到了这位姐姐的脚上——这是一双何等完美的脚啊。湿润得如此透明，粉嫩得如此脆弱，白皙得如此彻底。幸好那个时候不兴给脚指甲涂抹颜料，令其天然面目得以完全呈现。说是绚丽那是过于夸张了，说是润泽那是过于偏激了，但确乎饱满得那样自豪、羞涩、夺人眼目。这双脚懒懒地随意安顿在一双浅色塑料小拖鞋里。双脚完全透明，像是水晶和白玉，没有一丁点儿杂质。白，难道不是所有色泽中最伟大的一种吗？富有诗才的人们，谁不愿把诗情献给肤白、齿白、手白的女性呢。每当脑海里浮现出同学姐姐的这双脚，他就想，如果是在古代，这双脚是不是可以换得一座城池啊。

对于相貌平常的姑娘来说，脚长得美，会是对其他缺憾的一项极大弥补。清楚意识到自己的美到底在哪里，会不失时机地扬长避短；意识不到的，即使有美，也会被白白埋没。他接触过一位为朋友送书的海南姑娘，这位姑娘本来相貌平平，四肢匀称而已，眼睛不会说话，头一次冬天见的时候，即使上身包得再紧，再想突出重点，也断然不会凹凸有致，脚塞在一双落满了灰尘的靴子里，后跟的泥巴透露出生活的困窘。第二次见面是盛夏，女孩穿了一双造型很好的凉鞋，一双白嫩而纤细的美足隆重出场。她仿佛有意为之，搭配一般的衣裙虽乏善可陈，粗糙的头饰只恰到好处，仿佛全身其他部位均无法与凉鞋里的双脚争抢风头。在交谈中，姑娘不停变换站姿，就是为引起他的注意。谈话在街边进行，在翻看她带来的书的时候，他明显感到姑娘为这双脚自豪。

脚成为人与人接近或交流的一个重要入口，也会成为开启人的欲望的一个肇始吗？南非作家库切有部小说叫《等待野蛮人》，作品讲述某虚拟帝国对游牧部落发动战争的虚拟史。没有确定的时间、地点、人物，有的是一个虚构的帝国，一段虚构的历史。故事的叙述者是一位驻扎在帝国前哨的老行政长官，他在这个荒凉的边境打发自己的岁月。他同情从沙漠深处捉回来的“野蛮人”，收容掉队的受伤“野蛮人”女孩，悉心加以照料，最终亲自把女孩送回她的族人那里。他与这位“野蛮人”女孩的亲近，就是从脚开始的，他脱去她的鞋子，为她洗脚、按摩，接近姑娘的内心，产生了对姑娘的强烈欲望。

4

每个人的脚都有自己的故事。

他的脚在童年时代曾经饱经沧桑。童年时不被大人重视，相当具体地反映在穿戴上。对他来说，夏天不穿鞋是太经常的事情了。贫困的家境，只能满足孩子们最起码的穿得上、不受冻，至于衣服、鞋子的多样与美观，那是过于奢望了。小孩子的鞋磨损率之大，超出大人想象很多。父母们很难猜到孩子们如何拥有那么多把鞋穿坏的本领，他们很健忘，他们难道不是从童年的苦恼与局促中走过来的吗？伊朗电影《小鞋子》讲两个孩子因为一双鞋，担心受到大人责备，演绎了多少辛酸、委屈！所有这一切，可能曾经会落在每人身上。难道一旦成为“大人”，过去就自动清零，自己童年时双脚如何经受历练就会被忘记吗？童年的甘苦，脚受过怎样的委屈，曾如何就鞋的事情与父母激烈较量，每人都有酸楚的故事。

贫困使人早熟、苛刻、耐劳，并过早地明白千万不要奢望什么。鞋的匮乏，令我们的主人公幼年的时候在夏天自然而然地选择了打赤脚。况且在当年，光脚在孩子中间是那样的普遍，大家像比赛一样，一到夏天就赤着双脚出门疯玩。富裕家的孩子赤脚是尝个鲜，家境差的孩子则是无奈的常态。小镇上的炉灰砟马路，留给了他双脚尖锐的不舒适感，那种刺痛、酸麻，虽易于很快被忘记，但夏天时的灼烧，深秋时彻骨钻心的寒意，却足够铭记一生。这双被迫失去护佑的、完全解放的、无拘无束的脚，经常奔跑在炉砟铺就的马路上，跟随在大孩子们啸聚野外的队伍后面，踏过黄土、沙地、泥坑，踩过荆棘丛，跳过沙枣刺，这双万能、辛劳、苦涩的脚，无时不在觊觎着、艳羡着别人的鞋子。

鞋子的匮乏作为中国人20世纪六七十年代普遍面临的问题，反映国家大范围贫穷及物资匮乏。小孩子穿不上合脚的鞋，是中国带有普遍性的问题。观看一部由过士行编剧的话剧时，台上有个小伙子说了这么一句台词——我从小到大就没穿过一双大小合适的鞋！一下子让全场爆发出会心的笑声。孩子脚长得快，在节俭已经成为习惯的父母那里，其固执的集体无意识就是，买鞋要给孩子留出很大富余，既等孩子脚长大，也可以大传小。困难年代捡别家孩子穿过的鞋，同样极普遍。能穿上尺码大小正好的鞋，是家境极好的孩子才有的运气。

上中学后，因为有一位在发电厂工作的姑姑的悉心慷慨，他脚上拥有了一双足以令他骄傲的“回力”。这是工厂发的劳保胶鞋——浅绿色，高靿，系带，鞋底弹性极好，当时算是有相当档次的物品，既是便于跑跳的运动鞋，也是有相当美学及实用价值的日常用鞋。姑姑大概一个季度发一双，她每次都按照侄子双脚的尺码申领。这种胶鞋在冷冬时仍能具有一定的保温性。但保温性在热天就是突出的毛病，特别容易滋生脚汗，强大的“捂汗”功能，使脚底终日冒汗，双脚长期踩在橡胶鞋底上，导致脚底发白、蜕皮，难闻的味道由于极难散发，散发出来愈益不得了，这是橡胶鞋的通病。

5

脚是有不同类型的，因从形状上看就有很大差别，这一点谁也不会格外留意。据说依照脚趾的形状及长度，人类的脚可以分为埃及脚、罗马脚、希腊脚三种。埃及脚是脚型中最普遍的——大拇趾比其他四根脚趾长。不过脚长得好不好，与脚型关系不大。女性的脚长得好，魅力不会输于手。有次在地铁里，他看到一位靠在门边的姑娘，异常清新脱俗。姑娘是一望便知的南方人，身材修长、凹凸有致，一双穿在简约版凉鞋里的美足，熠熠生辉，双脚的脚指头基本上一般齐，像用尺子卡过一样，长短差不了几毫米，如珠似玉、晶莹剔透，整整齐齐地排列着，在人们眼前无言诉说着什么——修长白皙、安静寂寞，却异常鲁莽唐突而不自知。现在他才知道，这种脚叫罗马脚，五根脚趾长度差不多，没有特别凸出的，整体看起来似长方形。而姑娘脚上的那双凉鞋结构异常巧妙，看似只是用一两条带子就交代清楚了，不同方向干脆利落地结构出一个简约物件，与那双青春奇妙的脚掌相得益彰。拥有罗马脚的人比较罕见，据说还特别适合跳芭蕾舞。这次算让他长了见识。

早年总是听姥姥说“二脚趾长，亲爹不亲娘”，希腊脚就是第二根脚趾比其他长，有种说法认为通常拥有这种脚型的人四肢修长，有所谓研究发现，拥有希腊脚的女性不一定是美女，但美女绝大多数都符合第二根脚趾较长的特征。更有趣的是，纽约自由女神、希腊诸神雕像都是这种脚型。达·芬奇《丽达与天鹅》（1503年）、布歇《梳妆的维纳斯》（1751年）、达维特《帕里斯和海伦的爱情》（1788年）画面上的主人公都是希腊脚。我们的主人公认为，脚是否漂亮除与脚型无关，与身材是否修长、长相是否漂亮不一定总成正比。话说回来了，漂亮的人，看上去方方面面都匀称和谐，悦人眼目，让人打心眼里感到舒适、自然，而所有细节上一点毛病都没有的人，非常遗憾，总是少而又少。

有年中秋节次日，是个周末。电视上没找到激动人心的影片，没值得期待的外出，节日变得异常漫长难熬。无聊中，他翻看到VICE微信公众号里有这样一则简报——《希拉里的脚太丑，被网友嫌弃》。该消息说，wikifeet评论员“已经彻底把足部是否性感和政见是否高明两件事挂上钩”，政见不同可以忍受，脚太丑不可容忍。一个名叫BigDaddyWizz的网友说，“这好比Paula Deen整个人叫我呕吐，但她的脚客观讲挺不错”。Paula Deen是美国著名烹调大师兼美食节目主持人。她曾因在工作时间用到“nigger”（黑鬼）这个词，并说希望把黑人打扮一下跳白人舞蹈，从而事业面临崩盘。

盈盈尺素

淡柳平芜，乱烟疏雨。雁声叫彻芦花渚。
亭前落叶又西风，断送离怀无著处。
切切归期，盈盈尺素。断魂正在西兴渡。
满船空载暮愁来，潮头一吼推将去。

——［宋］柴元彪《踏莎行·浅柳平芜》

“为什么我爱”你，先生？
因为——
风，从不要求小草
回答，为什么他经过
她就不能不动摇。

——［美］狄金森“‘为什么我爱’你，先生”，《暴风雨夜，暴风雨夜》，江枫译，人民文学出版社，2008年，144页

一切是从什么时候开始的呢？

我知道，你俩尽管小学中学都在同一所学校，有接触却在高中毕业之后。有时是春节，有时是暑期。她从不单独见你，要么由一位两腮红润的矮个女生陪着，要么与其他同学一起。有次过年到你家，你忙前忙后，印证了你生活能力强的传闻。她学习成绩比你强，1980年高考顺利考入医学院，你则比她低了十几分，只得到外地补习，第二年才考到与她同一座城市的综合大学汉语系，学制比她的中医专业正好少一年。考入大学的那个暑假，你有天傍晚独自到她家串了一次门，扭扭捏捏地吃了一个梨，把吃剩的梨核扔在炉子里。她很难理解。

1

1982年，你俩全年无来往。

1983年上半年，国内外发生了好多事情，比如，1月16日，首例人工授精婴儿在卢光琇指导下诞生于长沙；3月23日，美国总统里根制订“星球大战计划”；4月1日，中国第一辆桑塔纳轿车在上海组装成功；4月22日，协和医院产科名医林巧稚逝世；5月9日，我国加入《南极条约》……而对她来说，这些都不要紧，重要的是5月初她参加了一次你不在场的中学同学聚会，席间大家关于你的无意闲谈，使她怦然心动。她果断采取行动，用的是最原始的方法——

林义敏同学：

你好！

最近与同学们见面，大家都谈到你，说你上了大学依然很好学，学习成绩突出。你果然成为咱们同学中的“能者”，很让我佩服。功夫不负有心人，大家都羡慕你这样的人。知道你在N大中文系读书，十分羡慕。我也很喜欢文学，但不知从何入手，不知怎样才能提高文学水平，特别希望拜你为师，期待能够得到你的指导，我相信你一定会是我最好的老师。

祝好！

同学：何丽

1983.5.10

显然，这次春天的聚会发生在五一劳动节期间。“五月的鲜花，开遍了原野”，五月的少男少女啊，怎能不思春？只是，她的这封信你并没有回。我猜，你也许是迟钝，也许对她不感兴趣，也许手足无措。一封信在同一个城市里来回需要两三天，第四天仍没有接到信，她便又写了一封：

林义敏同学：

你好！

最近很忙吧？我前几天到了N大，是去同学娜森家玩。她爸爸是蒙语系的老教授，哥哥是中文系的排球手，一家人都很爱读书，就她大大咧咧的。上了大学，大家都松了一口气，刻苦读书的人并不多，我从小就喜欢古诗词，一本小说拿在手里，一定要读完才放得下。我学的中医和中文有很密切的关系，我不想庸庸碌碌地混日子，想学通中文，学好中医，走出校门能够更好完成救死扶伤的任务。学好文学，我该读什么书？要不要订一些刊物看？相信你一定会帮助我的，对吗？

祝好。

同学：何丽

1983.5.14

两天后她就收到了你的信，只是这封信长达两千零五十六字，让她大吃一惊。抱歉，鉴于对你腼腆性格的了解，出于节省篇幅的考虑，我暂不公布这封信。我能透露的是，这封信一点也不居高临下，更不因有女生求教就沾沾自喜花言巧语，而是循循善诱娓娓道来。信中说："文学真是个魅人的事业，你要学好文学的想法真是太好了，以它为业余爱好该是很有意义的。"完全符合你的书呆子气。让我没想到的，是你在末尾的这段话："你想怎么开头？怎么打算？我可以给你搞个书单，书你可以借来看看。如有机会，还是面谈为好，一时我也说不清楚。"据我对你的了解，你少年老成不苟言笑，扑在学习上像扑在面包上一样，没想到居然这么不淡定，难道真的思春了？

她反应非常迅速，很快回信，语句极符合聪明女性缜密机智的心思——

林义敏：

你好！很高兴看到你的来信。

我唐突地给你写信，已经觉得很不好意思了，我怎么会怨你呢？给我写了这么长的信，一定花费了不少时间吧？你学习那么忙，时间对你永远是很宝贵的。为了我的“无理要求”，还耽误你的宝贵时间，真的很过意不去。展开你的来信，心情非常激动，你的耐心而富有文采的描述很让我感激。我会按照你的指导，好好努力。（你）最好能帮我列出一个详细的书单，这样学起来就很方便了。我想买一些书，先从哪里入手好呢？我为了增加文采，习惯于背字典，这样好吗？

祝好！

何丽

1983.5.20

她看出来了，前面你那封被她评价为“耐心而富有文采”的信，不认真精心花时间是写不出来的，这令她满意，兴奋且感激。为更好展现你的“心路历程”，信还是让大家见识一下吧，毕竟是第一封。

何丽：

你好！

来信收到了。上次没有给你回信，实在是我的不应该。以你的为人，我深信你并不为意。是完完全全能够原谅的。也正因为如此，我的惭愧就更深一层。

信中提出你下决心学好中文，从而精通文学专业，去尽“救死扶伤”的天职，而不愿庸庸碌碌地混下去，这给我的鼓励也不在小。以前我们见面时，我只觉得你该不是个平平庸庸的人，而从这封信里我也真正看出一个如中学时候发愤图强、刻苦攻读的你。我们这些读书人，也许不会有更多的更大的本领了，啃好书本，就是将来进入社会，以至立住脚跟的依据，这个信念虽然我也常常发生动摇，但我还是想说给你，我很佩服你的想法，但又很不安，因为你居然把我当成个“能者”，当成个“最好的老师”。尽管我很愿意帮助人，并且以此为自豪（因为人们看得起我，我怎么会老不识抬举呢?），只怕我浅陋的见识辜负了你的希望，到头来让你失望。很可能，我的“知识”会让你失望。我愿意尽力帮助你，至少能为你奔走奔走教材资料，“指导指导”（如果能够称得上的话）你。

我现在学的专业，和创作、写作只沾些关系，实质完全不同，进入中文系之前就不应抱学了中文系将来就当作家的希望。中文系是以培养文学研究者为重要目标的，可以说，它培养莎士比亚、托尔斯泰、李白和曹雪芹的研究者，而不主要培养莎士比亚、托尔斯泰、李白和曹雪芹（当然我们当中将来想当莎、托、李和曹的人不在少数）。因为作家是不能产生在教室和学校的。写作课只开了一年，发了一本《写作基础知识》，我没看完。上的课其实是“写作课”，而不是创作课。上来讲选材、语法、修辞，而非诗歌、小说、戏剧、散文的创作。

你说想学文学，我不知道你究竟是主要想在哪几方面，或哪方面提高。我姑且泛泛地谈谈写作吧。对读书人来说，要紧的恐怕莫过于识字和写文章两项。恰恰，古今中外谁也不敢说谁学识最高、谁文章写得最好。我们现在要提高写作水平，回顾一下中学老师乃至小学老师讲述过的都是可以的。我认为，写作能力的提高要依赖于阅读，阅读什么最好呢？国外有的学者给非英语国家的学生讲学好英语的经验时总是爱说，与其去读莎士比亚、狄更斯（他们都是英国的伟大作家）和古典名著，不如多读读当代英美期刊杂志上的文章或小说。因为它们是新鲜的，是活的语言造就的。所以，我看最好多读读当代作家的作品（散文、小说、理论都好）。鲁迅是中国现代文学史上最伟大的文豪了，可是以他的杂文做写作范文我实在看不出能有多少益处。鲁迅的层次太高，难以效法。现在的文学刊物很多，经过编辑认真的校改，几乎篇篇都很清丽、流畅、好读。在大量的阅读中，我们只有细心留意人家的文笔（用词遣句、谋篇结构），才能得到启发。读得多了，就可能不自觉地模仿。

模仿别人写文章也是很好的学习，一篇文章很好，你照着它写出来，尽管是亦步亦趋的，但写的能和它比美，就绝不能说你是低能的。阅读时一定要做有心人，这样在坚持（不懈）的阅读中你就会发现，天下文章总相通。比如你会体会到散文拟物、写景、议论，是有它特定语言和写法的。打个比方，说“眼帘”而不说“眼睛”，说“冉冉”而不说“慢慢”，说“一声枪响划破了夜空和寂静”，而不说“静悄悄的夜里响起了一声枪”，为什么这样？……多读，留心就会对你产生潜移默化的影响。再如，学术论文大都要求严密、准确和沉稳，语气要带些书本气（所谓bookish），层次一定要分明，先说什么，后讲什么，都要安排好。多读一些学术论文，比如经济、历史、文学等方面的，你也会体会出它同样有一套模式。如先提出对立的观点：“某某在某篇文章中说如何如何，本人实在不敢苟同，因为……”然后就是一二三，甲乙丙，至于正面立论，则首先引经据典，然后引出自己的看法，甲乙阐述。医学方面的东西我接触得最少，几乎等于零，它的叙述恐怕更需要滴水不漏的严密。

这只说了读的方面，写的方面更要努力，眼高手低是万难成事的，写得多了，自然轻车熟路，但这一定是个非常漫长和艰苦的，也是一个需要丢掉幻想的过程。

文学真是个魅人的事业，你要学好文学的想法真是太好了，以它为业余爱好该是很有意义的。你打算让我买文学方面的什么书籍呢？是文学史，还是作品选读，是作品欣赏，还是别的什么？中学时期是我们文学启蒙的时期，就是现在我们也需要有个再启蒙的机会，我觉得学文学光读作品还不够，还要接触一些文学史家的著述，不然，有些作品读了也会有“欣赏不了”的慨叹，入了宝库也会空手而归，尤其是外国的、古典的东西。

教材如果学校有是很容易买得到的，现在是学年末，教材并不多，每学年初的教材最多，我多多给你打听。“古汉语”方面的你们需要不？我们用的是王力的本子，部头有些大；至于你说订杂志，现在种类确实多，你最好订综合刊物，比如《人民文学》，因为小说、散文、报告文学、诗歌、评论都有，可以一刊多用，我们现在学的课程有中国古代文学、中国现代文学两门文学史，还有外国文学史，以前还学过一门中国当代文学史，古今中外，世上的文学史就这四门。

你想怎么开头？怎么打算？我可以给你搞个书单，书你可以借来看看。如有机会，还是面谈为好，一时我也说不清楚。

祝好！

林义敏

1983年5月16日

瞧瞧，你的信在称谓上没用“同学”，落款直接署大名，口气为倾诉式，无遮无挡，把自己全给敞开了。

大家想必记得，她回信很自然地去掉了“同学”这个称谓，说你学习很忙、时间宝贵，没答应见面（女生总要矜持一下吧），最后还索要“书单”，等于鼓动你继续来信。

你果然不负所望，5月27号回了一封长信，主要是列书单，总字数倒没超过上一封，却是测验魏晋六朝诗选交卷后抓紧写的。你急切的心情溢于言表。为不多占篇幅，我就不披露这封五六页之长的信了。你还记得是怎样回答她关于从哪里入手学习文学，以及背字典是不是好办法等问题的吗？是这样的：

你有背词典的精神我实在佩服，但对这种方法我又实在不敢苟同。怎样才最好，你在阅读中体会。你还说起买书，我主张买那些最有价值的、流传已久、素有定评或自己特别喜欢的书才好。当然工具书、教科书当是个例外。作品太多了，不知你们学校的藏书情况，能借还是借，少买。

不过，你在信的末尾主动说了自己的打算：

你说放假在学校里学习，我也有这个打算，“五一”回家住了几天就是这个意思。三年级开的外国文学史正是想将来实现我的“野心”的课程，所以想留下来多读点作品，预习一下。上星期去教材科看了一下，买出两本《中国历代文学作品选》(下编两册)。下星期四、五、六劳动。抽时间再写吧。

人家又没有问你，何必写这些呢，我看，你是越来越不淡定了——士别三日当刮目相看。

姑娘迅速回信，而且还是挂号信：

林义敏：

你好！

看了你列出的书，那么多，觉得真是任务繁重啊。我们中医学的书籍浩如烟海，文学类也很多，想要提高文学水平，真的是很难，只有脚踏实地，慢慢来。我想买最有用的书，从头学起。我校图书馆的书还是不少的，不过大多是医学书籍，包括西医和中医的，文学书籍较少。我想按照你讲的，尽量借书看。

我们的学习很紧张，每天忙于上课、背书。你可能不太知道医学生很苦，又大又厚的教材，课程总是排得满满的。很快就开始实习了，又兴奋又焦虑，兴奋的是可以把学的东西用上去，可以进行实际操作了，焦虑的是书本知识与临床还有很大距离，不知怎么应付疾病和患者。周末就在宿舍，睡觉，看看你书单上的文学书。也可能逛逛街。

祝好！

何丽

1983.5.29

姑娘心里明镜似的，顺水推舟，称呼方面，开头既没叫“同学”，落款也没署“同学”。她一面说自己忙，一面又说周末在宿舍，没啥事，要么睡觉要么逛街。你理解她的意思吗？

你回信速度不慢，是在六一儿童节，你生日（这个你倒没提）那一天。我算了一下，共计两千七百五十九字，是到目前为止最长的一封，比第一封长七百多，厚达八页纸。除了继续开现代文学、外国文学、古代文学书单，最后还说：

看看，书是不少，要花不少时间的。我以为你应该先看当代、现代的，后看古代的、外国的。先看短篇小说、中篇小说和散文，诗、词这些如果有兴趣，不如作为消遣或休息大脑的东西，随便看看、背背，从中也可能得到不少意外的收获呢。具体怎样安排，你自己看吧。

姑娘在上封信里就说“我们的学习很紧张，每天忙于上课、背书”，“又大又厚的教材，课程总是排得满满的”，你却继续给人家列书单，真是生命不息开列书单不止啊。粗粗数了一下，你先后共推荐了一百六十八部（套）书，具体多少本（册），我懒得数了，反正“四大名著”、莎士比亚、鲁迅、巴金等都在单子里，分明是一个小型中文系资料室的购书清单，你把人家当成等待审批购书计划的中文系主任了？还有，姑娘明明说她周末没事，你置若罔闻，尽口若悬河地扯些没用的。从信的字里行间我看出，你那种“好为人师”的毛病有所抬头。信我不打算在此公布，太占篇幅。

姑娘回信是在十天之后，且言简意赅：

林义敏：

你好！来信收到了。

你帮我买本“古汉语”吧，既可以提高我的文学水平，又可以提高阅读古文的能力，这样对我学习中医古籍大有裨益。期末快到了，我们得考六七门呢，很辛苦。

我经常见到娜拉，爱美而且穿衣讲究的她，现在终于开始努力学习了。我俩很谈得来的，周末经常一起聊天，一起上街。

多注意身体！

祝好！

何丽

1983.6.10

信一共不到一百五十字，短，单刀直入，快人快语。短，不见得没内容，可惜微言大义你没领悟到。她开门见山让你买“古汉语”是想拽住你，功课“很辛苦”，你不觉得是信写得如此之短的一个好理由吗？但既然“很辛苦”，怎么还经常和娜拉聊天、上街呢？显然，姑娘不理解你何以不来找她，迟迟不来见面，人家都没什么可聊的了，转而去和同学娜拉聊了。聊什么你就不用管了。

你以只争朝夕的速度回了信，鉴于姑娘此前有封信缺如，还是把你的回信公布一下，以便大家全面了解一下你此时的心思吧。

何丽：

你好！两封来信相继收到。

书看来是买不到了，学校里没有，我又托了位师院的同学去打听，一个礼拜了，还没有消息。“古汉语”我们这个学期结束，你可以借我的看，或者我给你从图书馆借，以后我想法子买。说到书，你们学校好借吗？方便吗？我希望你有什么需要帮助的直接说，这没有什么，上学两年以来，我也就有点书可夸耀。我总是无节制地买书，可后悔一通后还是改不了。

再过十几天就要停课考试了，三门专业课“中国古典文学”、“中国现代文学”和“古汉语”都考，其中后两门还是专业课。共同课“政治经济学”也考，外语我们只学两年，这学期就结业，要考。考不出个好成绩也说不过去。原来说要开半年的第二外语，由于不少人吵着说第一门还学不好，谁能学第二门，于是就不了了之了，真是怪事！老师那方面一旦撒手，就需要自己多下功夫。在一年多的时间还要再有大的提高，我也真有些犯愁。

信中谈到了你将来做“大夫”的感想，挺有意思。我的大姑和大姑父就是老“大夫”，那年我在杭中补习，就住在大姑家，他们的性格好、很慈祥。我觉得简直是世上最和蔼的人了。在那里我也见过不少因大夫的几句安慰而顿时振作的患者。

难道你真的需要我“督促”吗？居然是督促！你知道，我是把你学文看成对我的一大鼓励和推动的。相信你会学有所得的。

前些时高中时的赵强来过一趟，老同学相见当然是喜出望外，虽然时间不长，我却觉得很宝贵。他是和同学从包头骑车到呼市玩的，他说去过两次医学院，都没见到你们。赵强是因为性格（我认为是性格）颇招了些“清高”和“看不起人”的骂名，对此我很不平。难道人们的自卑感就那样强？仁者见仁，智者见智。我有时对这些很不以为然，有时又不得不显得能“随和”些。

我老是打着夏天好好锻炼，冬天好好学习的主意。身体倒还凑合，只是近两年视力不好，英汉词典上的字看得挺费劲的。这样一来腰弯得深，经常背疼。配镜子好吗？戴眼镜是不是还发展？但老弓着腰和背总不好，是吗？

啰啰唆唆瞎扯了不少，就谈到这里吧。

祝好！

你的同学：义敏

1983.6.14

老天爷！你是够啰唆的，真服了你了，扯的都是些没用的，没一点遮掩，除了开书单和学习体会难道没有别的可说的吗？你以为人家真的愿意听吗？关于“大夫”“赵强”占了信的一大半，最后还就配眼镜之优劣请教该姑娘，套瓷啊，我看你脸皮更厚了。而且，落款时你率先用了“你的同学”这个说法，而且省略了姓。“你的”不够肉麻吗？你没想到姑娘看到后会导致什么后果吗？猜不透你。

姑娘继续给你回信。

义敏：

你好！很高兴收到了你的信。

又给你添麻烦了，买不上没有关系，借你的更好，可以省钱呢。

赵强很聪明，擅长数学，中学时我们有时探讨数学题，我不认为他如咱们同学说的那样“傲气”，反而认为他待人礼貌、文明。这一点与你相同。

我把你的名字，用日语进行了拼写，希望你喜欢。

我假期要回家，我爸爸不同意我在学校，觉得不安全，而且认为我身体不好，假期应该好好调养一下。

祝好！

同学：何丽

1983.6.18

姑娘恭维你待人礼貌、文明，鼓励你保持写信的热情。此信里首次呼叫了你的小名，谈了对自己健康的担忧。她从小到大身体偏瘦，但跑得快、跳得高，精力充沛，从未患病住院，没有输过液，以为样样都能走在人们前面。刚上大学时学习劲头十足，成绩优异，第二学年 开始却被一场肝炎击中，休学一个月，到与你通信时肝功能仍不正常。她是学医的，明白自己很有可能终身带病，再不能也不敢像原先那么拼命了，她如同展翅高飞的雄鹰被折断了一翼，不得不重新思考未来。注意，信的最后姑娘并未迎合你，而是继续用“同学”这个称呼。

你知道她病过一场，但没放在心里，回信继续兴致勃勃地倾诉，告诉她，你开始和她一样学日语，“你说我是你的老师，那现在你也是我的老师了——日本语的先生”。最后还说，“如果决定了不回，欢迎你和小D暑假来玩”。小D就是那位矮个子双颊红润的女孩，和她同年考入同一所高校。落款你没有再署“你的同学”这个称呼，鉴于该回信充斥各种无聊，我不打算公布了。

姑娘的回信依然十分简约。

义敏：

你好！

很激动地收到了你的来信，看到你和我一样忙，真觉得不该打搅你呢。

由于我的缘故，你也开始学习日语，心里有说不出的感觉。心动的感觉。你那么善解人意，又刻苦努力，很打动我的心的。

繁重的考试很快就结束了，我一放假就回家，所以假期不能去看你了。你多注意身体！

祝好！

同学：何丽

1983.6.28

她只写了一百三十六字，空前的简约，不过，信里出现了时髦说法“心动的感觉”，有“很打动我的心”这样的句子，你注意到了吧，但她何以“假期不能去看你了”，你明白啥意思吗？你向来粗心，此时是不是依然如此？你的回信如下——

丽丽：

你好！

来信收到了。这一段够忙的。还好，只剩一门了，但较费劲。不过，该玩还玩，该睡还睡，这样也许更好。

我说了空话,《日语》第二册只学了两课就扔下了，即使抽空看看也不太用心。因为有考试忙的理由在。假期好好学，争取学到第三册。不过，这必然是个艰苦的过程，首先要多费口舌念、读。

真遗憾，上星期六我们考“古汉语”，我在最后一个座位坐，完全可以红红脸扣下一份卷，可我当时没想到这个，题做了一大半了，才想起题目出得不错，你也可以练习。考完试再问老师要，已经没有了。我向八〇级的留级生先借了一套王力的《古代汉语》，因为是我借，即使一、二年级他也不能不借给我。这样，我那一套你就可以好好地看了。时间也可以不考虑。钱随信给你寄回去。前一阶段“手头紧”，还多亏了你这十几元钱给我买饭票。

假期宿舍楼要大修，我想办法去新楼（2号楼）找地方住。看情况，以能学习、能看书为前提。实在不行也只好回家了。王智禾同学假期也想住一段，毕竟，他感到一点“学些东西”的必要了，这就给他的行动多少带了一点儿“浪子回头”的色彩。

不多谈。

Remember ME to your father and mother,my respected teachers,and your brothers!

没有特殊情况，我九号或十号抽时间到你那里。

祝好！

义敏

1983.7.6午后

信里头一次用小名称呼姑娘，而且充满了各种日常生活细节。越具体越真诚，口气如此亲切，说明心思又有了变化，信里说到想为她搞一份卷子没有成功，你“手头紧”的时候还挪用了她买书的钱买饭票。全信很家常很不分彼此。你那句“Remember ME to your father and mother,my respected teachers,and your brothers!”颇有些炫耀，不淡定！最后列出前往看望的具体时间，更显露了你的心情，落款没有署“同学”，释放的信息对敏感的人来说，是很强烈的。

2

与其说文学是年轻人的一剂迷药，不如说是一粒种子，会在富于幻想的人心田里，生根、发芽、结出惊人的果实。文学的热烈与丰富曾让她迷恋，名著中那些心惊肉跳的细节、令人脸红的坦诚，同样最让她过目难忘。从喜欢文学，到演化为喜欢接近学文学的人，是她勇敢地以求教为由给你通两个多月信的重要原因。后来她这样告诉你。

事情怕没这么简单，我和你同样怀疑姑娘这种说法。哪个少女不怀春，哪个少年不钟情？物竞天择，胜者自胜，受荷尔蒙支配的她，是在有意识寻找自己的配偶，只是最初行动的时候并未明确意识到刚刚萌发的春情到底会带自己走多远，她响应直觉召唤，懵懂中瞄准目标，集中火力。这种受荷尔蒙主导的积极主动，是她平素争强好胜性格决定的，符合她的性格，完全沿自身逻辑路径行进，在她看来没有多离谱。

而你呢？似乎一切都不在自己意料之中，像是被牵着鼻子，一步步地走下去，越走越远，越滑越深，超出了自己的掌控。此时的你，一味闭着眼睛，塞着耳朵，向前走个不停，像是乐得坐享其成，于是放任自己，既不自我反省，也不扪心自问，或停下来左顾右盼一下。你告诉过我，内心不停躁动，除了等她来信，还很渴望读到情诗，有时管不住双腿，不由自主地去医学院找她。

这是恋爱吗？你反复问自己，还不想承认。你六七月间去找过她几次，不巧一次都没见到她。暮色中，医学院的女生一个个袅袅婷婷地从你身边走过，让你不免怅然，偶然抬头猛然发现与她身量相似的女孩，追上去却发现认错了人，返回后你的失落愈益加重。

随着与你书信往来的增多，姑娘有些害怕了。很清楚，如此频繁的书信往来，那么急切地等待来信，早超出了正常交往范畴，成为恋爱了。她自恃天资不错，聪明好学，各科成绩一直名列前茅，中学时对偶尔抛过来的倾慕眼神，根本不屑一顾，因为心里有“远大理想”，对所有分心的事情都避之唯恐不及。至于谈恋爱，此前她既向往又害怕，从未尝试。

对未来爱人的幻想或设想，她从小便有现成的参照，那就是自己的父亲——高大壮硕，英俊聪明。最重要的是聪明，有远大抱负。姑娘认为，你林义敏有志向又努力，能分享自己最热爱的文学，是不错的恋爱对象。只是你身体从小不好，很单薄，是很大的缺憾。她嫌你瘦弱，实在没道理，她自己就是个“病人”，自从得了肝炎，原有的自信、骄傲、开朗在减少，变得多愁善感，甚至林黛玉般病态。爱人身体如若同样不好，怎么面对未来？

交往两个月后，她决定结束这段已萌芽的感情，于是有了这样一封信——

林义敏同学：

你好！

这些天以来，我把我们通信以来发生的事情都细细地想了想，常常陷入迷惘。

我是一个身体很不好的人，大学二年级的那场肝炎，差点导致我休学，而在你的家庭和你个人的生活中，最大的悲剧莫过于母亲的早亡。

也许我多虑了，我根本没有那个幸运，成为你心目中相伴终身的人，我不太相信自己有这个幸运，也可能是我自作多情了。

原谅我又使用了我们最初通信时对你的称呼，也许是不理智的，也许是过于理智了，不管怎么样，这几个月以来的一切，都将成为难忘的记忆，为此我都会很感谢你。

祝好！

同学：何丽

1983年7月11日

由我这个旁观者看，她的信相当敞亮、睿智和勇敢。她挑明，自己身体不好是致命弱点，你母亲早亡的教训，不能不记取。一定要冷静，她想与你“相伴终身”，又怕一场空，决定让过去的交往成为“难忘的记忆”，说得通。信里没有把她对你身体的担心讲出来，而是拿自己开刀，赤诚相待，毫不躲闪，词句既铿锵有力，又心怀感激，很有礼貌。

不料，或说意料之中，你的反应相当激烈！收到信后，你大中午顶着烈日骑了二十几分钟自行车来到医学院的另一个校区（比姑娘所在的中医系校区远很多），找到她之前在信里提到的同学娜拉，退回了她写给你所有的信。当时对娜拉说了些什么，你还想得起来吗？娜拉落落大方，沉着冷静地听你说完，一脸的茫然。

她则羞愧难当，悔恨莫及。此后近十个月的时间，你再未与她来往。

不过，让姑娘难以理解的是，你为什么不把信退给她本人？你为什么不能面对面或写封信阐发一下自己的观点？除了让她感觉到你异常的愤怒之外，她捕捉不到更多理智的、合乎逻辑的，可以恰当回应她7月11号那封信的信息。你拒人千里之外的态度，令她痛苦和茫然。

转眼新的一年到了，5月也很快到了！“五月的鲜花，开遍了原野。”1984年五一国际劳动节期间，你们中学时期共同的同学在呼和浩特举行了一次聚会，叙谈、跳舞、吃饭，还合影。N大东门外的“塞外照相馆”师傅将三寸黑白照片上的题词“盛世待奇才”错写成了“盛世伺奇才”。

当你与她手握手地跳舞的时候，彼此才强烈感觉到双方情意未了。

她爱你，她坚定地意识到你也爱着她，要不，你为什么主动邀请她，你为什么发抖，为什么手心出汗，最后，为什么你还骑自行车陪她返校——一路谈笑风生？

她不失时机，5月3号就给你写了封信；你未搭理，三天后她又写了一封，这是她书信中最声情并茂的一封，无论在风格、情意、文采，还是在思想、意识、理智方面，都令我叹服——

义敏：

你好！

我又给你写信了，你把相片送出去了吗？我真不该把相片送到你那里，添麻烦。

几年来，我在迷蒙的月光下寻找，白天黑夜，我寻找着我的同行者，我坚实可靠的肩膀。我常常设想着我划着小船在黑黑的大海里行驶，或拨开荆棘在秘密的森林中赶路，在无边的荒原上寻找北斗，这一切都有人与我同在。

上学期以来，我一直处在痛苦的煎熬中，阳光已不再令人喜悦，周围的一切都使我感到暗淡无光。我的心企图挣扎，“这是友谊”。可为什么有时心里会猛然升起一种透不过气来的煎熬感呢？我时时烦躁地解不开原因。其实很简单，那就是对他的等待。心里背负着这份儿看来没什么希望的等待。我想也许我伤了他的心，他再也不会理我了。我是多么不愿意失去他啊！也许误会了他。他会嫌我幼稚、单纯，嫌我才疏学浅？或者嫌我病疾缠身，或胸无大志，碌碌无为？我害怕，有一种危机感和不稳定感悬在我的头上，随时都可能落下来，把我砸个粉碎。我害怕他那深不可测的眼睛，像大海和原始森林。

人往往能在绝望中逢生，生活中常常会出现奇迹。我渴望着奇迹的降临。我梦见黑风恶浪把我们高高抛起，又狠狠扔下，翻船了。我的生命之船没顶了，我只有紧紧攀住这根坚强的桅杆。几年来，我所追求寻找的原来就是他呀。只有他才能把我带到安全的彼岸。

生活没有万能公式，像世界上没有两片相同的树叶一样，任何一个人也都可能用今天的脚步放正昨天的足迹。人总是往前走的，你说呢？

“不要说失落的将永远失落，迷途上的脚印，已幻化耐渴的骆驼。我骄傲我信念的灯塔没有轰倒，奋斗依然是船，追求依然是舵。我知道如果没有给予，太阳也会结冰。鸽哨般响亮的芬芳，也不只是为了报答耕作。色彩和音符，早已在新的季节重新组合。为了那迷人的彼岸……失落的一切将重新得到。”——这是我所喜欢的一首诗（节选）。不知你是否喜欢？

祝好！

丽丽

1984年5月6日

遇到如此严肃的事情，热烈而聪慧的姑娘才显现出自己全部的才华。她的信调动了比喻、拟人、引用、人称变换等多种修辞手法，华美与真诚同在，深情与端庄兼具，不可理解的是，你仍未回信——不解，高傲，不屑，还是别的什么？

四天后，她再次修书倾诉衷肠，长达近千字，为节省篇幅，这封辞意恳切的信只好割爱。这次，你还是没有回复。

“分手”后的种种迹象表明，有段时间你很懊悔，关起门反复阅读她这几封信，数次到实习医院找她、等她，但始终未能见面。是不是去过信？我不知道。

总之，你有负她，更有负1984年的大好时光。

3

1985年到了，这将是你俩在一个城市里读大学的最后半年，时间在争夺你们，你在等什么？她呢？

年初你俩互发贺年片，春季研究生考试结束后才开始重新往来。

3月17号，她给你写了信，未见你回。据我所知，这年3月你写了大量日记，热情四溢，阳光灿烂，往往捎带着诗抄，你记下了到学校、实习医院找她，和她看电影、轧马路、闲聊的情形。

看来，你这一段时间与她的交往很富于热情，但有些举动莫名其妙，令姑娘很难理解。比如，有次你俩去看日本故事片《闪光的时刻》，在影院坐定后，她大大方方地将自己的照片从小包里掏出来递给你，你起初不敢接，好不容易接下装在兜里，没过几天又随信退了回去，事后在日记里直嚷后悔。再如，她有次提出在实习医院儿科办公室学习，你一口回绝，事后又很懊悔。

我在你4月20日的日记里看到，这天晚上你和她从下午6点30分开始遛弯儿、叙谈，直到10点多才分手，你们围着学校围墙转啊转，说不完的话，一点没感觉疲倦。

三天后你又去找她，当天日记是这样的：

> 儿科门诊成了我们幽会最多的地方。这次谈话是我们最热烈的之一，没有谈什么分配，什么工作，什么考试，也没有谈我们俩的事情，可感情却十分微妙地贴近了，是吗？
>
> 我在这里录下顾城的一首诗“回忆并不总是甜蜜多于苦涩”，用来纪念这个日子：“一千次/我读到分别的语言/一百次/我看到分别的画面/然而，今天/是我们——/我和你，要跨过/这古老的门槛/不要祝福，不要再见/那些都像表演/最好是沉默/隐藏总不算欺骗/把回想留给未来吧/就像把梦留给夜/把泪留给海/把风留给夜海上的帆”。

日记里的这首诗其实是顾城的《赠别》。你由最初的犹疑、拒斥，到后来与她频繁往来，已陷入类似迷乱的情绪之中，自己的语言根本无法表达，澎湃的激情像是只能靠大段大段的诗才能得到疏解。

5月又到了。“五月的鲜花，开遍了原野”，想必1985年的五一国际劳动节你们是在一起度过的，月初她仍然有信，长短大多为一两百字。再过一个月，她的信里开始出现一些理智的分析，6月9号她来了封长达八百多字的信，谈了毕业的去留、父亲的忠告等等。但没有见到你的回信。

不过，这些似乎已经不重要，你的日记表明，7月中旬假期之后，她曾在你那间宿舍里与你彻夜长谈，日光灯下的一晚，你连她的手都没有摸一下，真是个正人君子啊，恰如歌德评价《好逑传》里一对恋人时说的那样，“通宵被逼共处一室，也只以聊天消遣而不狎亵”。后来，机缘巧合，在炎热盛夏的一个午后，当你俩并肩躺在亲戚家年轻夫妇一对柔软的枕头上的时候，当你们羞怯地褪去身上所有的遮盖，当她裸体在你面前熠熠生辉的时候，向上帝保证，你依然无意冒犯她的身体。

分别的时刻终于到了。执手相看泪眼竟无语凝噎，梧桐树三更雨不道离情正苦，恨君不似江楼月南北东西南北东西只有相随无别离。

正如人们说过多少遍的，距离强化美化对彼此的想象，离别造成双方情感的剧烈升温。你这边在学校寤寐思服，她那厢在家等待分配对你牵肠挂肚。

1985年8月8日，她来了一封情意绵长的信，开头是这样的：

亲爱的义敏：

我第一次这样称呼你，可在我的心里已经多次了。

昨晚上我又在梦中见到了你。刚下过雪的路特别滑，你骑着自行车让我上去，只隔一尺左右，我怎么跑也上不去。你只好停下车子，我坐好后你再骑车。我生怕掉下来，紧紧地抱着你。

你的影子怎么也赶不掉，无论昼夜，我无时不在想着你。我终于发现我是离不开你的。我不知道失去你我将变成什么样。

她还很明智地告诉你：“人应当正视自己的感情。我知道你是爱我的，我也一样。为什么要爱不爱得真诚大胆？你说你没力量，无非就是怕两地分居。担心我的病。我想你父母是管不了你的。你能够决定你的一切。”“人生的路紧要处只有几步，我不知道我该怎样走下去。好的姑娘、男子的确不少，与我们又有什么相干呢？”

她用了“吻你”来结尾，落款是“想念你的：丽丽”。

就是这封信，让一切“尘埃落定”。

后 记

2016年春天在北京十月文艺出版社那间堆满书刊纸张的办公室里，我得到韩敬群的鼓动，便断断续续在《十月》《上海文学》《北京文学》《钟山》《当代》等刊物上发表了一些文字，主要内容是对过往岁月的回望。

感谢童年，感怀成长，我被自己的回忆牵引着，重返远方，过去的那些人与事，拖着长长的倒影，在我落笔的时候，瞪大眼睛看护着我。

过往的价值与书写的价值，还不是一回事，能否使文字更令人回味，殊非易事，越是苦心孤诣，越能让岁月找到满意的归宿。文字不像自来水那样，拧开水龙头就能流出来，水源、蓄水池、管道、水塔，过滤和运送方式，所有的条件满足之后，才能见到自认为合格的水。

“合格的水”流到2019年11月的时候，我的写作发生了严重的危机。思维定式、写作套路，正在一天天地阻碍着我，我经常问自己，还能写下去吗？这是“瓶颈”，是惰性，是不自信，还是想给自己不愿克服困难开脱？

足够幸运的是，2020年1月10日上午，王蒙先生新版文集发布会结束后，我在老国展二层与赵丽宏老师迎面相遇，丽宏以他一贯的真诚，鼓励我踏踏实实写下去，从他的认真里，我读到一位作家、编辑家灵魂里的无私之美。

人一辈子被各种偶然安排，在时间里遇到的一切又何尝不是偶然中的必然呢？感谢敬群、丽宏，感谢承载我这些文字的刊物、出版社，感谢向我约稿的所有编辑朋友，我将继续努力。

2020年3月8日　北京西坝河

图书在版编目 (CIP) 数据

岁月的颗粒 / 梁鸿鹰著. — 北京 : 北京十月文艺出版社，2021. 3

ISBN 978-7-5302-2105-1

Ⅰ. ①岁… Ⅱ. ①梁… Ⅲ. ①散文集—中国—当代 Ⅳ. ① I227

中国版本图书馆 CIP 数据核字 (2021) 第 005728 号

岁月的颗粒

SUIYUE DE KELI

梁鸿鹰　著

出　　版　北京出版集团

　　　　　北京十月文艺出版社

地　　址　北京北三环中路 6 号

邮　　编　100120

网　　址　www.bph.com.cn

发　　行　新经典发行有限公司

　　　　　电话 010-68423599

经　　销　新华书店

印　　刷　北京盛通印刷股份有限公司

版　　次　2021 年 3 月第 1 版

　　　　　2021 年 3 月第 1 次印刷

开　　本　880 毫米 ×1230 毫米　1/32

印　　张　9.75

字　　数　200 千字

书　　号　ISBN 978-7-5302-2105-1

定　　价　59.00 元

质量监督电话　010-58572393

如有印装质量问题，由本社负责调换。